拯救
美女罗娅

马汉 著

江苏凤凰文艺出版社
JIANGSU PHOENIX LITERATURE AND
ART PUBLISHING, LTD

图书在版编目(CIP)数据

拯救美女罗娅 / 马汉著. — 南京:江苏凤凰文艺出版社,2017.10

ISBN 978-7-5594-1188-4

Ⅰ. ①拯… Ⅱ. ①马… Ⅲ. ①短篇小说—小说集—中国—当代 Ⅳ. ①I247.7

中国版本图书馆 CIP 数据核字(2017)第 242285 号

书　　名	**拯救美女罗娅**
著　　者	马　汉
责任编辑	张　黎
出版发行	江苏凤凰文艺出版社
出版社地址	南京市中央路 165 号,邮编:210009
出版社网址	http://www.jswenyi.com
印　　刷	无锡易杰印刷有限公司
开　　本	652 毫米×960 毫米　1/16
印　　张	19
字　　数	240 千字
版　　次	2017 年 10 月第 1 版　2017 年 10 月第 1 次印刷
标准书号	ISBN 978-7-5594-1188-4
定　　价	39.00 元

目录

序

陆永基

看马汉的小说，是很快乐的一件事情，常有会心的谑喜和可资希翼的惊异。细想起来，缘由在于他总能在平易的敦厚中时不时抖落一些颇自得的小狡黠和非自识的大聪慧——这就让人比较轻松，既获得了进益，却没有丝毫被濡染的别扭和被凌然的不适。

这是一种禀赋。

就文学创作而言，任何禀赋都无所谓得天独厚，更无所谓运数差强，顺逆成毁的关键在于能否让这禀赋以最自然的姿态展示其特有的内质和必然的魅力。

前不久，马汉给《人民日报》写了篇《尊严》，并在微信群中很得意地作了自荐。然而，面对文友聚会时的齐声称颂，他却又羞涩起来，再三声言这是平凡之作，与那些真正的精英作品不可相提并论。

我在旁静静看着他。我料到他会这样，也知道他所有的态度都毫不虚假。实际情况是，此文不但灵敏触及了底层民众最深衷的心底，表达上也极具精准性和感染力，尤其手捏厚厚一叠小钞的心理波澜和那句“如果是哪位成功人士请客，我就不来了”真可谓惊心动魄又感人至深，比之那些“精英文学”真是高明了不少。然而，我没有将这意思表达出来，甚至在他结巴着声言之时，还故意撩拨了一下，让他那张当过新闻处长和《江南晚报》总编的“官”脸上很难得沁出了些微汗——我喜欢看马汉的这副样子，包括得意，包括羞涩，包括谦虚时自知会被识破的忐忑和局促。一句话，喜欢看他禀赋的原生态和纯粹感。

我如此强调禀赋，其实是有原因的。早在上世纪七十年代末，还是青工身份的马汉就写小说了。当时的他纯然一个敦厚而又俊朗的小伙子。涉谈文学，那副虔诚纯真的样子能“萌得你满身溅血”。此后入身仕途且竟也干得风生水起，我是有些惊讶的。再此后他筹划退居后将杜绝应酬潜心创作，我虽然乐见其成却也心存疑窦。因为文学说到底，还是心灵本源和意识底衬的一种袒露，倘若只是境遇改变而仅作的权宜敷饰便很难进入真正的境界。

小说集《拯救美女罗娅》其实就是他的回答。

看到那厚厚一大叠文稿，坦白说，我是非常惊诧的。这不仅因为整整十五篇小说篇篇衡虑困心运力充沛，更在于氤氲其间的韵味竟然元气淋漓一任天然，即便着意的老辣也能见出些许可爱的天真——这实在是太难得了：还有什么比历经江湖沧桑还能葆有最初始的本真更令人惊喜的呢？

底层悲喜、官场炎凉、人间烟火、世俗风情，题材丰富性背后的视角多样性、描绘生动性之外的况味延续性、存意平实性内蕴的灵动发散性——这是读了这批小说之后随手写下的一些文字。这固然能够约略概括马汉小说的大致况貌，但总觉得过于抽象，过于规正，过于因袭小说评述的习惯套路（至于思想性挖掘阐述之类更是对读者智力的不恭），无法真切涵盖诸多斑斓驳杂而又活色生香的实际感受。可以反映实际感受而且也是马汉小说真正独具特色的似乎该是这么四个词：溢出感（丰沛的）、青涩感（珍贵的）、狡黠感（自得的）和底层感（先天的）。

马汉小说有一种鼓鼓胀胀浆汁满溢的感觉，尤其致力描述时那副孜孜矻矻无止无休乐而不疲自我陶醉的样子，大家都会印象至深。粗粗看，似乎有点疏于剪裁，挥霍笔墨。细细品，则分明提供了有纵深度的多侧面全息图景。例如《拯救美女罗娅》，对罗娅的被托付、费伟的被起哄以及带点前戏的微信互发都一丝不苟详尽道来，其笔墨的配置几乎与“拯救”过程的主体无异。《逝去的花》写开会间歇主人公对矮倌买瓜的一段回想竟然也精雕细琢，无一遗漏。而《劲松巷6号》，明明是写剑梅对父亲白发婚恋的制止，却仍止不住绘声绘色地描写剑梅本人在党校里的一段情致满满的经历。初次浏览，很容易觉得遣力过度（尤其他还喜欢不遗余力地将一些不明确词的方言俚语拾掇得溜光水滑），习惯之后却会心生留恋。因为细细体会，这些不仅构成了马汉小说鲜明的辨识度，看出他对生活况味与种种细节由衷的珍视和敬重，更是获得一种繁茂斑斓丰水肥草般美感享受的来由。

“青涩感”或许是我对马汉小说特有体会，冠以“珍贵的”附加词，则表明了我予之的审美态度。探索所有成熟的大文学艺术家的内心，便会发现，最为困扰他们的一个悲哀便是早先那种生气勃勃的青涩感在无法挽救地远去。我暂时无以判论，马汉小说中的青涩感是一种自在状态还是自为状态，我只是带着羡慕乃至嫉妒的目光看着他作无拘无束挥洒自如的展示。他会津津乐道地描述一只野猫被鞭炮声惊吓后的乱窜——“蹿上床头，抓伤男女裸露的体肤。据说在这场惊吓中，受伤的不仅是男女的皮肤，更有男人某些部件的功能。”（《杀手》）；他会为一名女演员与一位市委副书记颇为暧昧的初次见面煞费苦心地营造一个富有喜剧感的场景。（《名角过兰》）；而在《祷告虫》里一对男女学生春心萌动情窦初开的情景，倘若在心理和生理上没有完全贴合的共振与律动，很难想象会那么栩栩如生地模拟出来。如此，几乎能够凿凿真真地看到一个年近花甲的官员之身在朝着他的青春年代“丢盔弃甲”

地穿越而去。这实在是一个令人无比感慨的美景。

“狡黠感”，然而又是“自得的”，这与“青涩感”成为马汉小说饱满度和丰富性的一体两面。细读马汉小说，常常会在不经意间猝然一惊，尤其被他貌似平实质朴的笔调熏陶得低眉顺眼心平气和的时候。《亲家》中以“萨萨被强奸了”为由头的满篇戏谑阴损又意味丰盈的调皮劲自不必再论，《天鹅绒睡袍》里挤眉弄眼地抖落男女之事各类的诡谲味也无需赘述，仅就《掼蛋》里夏正纲为降服陶仲之所设施的种种微妙的权势手段和《封面人物》中小副处李杰应对常委部长探询时那份精细的机巧就让人怵目惊心又叹为观止——这些都能看出看出马汉洞察力的犀利透彻和表达上的得心应手。

“底层感”是马汉小说最为令我感动的一个“先天性”。这部集子的小说题材各异视角多向，但有一个非常明显的共性，便是意识上的躬身低俯且毫无矫造，其所持的价值标准竟然也都有着最为平易的常识性和十分难得的世俗感，诸多意趣的流露让人很难相信竟然出自一个在官场和文场浸淫了数十年“上层分子”。《红痣》《波波沙》《复仇》《杀手》等篇是一个集中的展示，即便写官场的《封面人物》和《掼蛋》也都能看出这深蕴的衬色。理性上说，这既体现了他渗入血脉的平民直觉，更有一种人文情怀的天然原生感。于我的感性，则会由衷感叹其先天禀赋的坚执和牢固。

都说某项长处的确立往往会有某种缺憾的代价。对此，马汉显然有着很充分的自知，这能从他总是谦逊地在不断学习别人的写作技巧上看出来。然而，我却十分纠结。我想，要是马汉当真将那些所谓的“缺憾”全然弥补了，那么，他的小说还能给人以那么多活色生香的快乐吗？

我总感到，禀赋的授予一定附有秘而不宣的秘函，但循其特有轨迹而不予顾盼必定是其内容的至要，对于以求异为圭臬的作家而言更是如此。所以，尽管马汉十分诚恳地希望指出不足，我也同样十分诚恳地希望他只顾前行。前行着并努力走出不负禀赋异彩熠熠的步态来，当是这部小说集真正具有启迪性和超越感的一个意义。

于2017年3月21日

亲家

萨萨被强奸了。

这是柳淑惠亲口说的。她说这消息的时候，喘着气，流着汗，眼角还流着泪，以至于泪水和汗水和在一起，分不清哪是泪水哪是汗水，声音气急败坏地走了音，让人感觉这个人不是平时大家熟识的柳淑惠。真正一个不小心，我可怜的囡囡萨萨就被强奸了。我囡囡的处女身哟……她捋了一把脸上的水，拍了一巴掌。有水珠从手指缝飞溅起来，听她诉说的人往后仰过脸去躲避水弹。

不会吧不会吧，什么时候的事嗄？众人以貌似疑惑的口吻在宽慰伤心的她，又似在引导她详细复述惨烈的一幕。

就刚刚呀，光天化日之下哇！啊呀呀，都怪我呀，要特地从老远赶来这里的皇后理发厅做头发！都搬出这断命的西河头好多年了，我就习惯到皇后这来做头发，现在的发廊做不像的，只有皇后还能做做头发呀。

站着听她诉说的人，除了一部分是停下脚步听热闹的路人外，大部分都是这西河头的老街坊，虽然柳淑惠顶着一头发卷，像电影中的包租婆，他们似乎仍是认识柳淑惠的，知道她以前就住在这西河头219号的清水洋房中的，后来他们全家搬走了，搬到蠡湖边房产商新开发的花园洋房中去了。虽是搬走，柳淑惠每月照例都要回到这西河头的皇后理发厅做一次头发。但这怎么能怪柳淑惠呢！谁叫皇后的头发做得那么地道呢，谁叫皇后在西河头呢！柳淑惠要回西河头，是因为皇后理发厅在西河头。谁会知道住了十多年，熟门熟路的西河头也有强奸的罪恶勾当呢！

本来上个礼拜天要来做头发，哪知道上个礼拜天家里来几个客人，来打牌掼蛋的，都是我家宝根在市委、市政府的同事哟，来了这么重要的客人，我就只能在家里忙着招待，所以上个礼拜天就没来呀，要是上个礼拜天来了，也许就不会遇到这倒霉的事了。柳淑惠继续叙说，现在似乎还原到本来大家熟悉的柳淑惠了。顺着她的口气，大家就能猜测到她下面应该说到哪些了，果然，她又说到皇后理发厅。

我还特地事先与许师傅电话联系过的，你们应该知道的，我做头发只在皇后做，在皇后只让许师傅做。你们也知道的，走东走西，我肯定要带着我的囡囡萨萨的。我在理发椅上坐下，许师傅给我卷发卷，听见身后小姑娘在笑，说死不要脸的，搞上了搞上了。我开始没反应过来，后面又有小伙在说，哟，那个死不要脸的，骚煞了。又有人说，啊哟，贴上去了，哈呀呀，呀。许师傅正在给我卷发，我不能转头，听着听着，好像在听现场解说员在广播里说球赛，再一听，不对呀，根据现场解说员说的只言片语，拼凑起来——啊哟哟，我想起我的囡囡萨萨在理发厅外面的，就顾不得头发了，跳了起来，跑到门口，隔着大玻璃就看到我的萨萨被……

青天白日的，真还有这种事？有个过路人不分青红皂白听了几句，就觉得事态严重，憋着劲似要打抱不平：报警哇！赶紧报警！

报了哦。啊哟哟，萨萨哇，我的囡囡。柳淑惠干嚎了几句，又换了个声调说，市局分管刑事的副局长是我家宝根的小兄弟。所以声调也就有所变化，空调家用电器都进入变频时代了，不允许柳淑惠在叙说中变调，是没有道理的。

这时一辆闪着警灯的警车驰过来，见这里站着一堆人，就减速停靠，车还没完全停稳，先钻出一位协警来，问：是你们报的警吧？

众人便七嘴八舌地说，是这里，来吧来吧。

警车停稳了，警车中钻出一位腰佩手枪和戒具的警察来，问：怎么回事哇？

头上卷满发卷、标识性很强的柳淑惠就抢上一步说，啊呀，是钟局长那儿的警官吧，怎么称呼你啊？哦，张警官，听我说哦，是这样的。这里四邻八乡都知道，我每月要回这里的皇后理发厅做头发的，大家也都知道我和我的囡囡萨萨是寸步不离的，啊呀，哪里知道就一会儿，我那囡囡……

张警官就问：受害人是你女儿？人呢？

萨萨！萨萨！柳淑惠在人堆外寻找、叫唤，不见踪影，也不见回音，就又柔声细气地叫了几声。就见一只纯白色的罗秦犬从墙角后跑过来。柳淑惠赶紧迎上去蹲下身抱起它来，你们看看，吓坏了，一直躲着人，哪里还有脸见人哇！简直是法西斯，是摧残！她抱着罗秦犬梳理着雪白的毛，检查它的臀部，见白色的毛上沾着几丝猩红和稠腻的脏物，啊哟哟，我的囡囡处女身就这么被糟蹋了！

玩笑开大了吧？张警官问，你是在说这条狗？

张警官哇，不说这条狗是多少钱买来的，说钱就俗了，就说感情，萨萨与我家的感情，不比人差的，就是我们家庭的成员，就是我女儿。被谁家哪条短命的草狗强奸了呀！

有人插言证实，那条草狗是瞎子来娣家的。

哈哈，我的大姐哇，如果事情是这样的话，这事可无法受理呀！张警官是位挺帅的小伙，乐呵起来，忽闪着两个浅浅的酒涡。

这么告诉你吧，如果是哪条狗咬了你，倒是可以受理的，但这个嘛，呵呵呵……真没哪条法律管到狗的交配哇！

哪是交配哇，交配至少是双方你情我愿的，还得有双方家长同意呀，这是强奸哇。我家萨萨是名贵品种，你说怎么可能看得上那条杂种草狗呀！柳淑惠喷着唾沫星子，耍起官太太脾气来了。张警官，你先给萨萨取个样，保留强奸的证据，其他我会给你们钟局长说的。

就是钟局长他亲自来了，也不会受理呀，执法要有法律依据的哇。张警官笑呵呵地说，狗就是狗，是畜牲，也不知道它们有没有强奸这个概念，不能以人的行为规范去要求它哇！这个事只能你与肇事狗的主人商量着办。

肇事狗既是瞎子来娣的，柳淑惠倒是要去找她了，过去她住在西河头时，对瞎子来娣并不薄，穿不了的鞋子、式样过时的外套，还有冰箱里过了保质期的食品，哪一样不掷给她家穿、吃的？街坊可以作证的，有过那么一两次，她捧着这些东西往来娣家走，邻居们的嘴里你哪亨嗄、你哪亨嗄地问，眼睛盯着她手中的东西。

柳淑惠说的，像挂在窗口的玻璃风铃一样，丁零当啷地从她薄薄的嘴唇里飘出来：把几件衣服去给瞎子来娣，让她家去穿穿。她一家日子过得不容易，能帮，就帮她家一把吧。

邻居们的回答是柳淑惠预先能估计到的：啊哟哟，你真正的菩萨心肠哇。

柳淑惠的脸自然就笑成一朵绽放的秋菊。哪里哇，反正放在家也不穿，我都没穿过几次。这件羊毛背心还是我家宝根随市长出访欧洲给我买回来的，百分九十五的澳毛，稍微蛀了几个洞，一点看不出的。

邻居们的目光长长短短如粉丝追明星时手执的荧光棒，柳淑惠想象着正走在荧光棒夹出的一条道路上，这路一直通到瞎子来娣的家门口。柳淑惠是一个很有想象力的人，又是一个时常为自己的想象而感动的人。她就这样，不仅让人知道她怀着一副菩萨心肠，同时也让自己为自己怀着一副菩萨心肠而越想越要落泪。虽然，那时候西河头还没通管道煤气，她每月会唤瞎子来娣的儿子建伟为她家去煤气站换一二次煤气罐；虽然，她时不时会从来娣家门口的葱摊头顺手拿几棵葱，这都是为图个方便，钱是不值几个的，况且来娣还一直和她客气着，要她不要客气，摊上的葱姜尽管拿。柳淑惠想想自己这么一位官太太，不顾身份地与瞎子来娣这么有来有去，也只有自己肯这样放下架子，换了别人是不会有这份善心的，不说别的，光是来娣家堆满的废纸板、空瓶罐散发出来的扑鼻异味就会让人却步。但是来娣不作兴这么回报她的，让她的杂种草狗强奸自己的宝贝萨萨，真是好心没好报，这个世道哟，难怪天气老是阴滋滋的，让人看什么都难舒心。

说起萨萨，她几次去来娣家，萨萨肯定都是跟着去，不可能不一起去哇，囡囡与柳淑惠形影不离，这是谁都知道的。那几次，瞎子来娣家的草狗见了萨萨就摇着尾巴，耷拉着舌头，要凑拢来，被柳淑惠强行把那杂种草狗驱走的。这么说来，那狗东西蓄谋已久，早就看上萨萨，早就有了图谋不轨之心？

听说肇事狗是瞎子来娣家的，好多人就特别来劲，因为他们都知道瞎子来娣在西河头是个人物。是人物，就都是与众不同的，是有与众不同的故事的。来娣本不是盲人，她刚嫁到西河头时，眼睛大得晃来晃去的，让人担心那眼珠子会不会掉出来。结婚第二年她生了儿子建伟。有个清晨天还蒙蒙亮的，来娣的丈夫就起来蹬着黄鱼车去奶站取了牛奶给订户送奶，竟猝死在半路上。在这之前，她丈夫无征无兆，一顿饭能吃两海碗，三四木箱玻璃瓶装的牛奶，叠起来他一端就走，壮得像头牛。接着，才九个多月大的建伟接连发高烧，去映山河儿童医院看了不知多少趟，医生也说不出名堂来。那个高烧发的，建伟不停地抽搐，眼珠子往脑壳里翻，吓得来娣死劲拧自己胳膊上的肉。这时候，她就去南禅寺求见了算命先生。

算命先生看了她的面相，如见了外星人一样微微一惊，说，你应该守寡不久吧？接着，算命先生沉吟半天，不吱声了。

来娣就催促，先生你尽管说好了，不碍事的。

算命先生以扇掩嘴说，你家儿男不保哇！

来娣当时就跪下来了，说，我家老公已死无法复生，求大恩大德的先生救我儿子，保我儿子哇！

算命先生收起折扇，闭目而言。你眼眶宽大，本是吉相，奈何眼珠打转，眼白过多，成了四白眼，是大克之相哇！羊目四白，克夫克子哇！

给过酬金，来娣回到家中，抱着儿子在丈夫遗照前痛骂了老公半天。你这杀千刀的，我的羊四眼冲你俩，我不懂，你狗日的也不懂哇，怎么就不对我说呢，我瞎了眼不看你们爷儿俩不就成了吗！

她听说河对岸工地上有人因误喝用甲醇做的假酒而瞎了眼睛，就找来一支藿香正气液的空瓶，托在厂里化验室工作的邻居要一点甲醇，说是要擦洗家具上不慎沾上的油漆。要到甲醇后，来娣把儿子抱在怀里喂饱了奶，仔细地把儿子从上到下看了不知多少遍，说你这张臭卵卵头，让娘再看看你。然后把藿香正气液瓶里的液体倒进了自己的口腔。虽只小小一瓶，却是分析纯的，纯度较高。就这样，亮子来娣成了瞎子来娣。儿子建伟在医院几天挂液，退了烧，从此也就落下了智障的毛病。

瞎子来娣是西河头的人物，柳淑惠也曾算是西河头的人物，这两个人物撞在一起，没好戏看才见鬼呢！

一干人等跟着怀抱萨萨的柳淑惠来到瞎子来娣的家，准确点说是在家门口。来娣家局促而杂乱，又充满异味，外人是踏不进去的。瞎子来娣的家门口摆放着一个小摊，也就是两张长凳搁着一块木板，木板上排列着葱、姜。

江南鱼米之乡，天天不是这家烹鱼，就是那家吃虾，鱼虾要靠葱姜去腥，瞎子来娣的摊头自然就成了邻居们隔三差五要光顾的场所。姜还稍好保存，葱要碧绿生青的，就非得现买。街坊们图方便，都是到来娣这里来买。往往在灶前做菜的主妇烧热了油锅要煎鱼时，突然发现少了葱，就会对一旁正在玩耍的孩子说，快去瞎子来娣那里买点葱来。孩子拿着一元钱跑去，又擎着郁郁青青的一把跑回家来，锅里飘逸出的香气立马就有了新的内涵。

虽都是人物，但人物与人物之间也是有高低之别的，一个是城西高高的惠山，一个只是矮矮的土墩墩。来娣和柳淑惠自然是不能比拟的，瞎子来娣不仅在生活中是卑微的，她的生意也是小得不能再小的，又是生活中不起眼却不可缺的。她的摊位旁还靠墙站有两支供过往电动车、自行车打气的气筒，是邻居、过往行人发现车胎瘪了后不得不来用的。卖葱姜、租用气筒的收入是不足以养活母子俩的，来娣家收入的主要来源，是儿子建伟每天骑着三轮黄鱼车穿街走巷收购废旧报刊、废包装纸箱、饮料空瓶等等之类，然后将收集到的废品卖给废品回收公司。

据说那条草狗，就是建伟在收集废品时，在一只废瓦楞纸箱里发现的。那天建伟像往常一样把收集到的废纸箱拆开踩平时，在一只沉甸甸的纸箱中发现那条才出生不久、奄奄一息的小狗。建伟就把那只纸箱连同小狗一起带回家饲养，给小狗喂了好长时间牛奶，保住了这条小命。从此建伟每天除了收集废品，还多了一件事，就是去饭店的泔脚桶里找些吃剩的肉制品回家给狗吃。小狗逐渐长大，融入他们的家庭生活。他们根本没觉得一条杂种草狗应有的卑贱，也没考虑一条杂种草狗是否配得上高大上的名字，怀着对这条狗的宠爱和希冀，给它取了一个伟大而洋气的名字：奥巴马。憨头建伟回来，每天第一桩事就是搂着迎面扑上来的奥巴马，在地上翻滚一番，相互轻轻地咬上几口，人与狗闪亮的口水粘连在一起。

在这家，狗是建伟的宝贝，建伟是来娣的宝贝。

柳淑惠怀揣着萨萨，被七八个人簇拥着来到葱姜摊位前时，守坐在摊前破竹椅里的瞎子来娣正在听半导体收音机里的锡剧，梅派的《孟丽君》委婉悠柔。她突然拧低收音机，竖起头来，警觉地辨听着什么，似乎从好多脚步声聚拢在面前的细微声响中，或者是从面前陡然多出一堵人墙挡住了空气流动的这些异常中感觉到了什么，她稍微欠了一下身体，身下的破竹椅就吱嘎吱嘎发出一阵骚动，她睁开眼皮，努力翻腾着死白的眼睛扫描着天光，她在判断降临到面前的是什么。

柳淑惠先开腔，哟，你倒还安安稳稳坐得住的，你家的狗闯了祸，做了坏事，你不晓得？

唔，奥巴马做了啥见不得人的事？瞎子来娣微低着头，侧耳细听。

耍流氓，强奸我家萨萨！柳淑惠火斤斤地说。

哦，我还以为它咬了谁，把屎拉在谁家的饭锅里哩。来娣嘴角欠了一下，笑了。奥巴马大了，要讨老婆喽。

啊！你们大家听听，听听！要咬了人才算干坏事？强奸，难道还不是坏事？

是你家狗告诉你，它不愿意，是奥巴马硬来的？如果是这样，我来打煞奥巴马。这事要两厢情愿的，人家不愿意，怎么可以霸王硬上弓呢！

我家萨萨是条纯种的罗秦犬，花钱买的话就是花几万元都买不到的，每天给它买新鲜的鸡肝吃的，它怎么会乐意与你家在屎堆里拱来拱去的杂种草狗交配？

你不会就是你家的那条狗吧，你怎么会知道你家狗不愿意呢？草狗、洋狗，都是一条命，你说贵就贵，你说贱就贱？邻居街坊们，你们说是吧！人有草民，狗有草狗，这个世界，狗还得和人一般有高低哇！

围观的邻居大多是身处社会底层的工薪阶层，瞎子来娣的一番话，让他们从草狗的身上仿佛联想到了什么，就有人附议了几句。

这个说，也真是的，洋狗土狗，都是狗，谁弄得清它们哇！

那个又说，人心隔肚皮，这个人都弄不明白那个人的，人怎么可能晓得狗愿意不愿意？

这帮看热闹的邻居，本是站在柳淑惠一边，为一条杂种草狗竟然强奸了纯种洋狗而忿忿不平的，瞎子来娣一番话，就让他们产生了动摇，甚至有了倒戈的趋向，这让柳淑惠“嘶”的一声，吸了口冷气，有了悲叹世态炎凉的意思在里面。她有点气急败坏地说，我家萨萨还是处女身，你家的狗破了它的身，你说我这心里是什么滋味！边说就边在眼角挂上亮晶晶的泪花。

眼泪是柔化心灵的溶剂。有看不得流泪的邻居，又体会着柳淑惠内心的苦楚，就帮她的腔和稀泥。公狗母狗，男方女方，总归是女方吃亏，男方就主动认个错、赔个礼吧。

瞎子来娣冷笑着说，现在洋女人看上中国小伙子的事也不少，怎么就一定是我家奥巴马强奸你家小母狗呢？难保不是你家小母狗看上我家奥巴马，勾引奥巴马呢！我家奥巴马是正儿八经的处男。

围观者中有人说，这也不是没有可能，过去只晓得开洋荤，现在老外到中国来开中国荤，喜欢吃中国菜、中国的口味，洋妞来中国改改口味尝尝中国男人的滋味也不错哇。言者眉飞色舞的，好似自己已是被洋妞品尝过了的一道剩菜一般。

行过云雨，咂巴着鱼水之欢余味的棕黄色草狗奥巴马在外转悠了一圈，如背着手围绕自家丰收的田地走了一圈的乡下老汉一样，它微张的嘴向后咧着，露出牙齿，目光柔和，鼻上蹙起皱纹，微笑着，踌躇满志地回来了。见家门口挤了一堆人，就从人腿缝里钻进了家里。

柳淑惠怀里的萨萨随即就骚动起来，扭动着躯体，尖细地叫着。

奥巴马听得动静，抬头看到它，摇着尾巴，鼻子发出“弗弗”的气息声。它站立起来，跃跃欲试地要往萨萨身边靠。

哎哎，你们看哇，这个流氓还想来的。柳淑惠一跺脚，又朝狗的方向踢了一脚。

奥巴马竖起浑身的毛，尾巴翘得笔直，先是发出低沉的喉音，接着向柳淑惠发出一声响过一声的吼叫。

大家看，这狗干了坏事还这么凶！想要吃人不成？柳淑惠问瞎子来娣，我搬走几年，狗不认识我不说，你还听不出我是谁？

瞎子来娣说，我晓得你是谁，正因为是你，我才给你面子，没讲难听的话让你下不了台。住在西河头几十年了，都应该晓得我瞎子来娣是啥样的人！敬我的人，我的手臂上可为他跑火车；欺我的人，我撒一泡尿淹死他。

金乡邻，银亲眷，我对你家多少也有过点帮助，也了解你家的家底，要让你家拿出几千、上万的来赔我，不现实，我也不缺那个钱。柳淑惠摇着满是发卷的头说，但你家的草狗强奸了我家的萨萨，你总得让我落落气、顺顺心。如果萨萨没有怀孕也就罢了，就算我家倒了八辈子霉。我要问你，如果萨萨怀上了这杂种的种，要去流产、要吃苦头的，你要给我个说法的！

你想要个怎样说法？你想怎么样？

柳淑惠想了一会说，我是讲道理的，一不要你赔钱，二也不要那条狗的命。如果萨萨怀上了，为了让这杂种受罚，也为它以后不再拈花惹草，就把它，把它阉割了！

来娣拍拍摊板，板上的葱姜都跳了起来。我倒要看看，谁敢动我家奥巴马一根狗毛！她向着刚才狗叫的方向叫唤，奥巴马，奥巴马！

奥巴马向主人身边讪讪靠拢，它似乎知晓主人的发怒是由它引起的，温顺地弯下身子，耸起双肩，垂下尾巴摇来摇去。

来娣一把搂住奥巴马，有种的来哇，拿刀捅来，我和奥巴马躲一躲，我就不是人！人血狗血要溅你狗日的一身！

柳淑惠说，天底下有公道的，不是我说了算，也不是你说了算，我们走着瞧！有主持公道的地方。

好哇，公道来哇！我天天坐在这里，等你的公道来压死我！来娣又一巴掌拍得面前的摊板震天响，连奥巴马也吓得一哆嗦。

柳淑惠是受不得委屈的，被来娣这么凶巴巴地一吼，眼角又含着泪光了。她白了瞎子一眼，抱着萨萨一扭屁股就转身走了。她说，许师傅还等着我要把头发做完它的，我才懒得理你这种人的。自有人来收拾你！

这场针尖对麦芒的吵架暂时告一段落。没几天，瞎子来娣的门前就开始走马灯似的不安顿了。

先是城管来，说她的葱姜摊是无证占道设摊。

来娣说，放了十几年的摊发过证吗？这十几年里你们从不来查证，今天突然睡醒了，要查证了！我在家门口，占什么道了？碍着谁了？日本人占着我们的钓鱼岛，你们去查过他们有没有证吗？你们不敢去碰日本鬼子，跑来欺负我一个瞎子大娘。欺负一个瞎女人，你们生的儿子没屁眼！

城管想想这事勉强得很，人家一个瞎女人在自己家门口，又没碍着谁，围来的街坊又都帮着瞎女人说话，就不了了之走了。

又过两天，派出所的民警来了，说她家的狗没办狗户籍，是黑狗。

来娣到底是每天听听广播的，她说，天上飞的鸟有户口吗？河里游的鱼有户口吗？狗要什么户口哇，人的户口都要改革了。贪官包养二奶，生私生子，你们不管，来管我瞎女人的一条狗。一条狗哪里惹着你们、碍着你们了？大导演不领结婚证，生的孩子倒不是黑孩子？你们倒给他们办户口了！我养条狗，坏人来了叫上几声，吓走小偷强盗，也是做治安工作呀，这狗至少也在协助你们工作，是协警哇，还没问你们要份协警的工资呢，怎么就是黑狗啦！

一位协警听了不舒服，说，你这话说得怎么这样难听呢！你指着和尚骂贼秃说谁是狗哇！

民警按住了协警对瞎子来娣说，今天我们先是通知你，城市养狗必须注册登记，黑户的狗都得取缔。给你三天时间，希望你们自己动手解决这个问题。

恰好蹬着黄鱼车拉废品回家的建伟，听了这么说，就冲过来把狗搂得紧紧的，歪着脑袋对民警龇牙裂嘴地呜拉呜拉乱吼了一阵。

来娣仰脸对着天，翻着眼白说，憨头儿子不用怕，有你瞎子娘在，谁敢动你和狗，我睁亮眼睛瞪他走霉运，我搭上我的贱命陪着他的富贵命上西天。

第二天，葱姜摊没开张。

市政府的大门口来了一个奇异的组合。一个呆头呆脑的小伙蹬着黄鱼车，车上坐着一个瞎女人和一条狗。看情景，不是来卖艺的，也不是行乞的，更不是来当志愿者帮机关大院清运垃圾的。到了门口，女人脱掉了外套，露出里面的白布衫，上书墨黑大字：

当官的狗是宝，百姓的狗是草。

啊，这才看明白，又是上访的。为拆迁上访、为下岗上访、为欠薪上访有之，为狗上访倒是少有的。

保安立刻上前驱逐。睁开眼看看清，这里不是菜市场！走开走开！

我上辈子挖了你家祖坟啦？哪有这样欺负人的！让我一个瞎子睁开眼看看清？啊，啊！来娣仰天露着只有眼白的瞎眼说，你们欺负我一个瞎子大娘子！你们有胆的过来，过来呀！告诉你们，等我睁开了眼看你们几眼，你们就等着倒血霉吧！

保安这才看清，面前的真是位瞎子。就觉得刚才的言语不妥，于是心一虚，心一虚底气就不足，底气不足就少了攻防的势头，对来娣猛扫过来的几梭子子弹般的恶语，也就全无还手之力了。

来娣趁势在市政府大门口站稳了脚跟。一辆辆黑色的小轿车从大门口进进出出。来娣听人说过，官越大车牌号就越小。她就关照建伟，看见两位数车牌的小车进出就挥手叫喊。这样重复了几次，奥巴马似也看出了门道，而且迅速上手，凡见挂有两位数车牌的小车出入，就条件反射似的汪汪叫唤。两人一狗，这么挥舞着手臂高声呼喊，人声狗吠一片嘈杂，引来了几个过往的行人看热闹。有人问起宝的狗、草的狗是怎么一回事？来娣就一五一十地从她家的狗奥巴马怎样聪明机灵进取好学、洁身自好意志坚定不近女色，后来局长老婆的狗，勾引了奥巴马，又反诬奥巴马强奸了局长家的狗。现在派出所要来杀狗，又不让他们摆摊卖葱，眼看一家人就要无以生计。

正诉说着，闻讯而来的民警赶到了现场，两个民警上来要把黄鱼车推走。

建伟上半身伏在车龙头上，两手紧抓着车把不相让，嘴里呜哇呜哇地叫唤。

奥巴马见此情景，就奓开浑身的毛狂吠开来，跃跃欲试地往民警身上扑。

来娣就拼命呼叫，打人啦，警察打人啦！欺负我瞎子，欺负残疾人哇！

谁打人啦？谁打人啦？大家都看见的吧？我们只是推你们的车子，没碰你们一根汗毛。这么一来，民警就收起手来，不敢去碰车了，说，你们不可以在这里胡闹的，有什么可去信访局反映。

来娣说，我一个瞎子，不认识信访局门朝南还是朝北的。我就要找市长，市长没管好他的手下，我就找市长。

后来，信访局来了一位处长，好言相劝半天，说他就是市长派来的，表示要认真听取她反映的问题，要记录在案反映给相关领导和部门的，在这大门口不便听、不便记，这样来娣终于同意跟随那个讲了两句话就要嗯哪、嗯哪的处长去信访接待室反映问题。

基本是同一时间，网络上流传一位网名叫“小葱炒鸡蛋”网民的微博，发了《草民、草狗是草命》的博文，还配发了奥巴马的照片。这条名叫奥巴马的草狗和它主人家的命运，立即引起网络间的关注，跟帖上千条，还有网民“人肉搜索”柳淑惠以及她当官的丈夫。

接待来娣的几天后，那位处长还找到来娣的家来，说她反映的问题，已经反映给有关部门，市领导都批示了，纪委也找宝根同志谈过话了，让她别再在网络上炒作这话题了。

来娣翻着眼白没弄懂是在说谁用小葱炒完鸡蛋，又在锅里炒了话题。她就说，葱的批发价又涨了，市场上鸡蛋也涨价了，小葱炒鸡蛋贵煞了，我家吃不起，我们才不会他娘的小葱炒鸡蛋，更不会炒啥话题，那多费油。

听了半天，才慢慢知道，“小葱炒鸡蛋”是一个人的名字。但来娣确实不认识这个人。待那个处长走了后，她独守葱姜摊前时，才想起有个年轻人，常在她要收摊时来买葱的，说是下面条时喜欢在面汤里多放葱的，一是以葱香掩盖整日吃面条的乏味，二是以青葱替代蔬菜补充维生素。来娣总是把剩下的烂葱叶全部以最便宜价给了他。他好像是在开发区什么企业打工，房子租在西河头，每天乘厂车去上班。要不就是这个年轻人发的微博。他前几天来买葱，确是问过几句关于狗的事。瞎子来娣想，也只有这个人了，但他怎么鬼道道里叫“小葱炒鸡蛋”这么个怪怪的名字呢?

怪怪的不仅是名字，连人也都是怪怪的了。前一阵凶巴巴地来查她无证占道设摊的城管又来过了，突然像重投了人生一样的，好说好话地问起来娣生意怎么样?每天批发了这么多葱，是否能全部卖掉?

勒令她三天内自行处理掉狗的民警也来过了，和言悦色地要她在一张什么表格上按指印，说是帮她把奥巴马的证补上了。真正才几天，人都仿佛吃了什么仙丹似的，一夜之间就变成了菩萨。

那天午后，来娣正坐在葱摊前打盹，正在梦里浮上沉下，突然被什么声音惊醒了，就赶紧从沉浮模式中寻找坚实的着点，因此醒来时两手紧紧抓着破竹椅的扶手。就连趴在地上打瞌睡的奥巴马也被惊醒了，一个激灵站立起来，精神抖擞地竖着耳朵在辨听。

有人老远就大声在说，啊呀，来娣你打瞌睡也不盖条毯子，睡在风口里要伤风的呀！

来娣一听就听出是柳淑惠的声音，反讥道，老百姓草民一个，命贱归贱，但心里阳气着哩，风吹浪打当按摩，阴风邪气吹不开我们的汗毛孔，我们活得结实着哩！风伤不着，雨也糟蹋不了我们，让你的希望落空了。

啊呀呀，来娣呀来娣，你把我好心当驴肝肺。柳淑惠表情夸张地比划着手说了半天，才想起即使她的表情赛过表演艺术家，在瞎子来娣面前都是瞎忙乎。她放下怀抱着的萨萨，收敛起脸部活络的肌肉，就以简装版的形式说话。来娣啊，上次狗的事情是我不妥。萨萨与你家奥巴马的事，不是你我大人可以干涉的。现在子女的婚事，家长都难以做主的。

一落地的萨萨，立即如一团从雪山上滚落下来的雪球，朝奥巴马扑去。奥巴马一蹦而起，在地上打了一个滚，伸着舌头去舔萨萨的屁股。萨萨似乎有几分羞涩，一溜烟地跑开去了。奥巴马紧追而去。

萨萨，萨萨！不要人来疯，回来回来！柳淑惠本想拦住萨萨的，迈了两步才发现是根本追不上那两条热恋中的狗的，况且她与来娣的话还没说完。她今天重回西河头，不是冲着皇后理发厅来做头发的，而是专程与来娣来说话的，这是史无前例的，所以内心怀有的使命感提醒她又折了回来。

啊呀，来娣哇，不是我怪你噢。你去市政府门口一闹，领导、纪委一找我家宝根谈话，就好像捅了马蜂窝了，局外人都以为我家宝根要倒台了，墙倒众人推，这个举报，那个揭发，弄得巡视组当件大事。本来是一点点鸡毛蒜皮的事，结果青竹竿捣屎坑，牵扯出一大堆的事来。现在的社会就是这样势利的呀，平日里摇着扇子抢着来拍马屁的人，一眨眼就都变成了举着石头来落井下石的人。我家宝根现在还被巡视组调查中的。啊呀，来娣啊！我们是老邻居了，你我有点误会、过节，你有火冲我发呀，你怎么能闹到市里去呢！我哪里不对，你说我骂我呀，来娣呀来娣！柳淑惠虽本打算以简装版出现的，说着说着，眼角倒是隆重地挂上了泪花，这样晶莹闪烁着就又显得有些精装豪华了。

对于这样的后果，来娣没有一点思想准备。她虽貌似一个狠巴巴的人，对一些官员并无好感，但她带着建伟、奥巴马去市政府门口上访，初衷只是想保住奥巴马，并非是要拉宝根下马。她和中国大部分的百姓一样，只要有一口饭吃，有个栖身之处，也就不求什么了。官总得有人当，宝根不当官了，会有其他人顶上去。官就是官，张三当官，李四当官，都与她无关，她不指望从中捞到什么便宜。但这些官如果侵犯、损害她的利益，不让她和家人活下去，她会挺身而出，奋不顾身地拼个鱼死网破。

来娣清清嗓子，口气也缓了些许，说，我是一个靠自己双手做做吃吃的老百姓，你家宝根戴不戴乌纱帽，不关我屁事。你还有脸怪人家？这事首先是你惹起来的。狗日的它们开心，你还不乐意，非得说我家奥巴马强奸你家的狗，还让人来把奥巴马赶尽杀绝。如果我做缩头乌龟，眼看着奥巴马被你们灭了，我连狗都不如！

柳淑惠讪笑着说，不说了不说了，我都向你道歉了。我们也算攀上亲了，也算是儿女亲家哇。孩子长大了，父母做不了他们的主，我们也做不了萨萨和你家奥巴马的主喽，只能随它们去了。

萨萨如柳淑惠的附件，都是随踵而行的，这是人人皆知的柳淑惠出行的标配。想起刚刚本应追住萨萨的，为了与来娣讲话，而放弃了追堵萨萨，现在该讲的都讲了，时辰也已有一会了，萨萨仍不见回来。她心里突然一慌，有一种不祥的预兆像鸡毛掸拂灰一样从心头掠过，就一拍巴掌对来娣说，我去看看萨萨，不知又疯到哪里去了。萨萨、萨萨。她叫唤着，一路小跑而去。

来娣拧开小收音机搜索电台听锡剧，《双珠凤》刚听了没几句，柳淑惠就慌慌张张地跑回来。萨萨不见了，不知给你家那条短命的狗又带到哪里去了！我家萨萨本来是乖乖的，硬生生给你家的草狗带坏带疯了。

刚才还在说结儿女亲家的，一会儿又青上脸皮了。真正是狗改不了吃屎。来娣平静地用手摸索着理理摊面上葱姜。四条腿的东西，不就图个满世界跑吗！跑累了，自然会回来的，慌什么慌！

正说着，一辆摩托车突突响着引擎从街面穿云裂石而过。令人诧异的是，摩托车上前后坐着两人，后面那人肩头如旧时挂钱搭子般地在前胸、后背搭着毛茸茸的棕黄和雪白两块东西，挂在背后的那块白雪在高速运动中，还微微飘荡着。哇，扛在那人肩头的，竟是两条下身紧粘在一起的狗。

柳淑惠眼尖，惊叫起来，哎哟哟，那不是萨萨和奥巴马吗！萨萨、萨萨！

来娣侧耳听着摩托车声响，翻着眼白问，怎么回事？

柳淑惠就把看到的描述给来娣听。

来娣一拍大腿，叫了一声不好！这奥巴马和你家萨萨又干上好事了，两条狗恐怕是被人抢走了。

柳淑惠像一个好学上进、满怀求知欲的女中学生一样追问，到底是怎么回事，怎么回事？

来娣说，狗在交配时，是棒打不散的。狗鸡巴上有倒锁骨的，要想分开也难。一定是有人趁它们在交配时，抢走了它们。

柳淑惠大哭小喊，声调又变得陌生了。每逢情绪激动时，她就会变成另一个让人觉得生疏的柳淑惠。这如何是好，这如何是好。

在原地转了两圈，她掏出手机打报警电话。

这时，一个骑车人推着瘪了胎的自行车走来，借了气筒给车胎打气。他说，你们是在说那两条狗吧？我隔着马路，看着两条狗正在交配，突然来了一辆摩托，那人把两条狗搭在肩头坐上车就跑了。这两条狗，恐怕是要让人吃狗肉了。这年头，专门有人偷了狗，卖给狗肉火锅店的。那人边说，边打着气筒，车胎的气门芯发出了尖利的啸叫声。

柳淑惠皱眉蹙额，急速地摇摆着头，如任性女孩般地大声发作。哎哟，吵死啦！来娣来娣，我的亲家，你快说，该怎么办！我们那两个宝贝！不然的话，凭我家宝根出面救萨萨，大海捞针也会把它找回来的，但现在宝根……哎哟哟！在这位官太太内心原先垒得高高的优越感，如暴雨中的泥巴堆，顷刻崩塌了。一贯以为见识颇广的她，一时全没了主意，她眼巴巴地望着“亲家”，指望着来娣给她作主。只有在这时候，她才似乎意识到她与来娣是有共同利益的亲家。

瞎子来娣稳坐在破竹椅中，平静地说：这是命啊！该去就得去，谁也保不住。好在它们开心了，快活了。来娣说着，忍不住笑了起来。奥巴马这个骚货，死也要当个风流鬼呀！

2015 年 9 月 12 日写毕

杀手

西河头星期五的早晨，与西河头平日的早晨总是有些别样。

熬过一周，人们在最后一个工作日的早晨起来，就稍稍松了一口气。一周的繁重，在八九个小时后就能完全别过。接住校孩子，去父母家吃饭，与朋友约会喝酒打牌，开车去邻县郊游。仿佛一星期的奔忙，都是为了今天。匆匆走向公交站乘车的、骑着电动车驰向单位 、开私家车在十字路口等绿灯的、从菜场买菜快步走回家取了上班包急急出门的，人们从脸到心，一切如泡开的木耳一样，都是绽放的。只有从家里追出来，把插着吸管的半包牛奶，塞到去上学小孙子手中的老奶奶，嗓门仍是那样的大，半条街的耳膜都为她所振荡。

初升阳光，斜斜地照射着攒动的车流人群。像一条有黏稠度的河流，在缓缓流淌。突然，一阵骚动使这河流有了异常的波纹，波纹由街的南端向北面荡开去。波纹源，是一辆轰鸣着的灰色小车，加速横冲直撞过来，街上立即炸了锅，行人躲避，四散奔跑。灰色小车加足马力朝人群冲去。惨叫声中，有人倒在了血泊中，又有人倒下。那个血腥的早晨，共有五位无辜的行人被撞倒下，丧生在那罪恶的车轮下。一个本来轻松得近乎于抒情的早晨，一下就悲悲戚戚了。

警车、救护车的笛鸣，交杂着大哭小叫声，回荡在街的上空。以致于现场勘察过后，街面上的血迹被环卫所水龙头冲清了，而那声音似乎还在回荡。那天，警察从撞在电线杆上的肇事车辆中拉出杀手司机时，西河头的老街坊们都失声说一句，啊，是白墙门里吕家老二哇！这个杀千刀的！

吕家老二为何会犯下这等伤天害地的事？街坊们七嘴八舌，众说纷纭。

有说，老二早晨起来就喝酒了。

有说，老二不轧好道，一直偷偷吸毒。

有说，昨晚老二与几个邻居搓麻将，对手暗中作花手心，串通起来赢他的钱，让他输得精光。他是开车追杀赢他钱的人。

最后还是住在白墙门大院里的邻居，左看右看后，缩头缩脑地用四个手指掩着嘴悄声说，其实出事前，吕家已是吵了几天。吕家在街角开有一爿小杂货店，仅是售卖香烟、卫生纸、棒糖、文具的小本生意。这个老二不学好，好吃懒做，嗜赌成性。吕家老子早已对老二丧失了信心，放话家产不会留给一个败家子，并已着手把杂货店交给老大，没老二半毛份。老二就跟他老子急，扬言要做出一桩惊天动地的事，让他老子后悔。于是就发生了早上的血腥事件。

白墙门的邻居是这么说的，可几天后警方公布的结果并非如此。公布的结果，首先否定了老二酒驾毒驾的可能，也非追杀赢钱的赌友，而是在肇事时患急性短暂性精神障碍，有限制刑事责任能力。

好多人听不懂了，问什么叫限制刑事责任能力？

一个自称在普法教育中考得高分的公务员邻居说，是说刑法中规定具有承担刑事责任的能力，但可以从轻或减免处罚的人。

啊，那么说来老二犯下这么大的事，就可不处罚了？邻居们就张大了嘴，摇着头。

有人就问，这个老二有否有什么精神障碍？

有人回答，好像八岁时从他爸的自行车后座摔下来，据说是癫痫，但后来一直不见再犯。

街坊邻居议论这些时，是分成了三堆戳在三家不同的人家门前，保持一定距离的地方。这三家都有人蒙难。五位死于非命的人，除两位是过路的外，其余三位都是西河头的住户。这对西河头，是天崩地裂的一件事了。按当地的习惯，出殡一般是在五朝进行的，也就是逝者去世的第五天。但由于此灾祸是人为横祸，家属自然将痛失亲人的悲愤聚集在肇事者身上。对肇事者的处理，对家属的赔偿，成为家属谈判的焦点，也成为让逝者躺在冰棺里拖延出殡的理由。

吕家老头子摔出杂货小店的钥匙和营业执照，说，要赔偿，都在这里，你们拿去赔吧！对吕家这种杀杀没有血，剥剥没有皮的主，拿他怎么办？又有人缩脖缩脑掩着嘴说，所以吧，如果是定了故意杀人，保险公司就可以拒赔，没了保险赔付，拿什么来赔给死者家属！因此，政府并不是要包庇吕家老二，但必须考虑善后。把吕家老二定为患急性短暂性精神障碍，是为了维稳的需要，是为了有钱赔偿给受害者家属的需要。

保险公司赔付了，区里、街道一家家费了好多口舌做家属的工作，家属们才答应出殡。西河头人在办红白事上，对数字有着红双白单的不同选择。出殡那天，是农历单日，恰好是周一，皇历上又写着宜丧葬，因此三家都选了这天。

天还蒙蒙亮，三支出殡的铜管乐队就咪哩吗啦吹个不停，这边的长号刚起了个音，那边大号就以低沉的重音盖过去，大有打擂的意思。运送吊唁亲属的大客车在路边停了好几辆。西河头的邻居们都早早起来，楼上窗口挤满人头，街边上也站满好多人。即使你想睡懒觉也不可能哇，谁经得起三支铜管乐队在耳边这么拼命齐奏呢！再说一条街上三家同时送葬，这在西河头是史无前例的。人们都不想错过这一难得的喧闹，同时以目光和啧啧声送上他们的悲悯。

三支披麻戴孝的出殡队伍走向不同的客车，一路大哭小喊，白发人哭黑发人，孩儿哭父辈，个个哭得眼珠子似乎要滴血。哭喊声，让心软的邻居也都跟着眼睛红了，湿了。目送着三支送葬队伍的大客车一字长蛇阵向城西郊外进发，在视野里消失。

有人叹口气，说了一句，就算结束了！

有人扫了说话人一眼，说：真能这么结束了吗？

邻居们相互看看，没人说话，然后如躲避什么似的匆匆散去。

西河头人外表看似平和，内心却似屋后的弓河，深不可测，遇到适合的气候，还会河泛。平时客客气气的邻居街坊，在利益受到侵犯时，是不会轻易宽恕对方的。

据说有对家里没有空调只能敞开窗户睡觉的年轻夫妻，夏夜亲热时动静稍大，常让邻居真切地共享到激情澎湃之声。这种鱼水之欢的响动不仅是干扰清梦的噪音，在有些人的心目中更是对自己精神和肉体的折磨。

住在楼下的鳏夫受不了这刺激，趁年轻夫妻轮到夜班下班刚睡下的早晨，在楼下腾空架起摩托车后轮不停地发动，拼命地转动油门柄加油，发动机震天动地轰鸣。

年轻夫妻在楼上窗口探出头来，说人家夜班出来在睡觉，你就别再捣鼓那破玩意了！

鳏夫抬头说，我修我的摩托车，你们睡你们的。再说了，要是嫌吵的话，你们可以继续叫唤，你们的嗓门完全能盖过摩托声呀！

事后，年轻夫妻稍有收敛，但时隔不久又重蹈覆辙，嗷嗷之声以过去同样的分贝震撼着静谧的夜。住在他们隔壁的，是一位年近三十还没找到对象，甚至从没接触过女人肌肤的老小伙子。觉得再也不能承受这种挑衅和折磨了，老小伙子站在自家阳台上，将一只尾巴上绑了鞭炮的野猫扔进年轻夫妻半开着的窗户。

鞭炮声机枪扫射般地震响，野猫在房内乱窜，蹿上床头，抓伤男女裸露的体肤。据说在这场惊吓中，受伤的不仅是男女的皮肤，更有男人某些部件的功能。

由此可见，西河头人是不容易淡忘仇恨的。所以，才有了出殡那天，人们对有关三条人命后续事态的担忧。

自出事后，吕家老二先是进了拘留所，后又被强制送往精神病院医治。西河头出现了很长时间真空般的寂寥。人们仿佛统一接到指令似的，突然没人再提起那个血腥的早晨，没人提起任何与肇事者、死者有半点联系的话题。谁都不忍心回忆起那天的惨烈，似乎都在有意回避着由舌头与牙齿间可能磨擦出的火星，一不小心会点燃屯积在旁的火药桶。

甚至有次邻居们聊天，有个冒失的毛头小伙子脱口说到一个死者名字，刚说出口，他自觉不妥，立即刹住车，缩紧脖子，伸出舌头，作僵持状。

同站在聊天人群中的他母亲，举手轻打他的脑壳，死样！你明天不是要起早赶早班车吗？还不回去睡觉！

小伙子趁机乖乖溜出人堆回家去，人群也就无声地散了。

就这样，好像从没发生过那桩摄魂夺魄的血案一样，西河头很快就恢复了往日的平静。其实，谁都知道，那天悲痛的人们皱纹下耷的脸部形态，一直收藏在西河头人的心底。

这样，西河头在度过了看似平静的两年光景以后的某个早晨，西河头人在白墙门西侧的三楼吕家阳台上，看到了一个熟悉的身形。人们看到后，先是没吱声，怕看走眼，又盯着看了一眼，确认就是那消失了两年、十恶不赦的吕家老二时，他们大都退回家中，关照妻儿家人在街面不要多嘴，不要惹出事来。说看吧，西河头从此不会太平了，保不定就有一场复仇的杀戮。

吕家老二在精神病院强制治疗两年后，申请再三，终获院方同意出院，吕家从此可省下每月要耗费的一笔治疗费用。遵医嘱和警方要求，在家休养不得随意外出，随时要接受院方和警方的查询。

吕家老二回家后，虽没在街面出现，西河头也貌似并无任何变化，邻居们继续上班下班，起居作息，但明眼人还是能感觉到街面上气氛变了。人们时不时有意无意地抬头看一眼白墙门三楼西侧的阳台，脸色凝重得近乎僵滞，不断扫视着周围，会突然扭头警惕地关注身后走动的人，目光盯着可疑的路人，直到对方走出白墙门的范围。

街坊间又有人缩着脖子掩着嘴说，三家受害者家属已出巨资请黑道杀手来了结这个冤孽。说杀手是从香港请来的，会使枪和飞刀，百步穿杨，还会飞檐走壁。还说这个杀手曾是香港某大亨的保镖，因失手误伤了大亨的公子而远走他乡藏匿江湖，改行作职业杀手。说得有鼻子有眼的。都说这回吕家老二必是逃不脱了，等着瞧，看这小子怎么个死法吧。

西河头的人们开始特别关注陌生行人中长得酷似电影中杀手的人。关注压得低低的帽檐下，目光是否阴冷而狠毒，以及在他们裸露的手臂和胸口，有否有电影中杀手常有的刺青。关注那些通过西河头时步履缓慢、目光逡巡的人。西河头人紧张而兴奋地在等候着能亲眼目睹一场电影中才能看到的刺杀。

等候观看动作大片的目光，除聚集在外来陌生人身上外，他们更关注着三家受害者家属。心想他们应该是能映照出刺杀行动进展的镜子，从他们的出入起居中，照例说是能看出一些行动进程的蛛丝马迹的。

那个血腥早晨中死去的人中间，年龄最小的是钟表匠的孙女，五岁半。

那天早晨，钟表匠用电动车送她去幼儿园。孙女的鞋带松了，钟表匠要帮她系。

她偏不，说老师说的，要自己动手，学会自己照顾自己。她从电动车后座上下来，蹲在路边自己系鞋带。

钟表匠骑在车上没下来，他眼望前方，在等待她系好鞋带重新坐上后座好马上启动车辆上路。钟表匠问两遍，小公主，好了吗？

这时，钟表匠好像听到背后乱哄哄的，不知发生了什么，他想扭头看个究竟，却因坐在车上要保持车的平衡，扭不过头。就在这时，一声巨响在身后响起，他的电动车被狠狠推出一大段，等摔到地上再起身时，他看到孙女已倒在身后的血泊中了。

钟表匠手艺是祖传的，他的爷爷就在这条街上开钟表修理店，传说爷爷为袁世凯的小儿子修过当年由上海“美利华”作坊制造的南京钟，说是那屏风式样，钟面镀金，镌刻花纹的钟在小城内没人敢修，最终由他爷爷修好了，从此他家的钟表店在小城名声大振。到他父亲手里，店中业务最多是修修三五牌台钟、挂钟，给鸡啄米的闹钟、上海牌手表、紫金山牌手表擦擦油而已。

而到了他这一代手里，他做得最多的生意，就是为小学生的电子手表换钮扣电池和给手机贴膜了。除了修钟表的手艺，祖传的还有太极拳。由于长时期坐着修理钟表，就有必要经常要站起身来舒展一下筋骨。早晚两次必练杨式太极拳，以和血脉，松筋骨。就如达摩面壁九年，为驱筋骨困倦、活络肢体而练就了十八罗汉手一样。虽然，修理钟表的生意在他这一代中落了，但太极拳在他手里出神入化，登峰造极。很少见他像上辈一样，在眼窝里夹上放大镜埋头修表，生意清淡的他常到屋后河滩上练太极拳，练了一遍又一遍。

孙女夭亡后，钟表匠大病了一场，钟表店的玻璃门面从此永远被木门板遮挡着。再看到钟表匠时，他显得异常孱弱，已不见过去练太极拳时的矍铄和硬朗。不再听他开口说过一句话。他不再练太极拳，难得见他扶墙站在门口时，给人的感觉是凛冽寒风中挂在树枝上的最后一片枯叶，目光如躺在砧板上鱼的眼珠一样无力。

吕家老二的回家，如一声闷雷惊醒了冬眠的动物。本已垂死的钟表匠，又重新投了人生一般。他每天一早就出现在封上了木门板、既是钟表店又是家的门口。

开始几天，是以近似站桩样的姿势勉强站立着，但没几天功夫，他就奇迹般地重新打起了太极拳。不再是躲在人少的河滩边打拳，而是一反常态地当街张扬着。他以连绵不断的老架杨式拳，虚实进退，开合吐纳施展得行云流水。在他看似缓慢、轻灵的步法中，意气形神兼备，招招柔中藏刚。

街坊们都知道，钟表匠是在昭示他坚定的决心，是在发出无声的战书。

白墙门宅深户众，钟表匠不想由于他的闯入而惊扰了其他住家，特别不想惊吓到那些无辜住家的孩子。况且吕家老二是在面前这条马路上残害了宝贝孙女的，他也要在这条马路结果老二的性命，这样才能告慰孙女的冤魂。

一套拳罢，他静坐在门口的竹椅上，一掌托着三个铁球不停地转动。他目光又如以前那样有神，不同的是新增的杀气，让双目炯炯如两把尖刀。他隔街盯着白墙门的门洞，密切注视每个进出的人。每天从早到晚，不是打拳就是以手掌运铁球。他在等待仇人出现，等待战机。

世上最孤独战士的最悲伤之事，莫过于难遇敌手，难遇战机了。如果是这个敌人不存于世，也就罢了，偏偏这个敌人就在咫尺，天天能看到他的存在，却无法与之交手。如果这位战士丧失了战胜敌手的力量和技能也就罢了，还可在内心宽恕自己，偏偏他功力日长，心头积蓄着满腔等待喷发的火焰，却无处发力。

这样等待了三个月后，有一天，当钟表匠打完一套拳，气血还在脉络里奔涌，丹田还在搏动，也许是脑袋一激灵，他突然醒悟了这种等待的无望。本已收势的他，又迈开虚实步法，开胯裹裆，气沉丹田，舒臂右掤，咔嚓一声，一掌竟把面前碗口粗的行道树劈裂了。他口喷鲜血，吐在歪歪斜过去的树干上。

钟表匠倒下了。

有香港杀手来行刺的传言不知是否传到吕家老二耳中，但他应该明白身边至少有三个仇家存在。反正除了宅在家里之外没有其他选择。大门不出，二门不迈，西侧阳台成了他接触外界、透气散心的唯一天地。他在阳台上喝茶，吹着口哨眺望远处的风景。为了打发无聊的时光，他在阳台上安了一只鸽棚，让家人买来几只鸽子饲养。每天喂鸽子，早晚两次放飞鸽子，仰脸望着在空中盘旋的鸽子飞远去又飞近来。看得出，事实上近乎囚禁的他，只有在那时是自由翱翔于蓝天上的。因为那时，他站立于阳台上仰望蓝天，脸上呈现出年轻人应有的怡然笑容。他还常向栏杆外探出上半身，向空中吹着口哨，挥舞着双臂招呼鸽子。

吕家老二的招摇之举，惹怒了一个人。这个人照例与西河头是没有关系的。只因他与居住在西河头的一位姑娘谈恋爱，而这位姑娘也在那个惨烈的早晨中被老二的车轮辗死了，这就使这位退伍军人小伙与西河头有了不解的深仇。

小伙子与姑娘的恋爱是时离时合的拉锯战。最后一次分手，让小伙子觉得再也无法承受这样的折磨了，就以军人快刀斩乱麻的果断，迅速辞去了这个城市的工作，选择远离这个伤心之地，去深圳投靠战友的公司了。

但时隔不久，已经相互删去微信好友的姑娘又加了他微信号。两人在微信中又聊上了，文字聊天的输入速度已赶不上他们表达的迫切程度，就改成了语音聊天；语音满足不了他们视觉的欲望，又改成视频聊天。

姑娘说，以为能就此将他忘记的，事实上自与他分手后一直未能将他忘怀。路经他们曾拍拖过的路口街角，就会想起他。看到闪过与他长得相似的背影，更会想起他。由于思念，她寝食不安，身体虚弱。最近一次她在浴室洗澡时竟晕倒了，等她清醒过来的第一念头，就是想起他。因此，认定他是她这辈子非嫁不可的人。最重要的是，她在视频中以挂着泪水的笑脸向他宣告，那次晕倒让她有了新发现，就是分手前几天的最后亲热，居然让她有了身孕。她撒娇说，渴望马上与他结婚。还说到他的胡子扎人，特地给他买了把电动剃须刀，以后每天早晨都要亲手为他剃去钢丝般的胡须。

小伙子大为感动，当即表示会马上辞去深圳的工作，买机票回来。小伙子辞职交接工作耽搁了几天，待他回到西河头时，姑娘在前一天已丧命。据说在送往医院抢救途中断气前，让母亲转给他的遗言：他要是个男人的话，就要为她和腹中孩子报仇。

小伙子手握准老婆、孩子妈遗留下的电动剃须刀，将开关按在长开上，让电机不停地旋转，发出刷刷的声响。他成盒成盒地买电池，没事就捧着剃须刀，让它永远运转着，觉得它在动，她的心就在跳，从没离去。在某军区侦察大队当过兵的他，曾是军区比武散打的亚军。凭他的拳脚，解决吕家老二，就如揿死只臭虫一样简单。以前有个晚上他与姑娘闲逛回来，回到西河头见五个地痞在欺负一个收破烂的老头。小伙子上前劝阻，五地痞不仅不听，见他身边的女伴长有几分姿色，还以轻薄的言语调戏。小伙子出手，没等旁人看明白，就把五个地痞放倒在地上叫唤了半天没爬起来。

姑娘虽不在了，小伙子再没离开过这城市。他常神不知鬼不觉地出现在西河头，站在远处默望白墙门。吕家老二回来后，在阳台上的嚣张举动，都被他看在眼中。他沿着白墙门的外墙走了几遭，目测过吕家西侧三楼阳台的高度，以及阳台附近的建筑物。这种高度和条件，在侦察兵的眼里甚至比从白墙门的大门进去，登堂入室，转弯抹角一家家找到吕家更直接、便捷，更便于速战速决。

七月的一天早上，吕家老二在阳台边用电水壶煮一壶泡茶的开水，边吹着口哨给鸽子喂食。看到阳台下一动不动地站着一位长得虽不高大，却十分精悍的小伙子，在盯着他看。

老二大声呵斥，看什么看，你有病哇！

小伙子说，你才有病，我是来挖断你病根的。

老二朝楼下吐唾沫，你来啊，有本事上来！

小伙子二话不说，嗖地跳上墙根下的垃圾箱顶，弹跳起来，双手抓住一旁胳膊粗的树枝，树枝被重力压弯，又像弓一样弹起来，小伙子借势像一颗弹丸被弹射出去。好家伙！如杂技团里的空中飞人一样。他在接近二楼阳台时在落水管轻轻撑了一把，人体又如燕子般地往上蹿去。这过程仅是一瞬间。只差零点几秒，小伙子就能攀上阳台，那么吕家老二就会在转眼间被拧断脖子。

可就在小伙子双手眼看就要攀住阳台栏杆的一刹那，吕家老二灵机一动，拎起刚煮沸的一壶开水，向小伙子浇去。

小伙子没防备这一手，啊呀一声，就摔下楼去。

小伙子摔成了重伤，瘫在病床上。

在经历了两起复仇未遂事件之后，西河头人如赶个早，在露天戏台前占位等了半天而最终没看成戏一样，有点失望。说是这下完了，后面不会再有戏了，除非那个黑道杀手真的出现。

又有人掩着嘴说，不管功夫如何，业余的到底是业余的，还是职业杀手管用。

有人附和，是啊是啊，业余怎么可与职业的比，道行总是不及的，只有职业杀手出场，才精彩呀！

那一阵，西河头人的情绪普遍低落。

邻居们对后续事态进展的无望情绪，并非空穴来风。

西河头在那个血腥早晨中虽有三人受害，但剩下那户可以忽略不计。那户遇害的正是在铸造厂当翻砂工、身强力壮的男主人。

邻居们对那个男主人的强健力壮，都是有清楚记忆的。常看到他家女儿骑在他的脖子上，揪着他的两只耳朵疯了似的不停叫唤，驾，驾，我的马儿快快跑！

男主人就沿着马路奔跑起来，一口气能由南到北跑完全街。小女孩骑坐在爸爸的肩上颠簸，乐得喘不过气来，那笑声洒了一路。惹得街坊们在赞叹男人精力旺盛的同时，笑叹他这般做孺子马会把孩子惯坏。

男人则笑答，锻炼、带孩子两不误。

现在男主人不在了，剩下弱不禁风的女主人和一个年幼的女儿。进过她们家的邻居说，她们家凌乱不堪，每天起床都懒得收拾床铺，桌上是上顿吃过的碗筷，每顿要临吃才洗。墙上乱七八糟地贴满照片，有这家人不同时期的合影。看来女主人当摄影师的机会多，所以墙上更多是男主人生前与女儿尽情欢笑玩耍的照片。有在草地追逐的，有在海滩挖沙的，有在堆雪人的，还有是父女俩在争吃一块披萨的，似乎所有照片上父女俩都是以夸张的笑脸冲着镜头或者说是冲着端相机人的。

自男人死后，这家人完全变了，再也没了笑声。那个女主人整天皱着眉，一副怨天尤人、病恹恹的样子。她带着女儿出入西河头，常听得她高着嗓门，以恶狠狠的口气在训斥女儿。

一屋不扫何以扫天下哟！街坊们这样议论，都摇头叹息。说这个颓势女人，连个家都打理不好，怎么可能有能力替夫报仇！不可能的了，还是等等那个黑道杀手吧。若是杀手来，这事就成了；若是杀手不来，这事只能就此作罢了，也算是吕家老二这个冤孽的命大。

吕家老二以一壶开水战胜了散打亚军后，精神状态特别好。可能觉得连前侦察兵他都能打败，这阳台该是他的福地，是他的凯旋门。因此他呆在阳台的时间更多了。他坐在阳台喝茶，看鸽子飞进飞出。还时常鼓着喉头，咕咕咕地模仿着鸽子的叫声，与鸽子交流。他常靠栏杆站着远眺天空，看他的鸽子飞翔，也希望看到有过路的落单鸽子。如有发现，他就会放出鸽子去圈这落单鸽子。如果落单鸽子是雌的，他的鸽子就特别来劲，他也特别来劲。仿佛是人鸟在联手打劫一位过路的良家妇女一般。他饲养的鸽子如主人一样流氓，一拥而上，把陌生雌鸽挟持在中间，在空中盘旋两圈后把它逼入鸽棚。

这样一来，他的鸽群日益庞大。阳台上原来的小小鸽棚已经容纳不下这些鸽子。他就拆了小鸽棚，在阳台栏杆外用悬挂方式向外借空间，搭建了一个比原来大得多的鸽棚。

阳台对面相隔二三十米的位置，是另一幢居民楼。在这幢居民楼的东侧三楼，与吕家阳台相对着的，是一个专供居民晾晒衣物的公共大露台。就在老二搭建鸽棚的过程中，他发现对面露台上一直站着个小女孩毫无表情、一言不发地看他工作。

老二忙碌之余，抬头问她，你一直站在那儿做什么？

小女孩不响。

老二问，你是谁家的？住几号门的？

小女孩不响。

老二问，你叫什么名字？

小女孩不响。

老二问，你上几年级？

小女孩不响。

老二毛起性子，提高嗓门问，喂，问你呢！你怎么不回答！

小女孩不响。

老二怕小女孩被他的大嗓门吓跑，又恢复了原来的嗓门问，我知道了，你不会说话。你是哑巴？

小女孩不响。

老二觉得作为一个大活人，整天光与鸽子咕咕地交流是不够的。他早就担心某个早晨醒来，自己会一夜变成一羽只会咕咕叫唤的鸽子。所以必须有个人说说话，排遣心头的孤独。这个小女孩不可能是黑道上的杀手，也没能力伤害到他，做他的听众倒也合适，反正不管他说什么，她都不吱声。他认定，她是他近似囚禁生活中聊解寂寞的最佳倾听者。

一段时间里，他已习惯边喂鸽子，边隔空与对面露台上的小女孩说话。反正他只管说，不在意她的反应。他觉得这样也挺好，免得她开口有了反馈，东问西问，他还得动脑筋去考虑如何回答她。他想怎样说，就怎样说。后来，他到阳台上，不再是首先关心鸽棚里的鸽子，而是先往对面露台上打量，看看那个小女孩是否在了。每每先都是小女孩不在，当他探出身去阳台外的鸽棚清扫或喂食忙碌了一会，再次抬起上身时，小女孩已一动不动地站在对面了。他就伏在阳台栏杆上喘口气，再与小女孩说话。

这个新建的鸽棚悬挂在阳台栏杆外面，每次清扫或喂食，都必须探出上半身去。每次从阳台外收回上半身时，总会感觉到有些头晕目眩，需要伏在栏杆上喘口气才能说话。

后来，老二经过归纳分析发现，每次小女孩出现，总是在每天黄昏天色朦胧时，露台上晾晒衣物全部被居民收走后空荡荡的，露台一侧被雨水侵蚀的墙青苔斑驳，显得有点阴森森的。而且小女孩的出现和离去，都是在他不经意之间。总是当他扭头去看鸽子或者给茶杯续水时，再回过头来，她总是在了，或者消失了。这些现象让他心生狐疑，由此往深处想，就浑身一阵惊悸，心想这小女孩到底是人是鬼啊？

为试探虚实，他有次对小女孩说，我讲得口渴，你听得也累，给你个桃吃。他扔过去一个生毛桃。桃子滚落在对面露台上，滚了几下，滚到小女孩的脚边，小女孩连看也不看那个桃一眼，眼睛直勾勾地仍望着他。

他倒吸了一口冷气，说不会吧，不会吧。莫非……他想这女孩不会就是钟表匠的孙女吧？虽是时隔两年多，但当时车轮碾过小女孩如压在一床棉胎上的感觉，通过方向盘传递给他，烙在他的脑膜上，至今仍很清晰。当他再定睛朝对面看去时，那边又是空荡荡了。

当晚，吕家老二夜半被自己的噩梦惊醒了，他惊恐不已地喘气，浑身大汗淋漓。

相隔没几天的夜晚，一场江南夏天常见的雷雨骤然而至。突然刮起的狂风，吹得各家敞开的窗户乒乒乓乓作响。大家迎着照进屋来的闪电七手八脚关门窗。老二不放心阳台外鸽棚里的鸽子，就走到阳台上。心头的惶恐使他不敢往对面露台上看，但又忍不住看了一眼。这一眼让他全身的汗毛全体肃立起来。

那个小女孩一动不动地站立在对面露台上，一声不吭地伸直手臂指着鸽棚的下端。在风雨和电闪里，她纹丝不动地保持着这个动作。

老二吓坏了，片刻才反应过来，小女孩可能是在告诉他鸽棚的门被吹开了。他听到鸽棚内鸽子在横风劈雨和电闪雷鸣中咕咕骚动。他就像往常一样，将小腹靠在栏杆上，向外向下俯下上半身去检查鸽棚门。就在这时刻，他分明听到对面的小女孩第一次开口说话：

我是被你撞死的钟表匠孙女，你去死吧去地狱吧！

老二赶紧欲抬起上半身，就在这时头顶响起一声炸雷，一道惨白的电光闪过。

有些头晕目眩的他，分明看到对面露台上的那个小女孩突然笼罩在一片惨白之中，那片白色在风雨中精灵般地飘逸，露在白色之外的脸庞被一束自下而上的蓝光照射，使她的鼻孔和眼窝都极度变形，脸部变得十分狰狞。

老二被一吓一惊，手在空中舞动几下，没抓住支撑点，瞬间失去了重心，一个倒栽葱，他叫了一声，脑袋朝下摔下楼去。白的脑浆，红的血水洒了一地，被雨水冲得一塌糊涂。

风雨大作，电闪雷鸣掩盖了一切。

那幢有露台的住宅楼的二楼，某一个窗户亮着昏黄的灯光。那位失去男主人、只剩下女主人和小女孩的那户人家就住在那里。

在一道闪电震熄照明灯之际，那家的小女孩浑身湿漉漉的，从外面推门回到家里。她的头发全部被雨水粘在额头上。

母亲在恶狠狠埋怨天气，责备女儿这么大的雷雨天还出去，难道是去寻死是去寻魂吗！她边埋怨，边点亮了备用的蜡烛，照见女儿这副从水中捞出来的狼狈相，就又骂开了。又看到一条水淋淋的白床单和从中滚落到地上的蒙着蓝色玻璃纸的电筒，这让母亲愤怒到极点，她不明白女儿为何总是不肯听话，总是不肯安安静静坐在家中做功课，总让她找不到人影。即使人在家，也总是一言不发，像个哑巴，坐着发呆，躺着发呆，吃着发呆。你神经啦，你中魔啦！你过去不是话多得像个话痨老太的吗？你的魂灵不在身上啦，你的魂呢，你的魂呢！

她越数落越愤恨，那神情似乎要将女儿撕成碎片才罢休。

女儿没有理会母亲的恼怒，举着蜡烛走到墙边，望着一墙的照片，轻唤了一声，爸爸。

一串不知是雨水，还是泪水，从她脸颊上滑落下来，折射着烛光的晶莹，啪嗒啪嗒砸在地板上。

2015 年 12 月 29 日写毕

波波沙

早晨起来，照例先在镜前端详一番，这成了波波沙近期晨间必修课。结果总是大失所望。嘴唇、下巴、腮帮上，没有期望中的浓密胡子长出，一根都没有。这让波波沙闷闷不乐，以至于练杠铃也显得生硬。

重重地扔下用齿轮盘自制的杠铃，波波沙喘着气，甩动着一双手掌，困兽般地来回走动。

我安慰他，没毛有啥不好？更爽，更利落！省得剃。

波波沙哭丧着脸。吃了这么多粥饭下去，也该长些芽芽来意思意思了。偏偏没！

西河头一带这般年纪的毛头小伙，都以嘴巴为核心，附近多少都或浓或淡地长出一些作物来，只有波波沙嘴巴周围光滑如石壁。这让他十分沮丧。他似乎急于要证明什么。

我说，我还嫌胡子触触拉拉痒呢。

波波沙恨头毒脑地瞪一眼。说得轻巧，把你的胡子给我呵。

我坏笑。把你的护腕给我，我就把胡子给你。

他垂着头。只要真能把你的胡子长到我脸上来，给你就给你。

上个世纪六七十年代，受文革“文攻武卫”氛围的延续影响，练身体，习武术，成了一些年轻男子的追求。有事没事，手腕上戴一副护腕，是当时小伙身上的时尚佩饰，让人感觉自己是雄武的。波波沙的护腕，是他爹的战友从北京寄来的。是他的至宝，惹我眼馋。为胡子，他连这宝贝都愿给我。

波波沙极自尊，他担心因嘴上不长毛而被我小觑，所以又改口，我又不是不能长毛，也有地方已长了。

我激他。吹牛！我不信。

他一手按住平脚裤的裤腰，到底是犹豫了。

我说，说没有，就没有！

他站在墙角，掀开平脚裤的裤腰。

我伸过头去看到小腹下面，黑兮兮地长出几根茅草。

他撇撇嘴，是吧是吧？怎么会骗你！

裤裆长毛，证明的是生理正常。嘴上长毛，证明的却是血统纯正。胡子对于波波沙来说，是与他爹之间是否有血脉关系的防伪标识。波波沙的爹胥大胡子，长着一脸黑密密的络腮胡子。该在波波沙脸上延续的胡子，却没长一根。令波波沙伤脑筋的就是这。邻居间已有人好奇地猜测，这儿子怎么一点不像胥大胡子哇？

胥大胡子答，都说儿像娘，金打墙，波波沙像他娘。

人们在波波沙与胥婶两张脸上来回扫描，儿白皙瓜子脸、眼窝凹陷；母黝黑圆脸，眼窝平平，找不到一点相像之处。这样下去，在邻里街坊的口舌间，胥婶就有不守贞节的风险了。已有长舌妇在怀疑，胥大胡子在朝鲜战场打坏的那条腿，是否牵连了他的第三条腿，中间那条也残了，生儿子由他人代劳的。所以，波波沙必须在自己的脸上，找到几根能证明与爹相关的毛来。

除了长相，从他们一家人的关系来看，他们与西河头的所有家庭别无二致。双亲疼起儿子来，比一些家庭甚至有过之而无不及。凭此，波波沙不可能不是胥大胡子夫妇的亲生儿子。

胥大胡子，是那种对家庭既有责任，又不放弃自我享受的男人。隔三差五要坐在美丽家开的小面馆里，要一碗浓油赤酱的拌面，就着自带的半瓶玉祁糟烧，边喝边吃。遇到刚发工资或有小外快，也会另加一小碟油余花生米下酒。坐店堂吃面喝酒，享受拌面的重口味外，更重要的是，可坐在店堂里与人聊天。店堂除了来吃喝的街坊，还有不吃喝，来串门的邻居。串门的，主要是来看看，坐在店堂的邻居吃些啥，顺便再调侃几句。

胥大胡子不断将面条从碗里挑起，让面条热气蒸腾，散发出荤油葱香，眼光贴着碗口上端扫射出去，环顾着店堂里的每个人，端起酒盅吱溜一声抿一口酒。他回答了人们对波波沙来历的疑问，发表了“儿像娘，金打墙，波波沙像他娘”的著名论点。他用竹筷点着面前的空气，以不容置疑的口吻说，波波沙如果不是我家的儿子，西河头河里的鱼，都长翅膀飞上天成麻雀。怀疑我伤腿连累了第三条腿？告诉你们吧，我那家伙如一挺勃朗宁重机枪，火力猛着哩。不信，谁来试试。

有人就暂且按下波波沙的身世不说，好奇地打听波波沙这奇怪名字的来历。

胥大胡子搁下筷子，眯眼笑着，抹着浓黑的下巴说，你们连这个也不懂呀！听好了，波波沙就是波波沙 41 型苏制冲锋枪，就是枪管带散热孔的那种。狗日的那枪，火力厉害！二次大战中让德国鬼子吃尽苦头。一个圆圆的弹鼓可装七十一发子弹，射速快，四秒钟就可把一弹鼓全打光。志愿军刚入朝作战那会儿，每个班配备这种老毛子冲锋枪还不到三支。你们不晓得，不是每个志愿军都能配到这枪的，我是副班长，配备了一支波波沙，那可不是国产仿制的 50 型哦，绝对原装的。嗨嗨，我牛吧！战地记者还给我拍过照，登过报，那是我在抗美援朝战场上最风光的事了。我儿子当然也是我的波波沙，你们没见他小时候撒尿，一张小卵卵，哆哆的，就是一支火力强劲的波波沙哇！哈哈！这辈子有这两支波波沙，我够了，够了。

胥大胡子丢开儿子波波沙，又强调说冲锋枪波波沙。波波沙射速高，少换弹夹，谁手里有了它，就多了一份活的希望，就多一份杀敌立功的希望。

有人就问，你手里有波波沙，怎么没听说你在朝鲜立功，反而把一条腿丢那儿了？

胥大胡子说，我把立功机会留给了战友呀。要不是我把波波沙给了王七斤，他猪头哪能立功！

胥大胡子比划着筷子，喷着唾沫星。由于炮火不覆盖，按照连长的命令，胥大胡子率他的战斗小组，事先埋伏到253高地敌人地堡附近，等我方部队发起攻击时，炸掉敌方地堡，扫清道路。战斗小组一共三人，趁着夜色，披着白床单作掩护，携带着炸药包，在雪地里悄悄运动到离地堡百米余远的地方。为了观察情况，胥大胡子就和王七斤换了个位置。就在这时，小组中最年轻的战士，不小心碰响美国兵丢弃在阵地前的空罐头，地堡里立即扫来一阵重机枪，那小战士当场牺牲，胥大胡子右腿被打断了。胥大胡子用自己的波波沙，换下了王七斤手中的莫辛纳甘步骑枪，让他背着炸药包匍匐前进，去完成任务。自己端着步骑枪伏在雪地里给他作掩护。

王七斤携着波波沙和炸药包小心地靠近地堡，潜伏在一个隐蔽角落，等待大部队进攻的时刻。这时，他贴着雪地听到有美国鬼子低声嘀咕的声音，仔细辨认查找，声音是从地下传来的。就用波波沙的木柄枪托轻轻探去，发现前面的雪地下面是软的。悄悄拨开积雪，才见是一块厚厚的帆布盖在了战壕顶上，帆布底下的战壕里聚集着几十个美国鬼子。王七斤倒吸了一口冷气。他轻轻拧开身上所有手榴弹的盖子，打开了波波沙的保险。当空中升起预先约定的红色信号弹时，王七斤就猫腰靠近地堡一侧，把拉响的炸药包塞进了地堡枪眼。地堡炸飞了。这时积雪下的帆布被掀开了，有美国鬼子探出头，要从下面出来，王七斤立即一阵扫射，紧接着塞进两颗手榴弹，然后端着波波沙点射，点射，又是点射。幸好是胥大胡子的波波沙，如果是他的步骑枪，弹仓只能装五发子弹，就根本压不住那么多美国鬼子。他扫光弹鼓中的七十一发子弹，又塞进两颗手榴弹，这时他们的连队就冲了过来，一举夺得253高地。

战斗结束，胥大胡子被送进野战医院截掉了右腿，成了二等甲级残疾军人。后来，回国复员到家乡一爿区属小厂，当了一名仓库保管员。王七斤立了功，成了战斗英雄。

胥大胡子说，如果我不与王七斤互换位置，那么负伤的就不是我，我带着波波沙就能完成任务，立功受奖。当英雄的就是我。哈哈……

一支波波沙，造成了两个不同的景遇。胥大胡子叹了口气，总结性地说。他靠冲锋枪波波沙立功成名当了官，我有儿子波波沙安享生活，谁说我不更划算、人生不比他有意义呢！打仗是一时的，过日子是一世的。再好的枪也比不得儿子这把枪哇！

胥大胡子吃完面喝完酒，用手掌抹着胡子起身去账台结账。美丽妈说，就一碗阳春面。哦，前天波波沙来讨去一块生姜，说是你来吃面时一块结了，街里街坊的，就算了。

难怪家里的生姜老是断档。小赤佬，把生姜当补品吃哇？胥大胡子付了面钱，嘀咕着慢慢走回家去。他右腿截肢后用了义肢，只能慢慢走。

家门前耸立着两棵榉树，浓密的树冠如一堵屏风，庇护着家门。一对正在飞进飞出筑巢的喜鹊，叽叽呱呱诉说着。

胥大胡子抬头看了一眼树上，就进门儿子哎儿子哎地叫。

正在房内做功课的波波沙，就从房门口探出头来。

胥大胡子问，儿子你把姜当补品吃哇？

波波沙不好意思地嘟囔了一句。

弄清了姜的用途，胥大胡子说了一句，生姜有屁用，不如浇上大粪。

波波沙迷茫地眨着眼。浇大粪做啥？

胥大胡子笑呵呵说，你不是要长毛吗？浇粪，肥力足，嘴边的毛会像韭菜鸡毛菜似的疯长。

愁眉苦脸的胥婶在一旁忿忿嗔怪。孩子心里已够着急的了，没见当爹的这么说话的。胥婶一直如牙痛般地皱着眉，一脸愁容。

波波沙丢了个白眼，偏转脸看着天花板说，擦生姜，能刺激毛发生长，这是邻居老人们教我的，是有依据的。否则，谁愿意用生姜擦嘴唇、下巴？辣豁豁的。

生姜催须，这还是波波沙坚信自己是爹娘儿子的阶段。待擦光了十几块生姜，仍不见有胡须长出，波波沙在失望中开始怀疑自己的身世。他就进入到处搜寻自己身世佐证的阶段。

搜寻，席卷全家的每个角落。趁着爹娘都不在家的机会，从堆放旧棉胎、旧席子的阁楼，到灶间的每个抽屉。无意中还打碎了一套平时舍不得用的、娘当年陪嫁的金边红花饭碗。从阁楼上找出了几件小时穿的、用洗得发白的旧军服改制的兜肚、背心、开裆裤。波波沙凑在鼻下闻了又闻，放在太阳光底下看了又看。希望能从中发现自己身世的线索。几件衣物，只表明他曾经幼小过，却无法证明他的来源。

搜寻虽是失败，但仍有成果。波波沙在灶间抽屉里搜到他娘买菜的两元钱，他用这钱从老北门的仁号食品店买来了桃片、山楂片，还有一粒粒被称为老虫屎的咸金枣。

他请我去他房间，品尝这些诱人的零食。

我当然知道，这些零食不是白吃的，我必须为他动足脑筋，想出路径，证明他是谁，他来自哪里。

我们仰躺在他的小床上，嘴里咀嚼着甜甜咸咸，眼望着贴满旧报纸的天花板。

就在这时，邮递员老张操着苏北口音在门外叫唤。胥大胡子，有信。

胥大胡子隔着门槛问，哪来的？

老张说，呵呵，你是明知故问哇，除了北京，还有谁给你这个独脚蟹寄信！

听到这儿，波波沙从床上一跃而起，拍着床沿说，有线索了有线索了。

他兴奋得眼睛发亮。只有老战友王七斤一直给我爸寄信，我家没啥亲戚，只有他与我家保持联系，他应知道我家的情况。王七斤在北京一个啥单位当官。我这护腕还是他知道我在练身体，特地寄来的。

我说，那你赶紧给他写信问问不就行了？

波波沙捏着护腕坐在那儿，突然一言不发。沉闷了好一会，才耷拉着眉眼说，会不会王七斤就是我爸？我越想越不对劲。我爹只是在紧要关头把自己的冲锋枪换给了他，他凭啥对我家一直这么好？凭啥，一听说我在练身体，他就寄来护腕？我上小学他汇款来，我上中学，他又汇款来。

我说，不一定吧，他与你爹是一起上过战场的战友，生死兄弟。兄弟，就是自家人。他经济宽裕，没受伤，你爹成了伤残人，接济一下你家也很正常呀！再说他能立功，与你爹给他冲锋枪不无关系，他是在报恩。他不一定是你生身父亲，但他至少是了解你家的，知道你身世的。

波波沙从北京来信的信封上抄了地址，背着爹娘给王七斤写信。为了不让爹娘知道，回信地址留的是学校。我们这个小地方寄信到北京要花一星期，北京再回信，也要一星期样子。这样，一封信一去一回，要十多天。自信寄出后，波波沙一直心神不宁。上课，眼神茫然的他，被老师叫起来回答问题。他不知所问，傻乎乎如电线杆一样戳在那儿，憋了半天没说出一句话来。练身体，举杠铃，也是魂不守舍，竟把手腕扭伤了。正是长身体的时候，胃口照例应该是吃什么都是狼吞虎咽的。胥婶也发现了他的异常，特地给他做了猪爪炖黄豆，在那个时代，这绝对是极其奢侈的美味，却也没激发起他的胃口来。

他托着脑袋，皱着深重的眉头对我说，这日子难挨哇，折磨人！我每天掰着手指算来信的日子，盼信快点来，又怕信真来。我既想知道自己的身世，又怕王七斤来信证实我不是我爹娘生的。你说，真是那样的话，我该怎么办？

我反问，能怎么办呀？反正你是人类生的，不会是猴子生的。

他说，如果我确实不是我爹娘生的，那么我就没有理由再留在这里，我应该去找我的生身父母。哪怕我的生身父母在天涯海角，我也要去找，当面问他们为啥抛弃我？为啥生了我，又不要我！

我又问，当面问了，又能怎样？

他埋着头，瓮声瓮气地说，我不管，反正我要找到属于我的世界。我不是一颗流星，我是行星，要沿着我应有的轨道运行。

这次交谈后又过了两天，放学回家途中，他拉着我故意落在后面。趁同学们都走光后，他从书包里拿出那封北京来信。他说，信来了，我不敢拆，我怕证实我的猜想。你帮我拆了它。

我说，信封上写着你的大名：胥波。我怎么能拆你的信？除非……我盯着他的护腕。

帮帮我忙！他褪下护腕送到我手中，这个借你戴三天，你拆信，先帮我看看内容，再告诉我。

我骂他一句小气鬼，将护腕戴上右手腕，然后拆信。来信两张纸，我通篇看了，王七斤并没透露颠覆性的信息。王七斤批评波波沙不该怀疑爹娘，不该乱猜疑，爹娘把他拉扯到这么大实是不易，应该好好学习，将来好好报答爹娘的养育之恩。我把来信内容告诉了波波沙。

他审视着我的眼神，将信将疑地接过信去埋头看起来。看着看着，他绷着的脸部就放松开了。他嬉笑着说，哎，告诉你哦，我有个发明，将丝瓜藤剪成一段段的，晒干了，当香烟抽，不仅与香烟完全一样，还有清香味。你跟我回去尝尝哦。

我笑。呵呵，一不小心成烟鬼啦？

他自嘲地笑，摇摇头。苦闷时，躲在屋角里抽两口，解解闷。

那天傍晚，我俩躲在波波沙狭小的房间，叼着晒干的丝瓜藤吞云吐雾，像鸦片鬼一样过足瘾。

身世风波暂告一段落。波波沙心情也大不一样了。他每天轻轻松松来练杠铃，还哼着小曲。在课堂，抢着举手发言，即使老师不让他发言，他也坐在下面自言自语的，不等别人回答就先把答案抢说了。还在背后与我谈论班级里的女同学，说谁的奶子大，谁的屁股大。他不知从哪听来的，坚持说屁股大的女人能生孩子。说起这些，他兴致挺高，说得口水挂成一条闪亮的线。这样的日子过了没几天，他突然又似坠入黑暗泥沼了。他阴沉着脸来找我，鬼道道地将我叫出去。站在无人的河滩，他说有了发现。说这个发现，对他的打击才叫大哩。

他从裤袋里掏出一张发黄的照片，照片上是一位穿着志愿军竖垄沟式棉军装的年轻男子。他说，你看吧，像不像？

我一看，别说，还有点像，下巴这块。

他低头轻语，这就是王七斤。反正我觉得，他比我爹更像。是我从我爹一个老锁着的抽屉里找到的。

凭一张照片，并不足以说明王七斤就是他生父，但波波沙确定自己的爸不是胥大胡子，而是王七斤。从此，波波沙心里就有了一个强烈而迫切的欲望。也许是受了邻居长舌妇背后猜疑的影响，对妈的真实性一直没怀疑过。他坚信，对于现在的家庭，自己的血统至少一半是纯正的。他心底暗自对发生在一个女人与两个男人之间的故事，充满了耻辱和好奇。好多年后，他向我承认，他当时迫切想了解，他们之间到底发生了什么？他们是怎样一个承前启后的关系？到底是胥大胡子横刀立马夺人所爱，还是王七斤半路杀出程咬金，横戳一枪？

在胥大胡子和胥婶之间，如果波波沙的猜想成立，那么胥大胡子这个断腿的伤残人，这辈子在这个世上没一个自己的亲生骨肉，已是够惨的了。因此波波沙不想再让爹受到伤害。他想从娘身上着手，打开缺口，探求真相。于是，在狭小的灶间停留很少超过五分钟的他，故意粘在那儿，兜着圈子，与正在拣菜的娘有了一场对话。

娘，我家除了北京的王叔，怎么没有其他亲戚？

你爷爷奶奶、舅公舅婆死得早，没来得及给你生下伯伯叔叔姑姑舅舅阿姨，自然就没亲戚喽。

王叔来过我家吗？

你今天作业做了吗？快去做作业去！

作业早完成了。娘，王叔怎么还给我家寄钱的？

作业多做一遍，不会让你吃亏的。快去！

娘，你见过王叔的吧？

别来烦，快去做作业。我马上要剁肉龙松，晚饭给你做肉龙松炖豆腐。

娘，你是在啥地方见过王叔的？

你这个小祖宗，怎么不听话！滚滚滚，别来烦。

娘，我已经知道了……

你知道啥？整天瞎三话四！

我知道，王叔才是我……

你越来越不像话了，你瞎说啥，瞎说！

娘，我是想知道，你和王叔……

小赤佬，你说啥？你怎么会这样想？

娘，是不是你与王叔……

叫你再瞎说……

啪的一声脆响，波波沙白皙的脸庞上印上几道红指印，还沾着菜屑。波波沙捂着脸愣在那儿。

胥婶抬着自己的手掌，看看颤抖的手掌，又看看儿子的脸。

波波沙像一只受惊的兔子，夺路逃回自己的房间。在他的记忆里，这是生来第一次被娘打。

胥婶也如梦初醒似的在墙角的小板凳上坐下，捧着脸哭泣起来。

第二天，波波沙就失踪了。失踪得像护城河发大水，水漫家门一样，让人措手不及。早晨上学前，他没像往常一样来我家等我。我一看时间不早了，就以为他直接去了，也赶紧去了学校。到了学校才知他并没来，班主任老师还特地问我，胥波同学今天没来上课，请你代请假了吗？我一脸傻相，一下子没回答上来，翻着眼睛盯着黑板上沿，估摸波波沙可能的去向。

放学刚回到家，我就被胥大胡子和胥婶拉着，问波波沙的去向。我当然只能继续朝他俩翻白眼。

胥婶就哭泣，还朝胥大胡子发脾子。我不管，只晓得问你要儿子！谁让你保留着那短命的照片！

胥大胡子一副逆来顺受的样子，哄着矮小的胥婶，像哄着一个任性的小丫头。你别急，别哭呀哭！我瘸着腿也要上天入地，给你把这小赤佬找回来！

多年后，说起这事，我都不能原谅波波沙当年的不辞而别，连生死兄弟都没透个气。

波波沙是这样解释的：那晚我一夜没睡，躺在床上想着自己谜一样的身世，决定要探个究竟。窗玻璃渐渐透亮了，送牛奶的推车，哐当哐当从门前经过。我想必须走了，再不走，就走不掉了。从抽屉里抽了两张十元钱，悄悄就离了家。出门时天还蒙蒙亮，我到你家门口看了一下，你家紧闭着门，来不及告诉你，就直接去火车站。而且，你不知道，就远离麻烦。不知道，就不会成同谋，不会成同犯。

波波沙出走后，胥家陷入了毁灭性灾难中。每次路过，总见大门敞开，胥婶整天坐在客堂间哭泣。

根据判断，波波沙去北京找王七斤的可能性最大。

胥大胡子在西河头拐弯处的烟酒店，用公用电话往北京打长途。那时打长途，需经长途台转接。打通了长途台，报上北京的电话号，然后搁下电话，在一旁等回叫。电话回拨过来了，胥大胡子闪电样地伸出手，将听筒一把抢夺过来。他亮着大嗓门叫唤，喂喂喂，王七斤！对方却还是长途台接线员脆尖的声音。北京这号没人接听。

这情况，连续了几天。几天之后，胥大胡子终于接通了王七斤的电话，这次他没骂猪头，用几近哭腔的声音说，你去哪里啦，打了几天都找不到你。儿子出走了，到北京找你了吧？

王七斤说，出差几天刚回来，儿子昨天来过了。大胡子哇，儿子大了，我没办法，孩子怪可怜的，我们不能再瞒他了。我今天一早给你写了信，信这时该在路上了。我给他钱，让他赶紧回去的，明天这时他应该能回来了。

胥大胡子搁了电话赶紧回家，还没进门就大声嚷，儿子明天就会回来了。

婿婶来不及擦泪，就起身迭迭追问，人呢人呢？

哪有这么快的，又不是乘火箭，火车轮子要一站站滚过来。明天这时应该进家门了。胥大胡子笑眯了眼，搓得胡子沙啦沙啦响。我这独脚蟹，牛皮不是吹的吧，说上天入地也要把儿子找回来，不就找回来了！

胥婶常是牙痛般的愁面苦脸上，也难得绽放开笑容。明天一早我去菜场买菜，给儿子做顿好吃的。你守在家里，哪里也不能去。要不儿子回来，家里没人，他又跑了。

第二天，胥家的门一直敞开着。估算着波波沙该回来的时候，他却并没有回来。一桌好菜烧好，没人吃，放入锅里炖着，以备他随时进门，随时就可热乎乎地饱餐一顿。但波波沙终究是没回来。晚上，胥婶不让锁门。她说，兴许火车晚点了呢，儿子半夜回来，看见门锁着，好像我们不稀罕、不指望他回来，他扭头又走呢？

门，开了一夜。第二天早晨，波波沙仍没回来。从此，胥家的大门，再没锁过，即使是月黑风高的夜半。

几年后，波波沙与我讲起那次北京的认父之行。他到北京找到王七斤的通讯地址，是一家挂着冶金局牌子的单位。王七斤恰好出差去了。波波沙缠着门卫大爷大半天，终于得到王七斤家的地址。一条胡同内的一座四合院。他在四合院附近徘徊了两天，摸清这人家有一男一女两个孩子，都比自己小。女主人是个烫着卷头发的胖女人，冬瓜身材，大嗓门，隔着院墙都听得见她在说孩子。进进出出，总见她连续吐着瓜子壳，像电影里连发匣子枪跳出的弹壳。

第三天傍晚，一辆黑色轿车停到了四合院的门口。从车内走出照片上的人。一看就知，这就是王七斤。

波波沙稍一犹豫，还是鼓足勇气走上前去，喉头咕咙一下，也不知有否发出声来，也不知叫啥好。

也许是近阶段曾多次通信的缘故，王七斤虽在他长大以后是初次见他，但还是一眼就认出了他。他正推开四合院的门，突然就侧着身定格了。是波波沙？你怎么来了？

波波沙眼睛直勾勾地盯着他。你是我爸？

王七斤欲把已推开的院门拉上，这时院子里就响起胖冬瓜尖尖的叫唤声。王七斤就没彻底拉上门，对波波沙竖起一根食指封在嘴唇边，轻声说，既然来了，就跟我进家吧。我老婆她不清楚，不该说的就不说了。

凭这细节，波波沙心里就凉了一半，知道认父没门。

进了院门，穿过庭院，王七斤对边吐瓜子壳、边用狐疑目光打量着他俩的胖冬瓜说，老战友的儿子，恰好来北京。

胖冬瓜打趣般的嗓音是冲着王七斤的，眼睛却瞟着波波沙。说你胆大、能耐大，难道真还在外面生儿子了！

王七斤说，给你说过的，我这老战友与我像兄弟，赛兄弟。要不是当年他把苏式冲锋枪换给我，我就可能没命了，哪还有今天。

男孩女孩只是瞥了波波沙一眼，就自管自在王七斤的行李包中，翻找他们感兴趣的了。看看给我们带了什么礼物？哎，又是没买礼物，没劲。

胖冬瓜对孩子说，你爸还是农民一个，撒泡尿都要憋回家浇家里三分自留地的。别指望他给我们娘仨个掏半个子。

王七斤把行李从他们手里夺过来说，小孩家的，吃饱饭，有衣穿，还要啥礼物。看你们，来了客人也不知道招呼。

胖冬瓜阴阴地笑一声。能怪孩子吗？你们当爸的是赛兄弟，保不定孩子们也是亲兄弟呢。你这个当爸的没给他们排定，谁是老大、老二、老三，他们知道叫哥，还是叫弟！

王七斤只得装傻，把波波沙推到自己两个孩子面前。胥伯伯的儿子比你们大，当然叫哥。——今晚吃什么？吃饭喽吃饭！

炸酱面、炒菜摆上桌。开始，波波沙还有些陌生拘束，后来想到自己本该是这家的小主人，就不客气地坐下吃起来。他低头用筷子拨拉着碗里的面条。炸酱很咸，没美丽家面馆的阳春面对口味。但已饿了几顿，就顾不得这些，拼命往嘴里扒拉。他用眼角余光扫描到，胖冬瓜一直在偷偷打量他。他就在心里骂，胖冬瓜，看啥看！

胖冬瓜察觉到自己的举止，已被发觉，就收回目光，冲自己两个孩子说，刚才还叫饿死了饿死了，端上碗又不吃了。东看看，西瞅瞅的，快吃快吃。你看人家吃的，像大冬天的穿堂风一样，把什么都卷进肚去了。说着把炒鸡蛋夹到自己两个孩子的碗里。

终于憋到饭桌上的人全都吃完了，不愿受半点委屈的波波沙起身对王七斤说，王叔，我来北京还有事的，我要走了。

王七斤说，刚来家，怎么就要走呢!

胖冬瓜飞着白眼。人家孩子食仓大，觉得我们家的饭不够他一人吃的，人家自然要走啦。

波波沙只是朝胖冬瓜勉强低了一下脑袋，心想，这算是向她做的饭菜打个招呼，就匆匆走了出去。

王七斤追出去，在胡同口拉住他。在附近找了一家小旅馆，把他在房间安顿好后，扼要地讲述了他的身世。孩子，委屈你啦!不能再瞒你了，我，是你爸。对不住你，孩子!情况你都看到了，即使我想留你，也不现实。你爹娘待你不错，你还是回去好好当他们的儿子，孝敬他们。

一直心心念念寻求自己的身世时，一股探寻的劲头支撑着波波沙，让他显得执着、倔强。一旦知晓了身世，他就露出了孩子的本性。他捧着脸，先是小声抽泣。王七斤不知所措地抚摸着他的脑袋，笨嘴拙舌地劝慰他。他扭动着脑袋，甩开王七斤的手，索性放声痛哭起来。

等他收了哭声，王七斤把一沓钱塞给他，说是幸好出差才回，身上还有些钱。让他拿着钱回家去与爹娘好好过。

还在偶尔抽泣几声的波波沙，用手肘撞掉了王七斤递来的钱。王七斤捡起钱来，又塞进他口袋时，他就没再坚决地躲开身子，因为从家里带来的二十元钱早用光了，而且刚从王七斤所说的身世中，他又得到新的信息，想着要开始他身世的新的探秘之旅，就半推半就地收了钱。

睡了一夜，波波沙又觉得精神抖擞、斗志昂扬了。天亮后，不等王七斤再来，他就退房离开了旅馆。

波波沙毕竟年少，不谙世事。许多年后，他也如此愧恨过自己。当时，他竟全然没想到千里之外，西河头老屋里一对亲人的感受和心理忍受能力，没料想到会有那么严重的后果。

以为波波沙会回来，而最终没等得他回来的那天过后，胥家每过一天，就向无望的深渊滑入一步。胥婶坐在客堂间，眼巴巴地守着大门，看着阳光从门口树叶缝隙中筛出星星点点，慢慢移动。看着树冠里黑疙瘩似的喜鹊窝。即使是夜晚，她也不让锁门，也不进房间躺到床上去睡觉，就和衣半躺在客堂间的竹椅上，以保证，若是波波沙回家，推门进来，就能一眼见到他。

可是波波沙不知去了哪里。胥大胡子给王七斤又去了电话，责怪他不该说话不作数，说让波波沙第二天回来的，让他们等到现在也没见他的人影。王七斤就对天发誓，说他确实费了好多口舌，要断了孩子念头，让孩子铁了心跟你们过，还给了孩子一笔钱，让他快快回家的。第二天一早，他去小旅馆，见孩子早就退房走了。

天地这么大，波波沙会去哪里呢?

胥大胡子增加了到美丽家面馆喝酒的频次，也逐步提升了每次喝酒量。他总是带着一瓶玉祁糟烧在店堂坐下，在牛眼盅内斟上酒，咂上一口，发出很响的叹息。然后，他从某位女邻居喋喋不休的语速，讲到冲锋枪波波沙的射速，又由波波沙 41 型讲到猪头王七斤。他故意回避着儿子波波沙。讲到猪头王七斤，他就突然大笑起来。店堂里的吃客和邻居们，被他莫名的笑吓了一跳。

他说，叫王七斤猪头，一点也不冤枉，他就是猪头。在立功前，他什么都不是，什么都弄不清的，常常鞋子缠在袜里，就是一个拼死劲的农民。立了功，咸鱼翻身了。文工团来前线慰问演出，立过功的总是坐在第一排。演出结束，漂亮的女演员还走下台给他们献花。文工团里有个漂亮的跳舞女演员给他献花，看上了他。他长得土里土气，傻不拉叽的，人家女演员是哈尔滨姑娘，眼睛凹陷像外国人，两条腿特别细长。凭什么看上他？还不是因为他立了功，当了英雄，女孩子都是崇拜英雄的！志愿军回国后，他们在北京又遇到了，一来二去，两人居然上了床。这猪头，想不到还有这本事，还把人家姑娘肚里塞上了馅。所以，最后他俩结婚，生了一个儿子。猪头到底是猪头，虽是提了干，后来转业到了京城里当官，却还是山沟沟里农民的坏习气。不刷牙，不洗脚，还不肯换内衣，把被窝里弄得臭哄哄的。那会他们住机关的房子，有抽水马桶，用过后，他舍不得冲水，家里到处是尿臊臭。人家哈尔滨姑娘不干了，就越来越看不顺眼，整天闹哇。最后两人离了婚。

店堂里有人就问，那孩子呢，给了谁？

胥大胡子边说边喝，一盅一盅的，已喝掉了大半瓶糟烧白酒。也许是预感儿子波波沙不会回来了，所以想以酒浇灭绝望之火。他虽已喝得差不多了，但还是明白，店堂里的人已把焦点，敏感地集中到王七斤的那个儿子身上。他又仰头干了一盅酒。告诉你们吧，波波沙，就是王七斤与舞蹈演员生的孩子。他俩离婚时，儿子留给了王七斤。这猪头一个人没法带孩子，又打算再婚，而那时，我与老婆结婚多年，一直没孩子。那猪头，写信与我商量，把孩子给了我们。

店堂里的邻居们就说，哦，原来是这样的。你们不是波波沙的嫡亲爹娘，是他的蛮爹蛮娘！

说起这，胥大胡子眼角就红红的。波波沙确实是我家儿子，户口簿上写得明明白白的。我们虽不是他的亲爹亲娘，但哪里都不输亲爹亲娘的。

邻居们一致点头。这倒不假，你们蛮爹蛮娘比亲爹亲娘都亲。

胥大胡子擤了一把鼻涕。我们夫妻俩带着波波沙搬到这西河头，是想把孩子抚养大，给我们养老送终的。他娘就差怀过他十个月，其他哪一点都不比亲生娘差。儿子小时流鼻涕，怕擦痛他，他娘都是用嘴凑上他鼻子吮的。不管是喝汤，还是吃奶糕，他娘都要用舌尖亲自试过冷热才给儿子吃的。现在什么都黄了，给王七斤那猪头搅了。

胥大胡子把瓶中酒全部干了，黑胡子挂上了晶莹的酒珠，空酒瓶滑落地上发出脆响。当年我给了他一把波波沙，他还了我一个波波沙，这猪头还算公平，还算有良心，可是……

邻居们把彻底醉倒的胥大胡子，搀扶着送回家去。一路他含糊地叫着，我有两把波波沙，突、突、突……

胥大胡子送回家，就被直接抬上了床。

胥婶半倚在客堂间的竹椅上，眼睛出神地盯着大门。太阳西坠，天色渐暗。门口树上的鹊窝里，鹊儿已经回巢了，叽叽呱呱叫成一片。胥婶在自言自语念叨。外面吃啥呢，回来吧，儿子哇。在外面睡得冷，回来吧。小鸟大鸟都回来了。

胥大胡子这么一躺，就再也没起来。他是仰躺在床上，醉酒呕吐，呕吐物呛入呼吸道窒息而亡的。在客堂间过夜的胥婶并无察觉。第二天傍晚，邻居们一天没见到喜欢在外转悠的胥大胡子，进门来问，才发现。

胥婶不顾进出家里的人，以及在门口探头探脑看热闹的人，站在门口，看着门前树上鹊窝里一只喜鹊飞出去觅食，嘴里念念有词。都飞走了，都飞走了，飞走了就不回来了。

家里发生的变故，远在千里之外的波波沙当时并不知晓。那天他在北京小旅馆不辞而别，找到了生母所在的部队文工团，打听到生母已在多年前就转业到家乡地方上去了。养父去世、养母发疯时，他正北上哈尔滨，去寻找生母。这次，他一改北京找生父的路子，不再去家里。他打听到生母单位的电话，给歌舞剧院打了两次电话，才找到生母。生母听说是他，半天没反应，波波沙喂喂了几声，她才谨慎而小声地说了几句。可听出，她显得很紧张不安。他们约了在远离单位的索菲亚广场附近，一家餐馆见面。地点当然是生母选的。

波波沙好不容易找到那儿时，戴着墨镜的生母，已坐在餐厅墙角的餐桌旁，焦虑不安地在等候。

他默默坐到餐桌旁，两人半天没话。还是生母清了清嗓子，用食指抬了抬滑下的墨镜轻声说，你说是我儿子，你有什么可证明呢？

波波沙觉得她这是没话找话，他酷似她的脸型、肤色已说明了一切。我从王七斤那里来，他说我，是他和您的儿子。

墨镜虽遮挡住女人的小半张脸，但不影响她优雅气质的外露。她瓷器一样的白皙皮肤，仍绷得紧紧的。她捧着菜单，翻来翻去，如捧着一本乐谱。你叫什么名字？

波波沙喉结滚动一下。我跟养父姓，叫胥波。在家都叫我波波沙。

生母抬头看了他一眼。哦，波波沙。有意思，男人们看来还没从战场上回来。

波波沙不知说什么好，无意识地摆弄着桌上的胡椒瓶。

生母试探着问，那么你来找我，是想……？

波波沙偏着头，眼里闪亮。我想要问一句，当时你们为啥都不要我，是我调皮不好养吗？我那么小，你们都不要我。

生母看了他一眼问，养父母对你怎么样？

波波沙泪水终于夺眶而出，赶紧用两只手掌按住了脸。对我好的，他们把我当亲生孩子。只是，只是，您才是生我的妈。他们对我再好，我长得不像他们，长得像你们。

生母这时才摘下墨镜，用素色的手绢擦着眼睛，没再重新戴上。她微微叹了口气说，好了，不说这些了。我们点菜，你想吃点什么？

波波沙还在抽泣，说随便。

生母点了一段红烧大马哈鱼，两个炒菜，还点了棒肉。就是牙签串着肉丸。又问，喝啤酒吗？

波波沙擦干泪水说，养父喝白酒的，自己从没喝过酒。其实，这是波波沙为讨好生母说了谎。他虽没像胥大胡子那样喝过白酒，但就像偷吸丝瓜藤烟一样，我俩曾在他家灶间，把做烧菜料酒的黄酒偷偷喝光过。

生母说，你已是小伙子了，可以喝点啤酒。在哈尔滨，没有哪个小伙子是不喝啤酒的。于是点了一扎生啤。

这是波波沙有生以来，第一次这么正儿八经地饮啤酒。为了与生母的优雅匹配，他故意小口小口啜着微苦的啤酒，讲起他与养父母共同的日子。

生母像喝红酒一样小口抿着啤酒，凡滴在嘴边的酒滴，立即被她用那块素色的手绢擦去。她用冷静的口吻，与他讲起那个崇拜英雄的年代，一个优雅女子与一个鲁莽英雄的故事。他们在不懂爱情的时候相爱，又在明白自己需要什么的时候分手。波波沙，正是他们冲动的结晶。一直是完美主义者的她，不能把他带在身边，因为他会让她永远记着那段荒唐的情感，那是她一辈子不能原谅自己的过错。

孩子，你还小，长大了你会理解的。生母虽是小口抿着啤酒，竟也微醺了。她手掌抚着桌面，示意波波沙，孩子，过来，让妈仔细看看你。

波波沙离开座位，来到生母面前。

生母起身，抚摸着他的头发，细细端详，然后舒开双臂，像小心抱住一个明代的薄胎瓷瓶，轻轻拥住了他。孩子，妈对不住你！

在亲生母亲的怀里，波波沙叫了一声妈，哭泣起来。这个带着香水味的柔软怀抱，让他瞬间想起养母带着油烟味、腌菜味的粗糙怀抱。那刻，血缘的向心力加上虚荣心，让他这样想：这才是他应该拥有的位置和生活，他不会再回到那个粗陋的家去了。

孩子，妈要请你原谅。一是过去妈无法带走你，二是今天妈仍然无法把你带进我的生活。生母擦去他的泪水说，我现在的家庭，不知道我曾经有过你。

波波沙从她的怀抱中轻轻挣脱开来，他平静地重新回到自己的座位。走回座位的几步路，他的灵魂恍若离开了躯壳，绕行去了远处。他不明白，她到底经历了什么，怎么着，就从当年崇拜英雄、为英雄不惜以身相许的热血、纯情姑娘，蜕变成眼前这个冷静得出奇的人？

波波沙离开哈尔滨时，几乎没过多犹豫，就买了一张去北京的火车票，而不是回养父养母所在的江南小城。那一刻，他竟然忘了他是有家的，是有爱他的双亲的，反而觉得自己就是一个无家可归的孤儿。此时对养父母，年少的他不仅没有感恩，甚至有了抱怨：当初为何要接收他！如果没人接收，也许父母就不至于抛弃他。命运既是这样，那么反倒没啥顾忌了。就如已经睡在地铺的芦席上，还怕从床上摔下来吗？再说，上次来北京，还来不及细细游玩，就为认父寻母到处奔走，现在事既如此，就没啥好操心的了。波波沙到北京后，再没去找过生父王七斤。他边打工挣钱，边到处转悠。转悠一番后，就有了发现，有了点子。他用生父母给的钱和自己挣来的钱，凑在一起，买了一台海鸥牌方镜照相机，在当时被人认为是世界革命中心象征的天安门广场，给外地游客照相留影。

世界第一大广场——天安门广场上，取景角度好的摄影点，都已有人圈地为王。他背着相机出现在广场上招徕生意，就受到别的摄影师傅的排挤、驱逐，甚至追打。拳擂在身上，脚踢到腿上的瞬间，他条件反射大叫一声“妈”。过后他静思这声略显陌生的“妈”，到底叫的是优雅的生母，还是略显蠢俗的养母？从小长到大，或惊吓，或疼痛，或欣喜，他惊呼过无数次“妈”。毋庸置疑，这个“妈”肯定叫的是养母。不管他奶声奶气的、尖声尖气的，还是发育后粗声粗气叫唤一声“妈”时，养母立即就会赶到他身边，急切地询问原由。在他的概念里，呼唤“妈”，永远不会发生“狼来了”效应，会得不到及时响应。他又想起养父，这个虽是伤残，却充满力量的男人，是不会容忍他被人欺负的，如果养父在侧，定会卸下金属义腿作武器，单腿蹦跳，不顾一切地与人拼命的。这种场景，在波波沙上小学时，曾经发生过。

眼下，他真成了没人呵护的孤儿，只能装孙子忍受着这一切，给摄影师傅们敬上一支支香烟，赔着笑脸大哥大哥地叫唤，最后终于在广场上站稳了脚根。开始没钱购买120胶卷，他甚至用没装胶卷的空相机欺骗游客，反正找不到他。也有游客时隔数月恰好又来北京，找他要照片，他就坚持说一定是邮寄途中丢失了，这样就只能给游客补拍作赔偿。待他完成了原始积累，有了钱，倒再也没用空相机骗过人。

即使波波沙自认为是孤儿，西河头的家和养父母，也曾在静夜里好多次浮现在他脑海和梦里。有个冬天的黄昏，他从广场收工回住处，在胡同口的小面馆要了碗面当晚饭。坐在邻桌的，是一对衣衫打着补丁的母子。母亲是个盲人，十二三岁的儿子，伸出来的胳膊瘦小得如扫帚柄。母子俩要了一碗面，又问店家要了一个空碗。

儿子用筷子往空碗挑面，母亲叨唠着说自己不饿，让儿子多吃点。

儿子边挑面边说，我知道知道，我长身体要多吃，你老了要少吃。这倒引发了波波沙的好奇，他想看看，儿子到底怎么给两只碗分配这一碗面条。见儿子嘴上虽说自己要多吃，却把大部分面条都挑在母亲面前的碗里说，分好了，我多，你少，吃吧。

母亲喝了一口碗里的面汤，口腔发出响亮的、表示舒坦的声音，说这面汤好，既暖和又解渴。儿子，你到厨房去，问师傅再要碗面汤来。

儿子应声起身去了厨房。母亲摸索着，把自己面前盛着较多面的碗，与儿子的碗作了调换。

看到这里，波波沙心头一热，眼前立即闪过养母愁眉苦脸关注着他的神情，眼窝就湿润了。虽是口袋里没几个子，他去店门口账台结账时，顺带为这对母子结了账。见账台旁的蒸笼冒着热气，就又买了两个鲜肉大包让店老板送到母子桌上。他躲在玻璃门外，看着老板端着包子送过去，向母子解释着这一切。瘦小男孩转过脸，向门口看来。波波沙立即闪身离开。那天，他不仅享受到了行善后的愉悦，而且还被这对母子的举动，召唤起对往日母爱的记忆。这种感受是刻骨铭心的，在后来的日子里，他对我反复讲起这对母子分吃一碗面的情景，以及对他心灵的冲击。

那晚，他回到租住的地下室，躺在床上，闭上眼睛，面前浮现出的是电影特写镜头般的西河头老屋和养父母的音容笑貌。波波沙这才想起，离开那里时间不短了，是否该回去看看呢？

就在波波沙为要不要回家而犹豫的时候，西河头有邻居去北京出差，办完事到天安门广场游玩，竟发现有位穿着军大衣，在招徕游客的摄影师傅很像失踪的波波沙。走近一看，就惊异地叫了起来。哎哟，真是波波沙哇！老邻居拉住他说，你还有心思在这拍照啊！你家出大事了！你爹去世了，你娘疯了。

听了消息，波波沙立即就石化了。片刻，他如脱兔般赶去火车站，买了票就南下回家去。

列车车窗外，树木一棵接一棵闪过，田野里的一条条阡陌，如在围绕远处一个看不见的圆心旋转。他才发现自己，不仅是从一个空间回到另一个空间去，更是从一个时段回到另一个时段去。生活了十多年的西河头，以及那里一对虽没血缘关系，却把他奉若珍宝的夫妇，怎么着就在一段时间里被他丢失了呢！他现在就是要回到西河头的时段里去。

波波沙推开西河头家门时，门口树上的喜鹊窝，已经易主了。一窝叫不上名的小鸟，在树顶上唧唧喳喳地叫唤，有鸟扑啦着翅膀飞进飞出。波波沙抬头瞥了一眼树上，想是鸟窝里定是孵了一窝小鸟，这么想着走进家门。虽然有心理准备，但面前的扑鼻异味和凌乱，还是让他吃了一惊。更让他吃惊的是，他被迎面扑来的什么抱住了。快快飞回来，外面要下雨，要下大雨啦。

定睛看清了，是养母搂住他，在喋喋不休。下雨了下雨了，快快回窝来。

波波沙叫了一声“娘”，涩涩的。

胥婶就定定地看他。那一刹那，她神智似乎清醒了，说了句：回来啦，儿子！

养父的遗像在墙上，正笑眉笑眼地看着他。波波沙在他注视的眼神中，恍惚回到了过去没有怀疑自己身世的时光里。既是爹又像哥的养父，一直为一家人操心发愁担惊受怕的养母，虽然和他们没有血缘关系，虽然日子过得拮据，但安逸。这一切都被波波沙的寻亲给毁了。波波沙就开始恨自己，恨自己不谙事理，恨自己鲁莽。

我闻讯过来看他时，他正在收拾家里。几年不见，他长壮实了，从他眼神和谈吐中，可感觉到他成熟了好多。他居然老气横秋地对我说，回来得匆忙，来不及给你带什么，在车站附近的商店给你买了这个。他扔给我一副护腕。

我说，用不着这玩意了。你走后，我也不练了。

他四下看看，对我苦笑。乱得一塌糊涂，都怪我哇！

他掏出一包大前门香烟，弹出一根要掷给我，见我摇头，就自己叼在嘴上。我们总想搞清楚自己是谁，来自哪里？当我们披荆斩棘地达到峡谷的深处，有人告诉你，你就是来自于那里。那里风景虽然让人惊叹，但天色暗了，那里没你住的，我们必须迅速离开。风景再美，也不属于你。他说这番话时，让我感觉他有些陌生。

第二天，波波沙借了辆三轮车，蹬着车送胥婶去精神病院看病。医院、家里，两点一线来回奔走，这样忙碌了一段时辰，他也似精疲力竭了，胥婶神智似乎清爽了好多。他懒洋洋地告诉我，他决定了，不再去上学，另有事要做。

他不再像过去一样喜欢与我凑在一起。特别是夜晚，他决不离家一步，不管我以什么借口引诱他。这与过去“夜来疯”的他，完全不同。过去只要黄昏来临，他就特别来劲，总是不肯在家安歇，跑到我家约我出去当“夜袭队”，捉蟋蟀。到护城河夜泳，偷运瓜船上的西瓜吃。去西水关桥上，给倚着桥栏杆谈恋爱的恋人脚下，掷一根小鞭炮，吓得姑娘尖叫着直往小伙怀里钻。

现在，他开始拒绝黑夜。

不久，他在离西河头不远的街口开了一爿图片社。那时彩色胶卷刚刚兴起，波波沙的图片社其实没有冲印设备，只是接货后让别的图片社加工，他只赚个差价。春秋两季，旅游的人多，生意特别好，每天都忙着接胶卷、开票，连上厕所撒尿的功夫都没有。不管生意多忙，只要到点，他就打烊。他急着要在天黑前回到家里。

反正，他变得怪怪的，不再是我熟悉的波波沙。

过了一段时间，他告诉我，北京的朋友要他回北京发展。娘的病情基本稳定，他也做通了她的思想工作。这次出去，不会一去不回，会每周回来，而且给家里装了电话，每晚会与家里通话。

果然，每个周末的天黑前，胥婶总是倚在家门口张望着。波波沙总是风尘仆仆地按时出现。

后来，波波沙在北京娶妻成家，生了儿子。他携妻率子回来看过娘。媳妇叫了婆婆，孙子叫了奶奶。那天傍晚，他在老北门的聚丰园请我吃饭，把他的家人介绍我认识。他老婆是位在部队大院长大的北方丫头，性情爽直，酒量惊人。为了敬我，她叫着哥呀哥的，一口喝干了分酒器内的白酒。他们才两周岁的儿子，手不离玩具冲锋枪，不顾他父亲的呵斥，不断端着冲锋枪突突突地对我作扫射状，还提醒我：你打死了，你倒下去呀！

我就作中弹倒下状。

他就咯咯咯发出胜利者的笑声。

酒足饭饱，波波沙的老婆、儿子回到饭店楼上的客房部去。波波沙则与我一起走回西河头去。

我诧异，怎不陪老婆儿子睡在饭店？

他笑笑。虽然每星期回来，但总觉得陪娘的时间太少了，能多陪，就多陪陪她吧。我老婆是劝我娘搬到北京与我们一起住的，但老人家不肯，偏要守着这屋，说这里是我长大的地方。

他发福了，挺着将军肚，一晃一晃的，走得像只鸭子。我知道，他在京城，事业发达，开了一家文化公司，已投拍了几部电影。与一些当红影星、导演热络得很。我看过他与当红女星们勾肩搭背的合影。

由于他在从事影视事业，所以我也就开始特别关注起影视信息来。有天，我在一本影视杂志上，读到一篇有关他的专访。题目是《神秘的夜晚，你去哪里了?》，我在家里客厅的沙发上，调整好坐姿，打算仔细通读这篇文章。

记者一开始就问，在影视界对您有些传说，譬如您每个周末不管是在后海，和您那帮影视圈的弟兄们泡吧，还是在片场，您总是会丢下您身边的铁哥们和手头的工作，神秘地消失。有人给您作过统计，这么多年来每个周末都是如此，从没例外。据说，为此您还曾放弃正在进行中的近千万元的签约。如果方便回答的话，我要问的是，这些从不间断的离去，您到底是去哪里了？是什么力量，吸引您神秘地消失？

胥波：我回家。

记者：您指哪个家？您家不是就在北京吗？

胥波：我回老家，那里是给我爱和力量的地方。

记者：老家还有什么人吗？

胥波：我的老母亲。我之所以每个周末从不间断地赶回去，是因为我承诺过，不管多忙，每个周末都必须回去陪她老人家睡觉。

记者：陪您老母亲睡觉？我没听错吧！

胥波：是的。和好多年轻人一样，我曾经犯过浑，曾经伤害过家人。我曾守着满满的爱视而不见，却还到处去寻找所谓属于自己的爱。我曾抛弃父母出走过。因为我的出走，爹在痛苦中去世，娘因思念我而疯了。当我在外流浪多年后回到家里，发现在我离家的这么些年中，娘从没关闭过家门，从没到床上睡过一刻安稳觉。每个夜晚，她总是蜷缩在客堂间的竹椅里，守候在虚掩的家门里侧睡的。她是为了随时迎接回家的我，不想错过与我相见的第一秒钟（用纸巾擦眼眶）。第一个回家的晚上，我提醒娘该进房间，上床去睡，那样睡得舒坦、踏实。娘嚷着，小鸟要飞回来的，小鸟要飞回来的。

胥波：我把瘦小的娘抱进了她的房间，把她安放在床上。我刚一走，她就喃喃自语着跟着出来。我没办法，又把她抱上床去。就陪着睡在一旁。哎，这倒是安顿了。娘把我当幼儿般地搂着，有节奏地轻轻拍打着我的背，嘴里还哼着童谣。

老鸟喜欢小鸟，
小鸟喜欢老鸟，
小鸟小的时候
老鸟喂小鸟
老鸟老的时候
小鸟喂老鸟
老鸟小鸟
小鸟老鸟
老鸟小鸟
……

悄起来，回到自己的房内睡觉。可是早晨起来，我见到她又蜷缩在客堂间的竹椅上。从此，我在家的日子里，每到夜晚，我总是陪着娘睡，让她搂着我，轻轻拍着我的后背，给我唱幼年时的童谣。我微微张开眼看着娘，她满是皱纹的瘦小脸上，尽是稚气，像一个在哄布娃娃玩过家家游戏的小女孩，上上下下仔细端详着我。让我看到了小时候，娘是怎么伺候我入睡的情景。

记者：只知道您是一个工作狂，谁都不知道您在家还是个大孝子。

胥波：子女尽孝是本分，人们只从尽孝中看到子女的付出，没想到子女尽孝中更有获得。其实陪娘睡觉时，我不仅是在安慰娘的心，更是在获取。只有陪娘睡觉的夜晚，我才觉得自己还很年幼，心情很放松，在那刻里我才原谅自己曾有过的过错。譬如，初出道时，我干过骗人的勾当，用没装胶卷的相机给游客拍照。为了生存，我说过谎，做过违心事。这些一直折磨着我内心。我想，我为啥对自己要苛刻呢？在娘面前，我还是个孩子，我有理由让自己耍个赖，我还有改正的时间。只要离家几天，我就会想起娘，黄昏时，她又会守望着家门，等我进门了吧？只要我回家陪着她老人家睡上一两夜，她就不犯病，比什么灵丹妙药都管用。我也养成了周期性的习惯，一周之内如果听不到娘唱的童谣，我就会失眠。老鸟喜欢小鸟，小鸟喜欢老鸟……就是这曲，你听过吗？

波波沙哇！读到这里，我合上杂志，轻舒一口气。终于明白那些不解的夜晚，突然变得古怪的他。今天恰好又是周末，那么今晚波波沙又该回来陪娘睡觉了。

名角过兰

一

劲松巷，西河头众多背街小巷中的一条独特巷子。巷东、巷西，是迥然不同的两个天地。

西面巷口，是一溜排的民国年间建造的砖瓦民居。砖墙斑驳，像老人脸上的褐斑。这些老墙前，往往用横架着的竹竿晾晒着被单和衣裤，或用竹匾摊晒着腌菜、芝麻和用来作枕芯的草籽。

巷东，有一堵高墙，守护着墙内的参天雪松和静谧。高墙上有几个门洞，每个门洞内都有一个长着高大雪松的院子以及一幢清水小洋楼。这几个院子，是前几任市委领导的住家。东侧沿街的，是原市政府招待所（现改为酒店）。招待所后靠巷内有一扇小门，过去领导参加完会议、接待，从这个小门就能便捷地回到家中。

这样，劲松巷就成了西河头一条神秘而敏感的巷子。黑色小轿车从巷内出入，巷口两侧，夏天坐着赤膊纳凉端着饭碗吃饭、冬天坐着裹紧棉袄晒太阳的居民。这一独特的风景，就如两个水系交界处，经纬分明的两种水色一样。在巷西的居民眼里，巷东是不相干的另一世界。他们会与巷西的任一家邻居攀比吃穿、儿女孝顺，却从不会有人与巷东人家作丝毫比较。巷西的居民，已经习惯尽量不去打扰巷东的清静。有孩子在巷内跑来跑去疯玩，稍往东面走过几步，家长们就会叫住孩子说回来回来，别去那儿闹。

可就是这样的地方，却传出一个爆炸性的消息，说是锡剧名角过兰要来这里唱露天戏。西河头人听了，都摇着头说，这相当于是大年夜出月亮的大头谎话。不管是劲松巷的身份，还是过兰名角的身份，想来想去都不可能呀！过兰凭她的牌子，要唱定去现代豪华的剧院戏院里唱，凭什么要来这巷弄角落来唱？

但最近确实常见过兰在劲松巷出入。对于过兰，通过电视、图片，大家都还是认识的。有心人留意观察，发现她是在袁立民家的院子进进出出。袁立民，过去是分管意识形态的市委副书记，可眼下他已退休了呀，过兰出入他家能为什么事呢？

人们就想到袁立民自老妻去世后，已是鳏居多年。在位时他忙，巷子里基本看不到他。退位后，巷内就天天见他徒步出入的身影。最常见的，是他拎着盛放有两三个包子和几包榨菜的透明背心袋，从菜市场回来。他从巷口经过，总是微笑着看看坐在墙根下的老人们。老人们习惯于不打扰老领导，即使正聊着什么，见退休的市委副书记过来，也都收住口，默不作声。既表达出对领导的敬畏之心，又怕笨嘴拙舌地讲了不该讲的糙话俗语，煞了风景。大多数时间，袁立民看他们一眼，就缓缓从邻居们面前走过去了。

也有一次，老人们正为什么说得哈哈大笑时，恰好袁立民路过。他就停下脚步，甚至稍稍向墙根下的邻居们靠拢过来，但邻居们望他一眼，就收了笑，不知该说些什么，就闭嘴赶紧低下视线，避开与他的目光对接。

他就只能走了。

望着他的背影，邻居们隐隐感觉到，那是一个孤寂的背影，邻居们对他就心生了几分怜悯。有人甚至还低声嘀咕，当官还不如我们平头百姓好。

现在，过兰常出入这样一位鳏居老人的家，莫非是？但他们年龄相差近二十岁，一个是威严而肃穆的老领导，一个是风姿加风言的女名角，似乎是风马牛不相及的两路人，就如劲松巷的东巷与西巷不相干一样。而事实上，善良而市侩气的邻居们，确实往那方面想了，又不敢往深处细处想。

因为名角过兰在这里出入，又传闻要来唱露天戏，邻居们，特别是老人们，就为他们居住的巷子而感到荣耀。有人到处传扬这种荣耀，又到处寻找依据，企图佐证和丰富这一荣耀。

对在劲松巷将要上演的那场戏，邻居们就特别关注和期盼，一个问号也就一直搁在了心头：过兰到底为何要来这里唱戏？

二

袁立民与女演员过兰的认识，顺理顺章。当时，作为分管意识形态的市委副书记，他经常深入到分管的文化口子所属单位调研。他喜欢有事没事地往这些单位跑。

报社的编辑，中午在办公室拉开躺椅摘下眼镜午休时，突然发觉眼前有个人影在晃动，戴上眼镜一看，赶忙坐起身叫：袁书记，是您哪！

袁立民一摆手，制止他起来。你睡你的，我在附近开会，下午在附近还有会议，就不回去了。你休息，你们晚上写稿子编版面睡得晚，我就在这坐一会。

袁立民也有机会到剧团调研、审看重大剧目的彩排。在彩排间隙，剧团领导趁机向这位分管领导汇报剧团的状况，要求在市里层面协调解决一些经费等问题。彩排结束，袁立民也会总结性地讲几句话，提几点希望，给主创人员和演职员们鼓鼓劲。在这过程中，一些演员也会走近市委副书记，袁书记长、袁书记短地叫唤着，打个招呼，套套近乎。现在想来，按过兰的性格，她当时也应该在这些人群中的。

记忆中，过兰第一次来找他，是她为和其他女演员争演《珍珠塔》的陈翠娥，她觉得剧团领导处事不公，偏袒对方，因此她就到市委大院袁立民的办公室找他反映问题。她向坐在走廊口办公室的常委秘书，打听袁书记是否在？在哪个办公室办公？

腰板挺得直直的，似有从军经历的秘书很职业性地反问她，你是哪个单位的？找袁书记有什么事吗？事先与袁书记联系过吗？

过兰报以嫣然一笑，我嘛！她当即摆出演出时的动作，双手握拳叠在一起，划着圆圈，模拟握住磨把在推磨。

秘书不是锡剧迷，对她作出锡剧《双推磨》中的经典动作并不领会，仍一副不失严苛的样子。

就在这尴尬僵持的时候，过兰发现秘书恭敬地站立起身，微笑的目光掠过她的肩头，朝身后的谁在致意。她回头一看，见是袁立民恰好从办公室出来，通过走廊口往电梯走去。过兰眼睛立刻一亮，用戏剧表演有些夸张的表情和声调欢叫着袁书记，扑上去。

袁立民并没认出她是谁。他驻足，以一种威严的冷峻让她离他还有几十公分距离的地方，就刹住了车，收敛起夸张的表情。她换成常人自然的表情和语调自我介绍，袁书记，我正要找您汇报，我是剧团的过兰哇！

袁立民这才想起她有点脸熟，就问，你找有我什么事吗？

过兰就把剧团在分配角色中的不公之事，向袁立民扼要地道来。

袁立民就站在电梯口耐心听她讲完事由，也弄清楚她是在《双推磨》中主演苏小娥的，对她说，市委对剧团的领导不会很具体，也不能干涉基层单位的具体工作，角色的分配等细节化的工作，还是由剧团根据实际情况来决定。

见过兰一双大眼睛波光粼粼地微笑着，摆出认真倾听的样子，袁立民又多说了几句，开导她说，剧目没有轻重之分，角色也没有贵贱之分，重在每个演员如何去理解剧本，演绎好角色应有的表演，每出戏都能成为佳作，每位演员也都能成为好演员。譬如你主演的《双推磨》，就是一出经典的锡剧哇！同受地主老财压迫、剥削的长工何宜度与寡妇苏小娥，两个角色关系的逐渐进展，在表演中应该很有层次感的，好好把握就能更出采。这出戏本身就是深受观众喜爱的保留戏目，如果精益求精地去演，演出新味道来，不会比《珍珠塔》差劲哇。

过兰小学生般诚恳地聆听着，还不时点着头，最后不由得赞叹：袁书记，您懂得真多，您对锡剧还这么内行！

过后，两人走到一起后，袁立民问过过兰，我与你在这之前并不熟悉，你怎么为一个角色之争，就跑到市委来找我呢？过兰说，心有愤慨，无人可以诉说，想起袁书记您几次来团里审节目，看您慈眉善眼是个和蔼的人，所以走投无路，就不怕这点小事来惊动您了。

据说那次过兰从市委大院回到团里，确实没再找团领导吵闹。时光就这么很快过去了，袁立民再见到过兰时，已是一年以后了。

春节前夕，剧团要下农村基层演出，剧团开个会，一是总结一年来的成绩，二是给下农村的演职员们鼓个劲。剧团团长是一个梳着油光光的大背头，整天寻找由头跑上层主动汇报争取政策的人。开会前一周，大背头团长就跑到袁立民办公室，要袁书记到场给大家作重要讲话，同时给发个奖。

袁立民答应了，当即让秘书写进一周的工作安排中。开会的那天，袁立民先参加了一个全市新闻界的迎春座谈会，照例作为分管副书记，应该是安排在最后一个作总结性讲话的，但那次他先讲话，提前给大家拜年，最后给与会者打了招呼，说是要去赶个场子，去给春节前夕送戏下基层的文艺工作者鼓鼓掌，就离会赶到剧团去参加大会。

走进剧团会场时，全剧团的人都已安坐在那里等候了。大背头团长已在门口恭候多时，他屁颠颠走在一侧不断伸手示意和引领着袁立民跨进会场，并带头鼓起掌来。全场响起了掌声。在主席台落座后，大背头讲了一番袁书记如何在百忙之中特地抽出宝贵时间来参加会议，是对我们剧团工作的肯定和关心，又提议全体用热烈的掌声感谢市委对剧团工作的关爱支持。

会议正式开始，大背头读了剧团的工作总结，总结中提到了过去一年全剧团取得的各项成绩，也获得可观的全国和省级大奖，其中袁立民听到了一个熟悉的名字：《双推磨》晋京演出，主演苏小娥的过兰获得全国戏剧表演艺术的最高奖——梅花奖。袁立民的眼前立即浮现起那双波光粼粼的眼睛。

总结过后，会议进行颁奖议程。请袁立民给主要奖项的获奖者颁奖。过兰兴冲冲地奔上台来，从袁立民手中接过红彤彤丝绒面子的获奖证书。接着是握手，一双宽厚的大手与一双柔软的小手，握在了一起。过兰笑盈盈地连呼，谢谢袁书记谢谢袁书记。按照会议议程，每位上台领奖的主要获奖者都要简单说几句感言。

过兰捏着话筒站在台口，用清脆嗓音说，我能获奖，要感谢团里的关心，如果当初让我演成了《珍珠塔》中的陈翠娥，也许我就不可能投入精力、一门心思地去演好苏小娥了，也许我就没有获奖的机会了，因此我首先要感谢剧团，感谢团领导。

大背头坐在台上有些不自然，似笑非笑地扭动了一下脸部肌肉。

过兰故意控制着语调，压低了声音，引导着全场集中注意力静听她的叙说。我在这里，要衷心感谢一位领导，是他在我迷茫的关键时刻及时点拨了我，让我认清目标，让我继续前行。因此，我能获奖完全因为是他——过兰突然提高了嗓音。他就是市委袁书记，我要衷心感谢他。过兰说着，扭过身向坐在主席台的袁立民鞠了一躬。

全场人也许是从没听说这其中的典故，也不知道过兰与袁书记还有什么瓜葛，好多人张大了嘴巴听着还没反应过来，有人带头鼓起掌来，于是也跟着合击双掌。

袁立民微微一笑，大度地一摆手。

大背头团长听了脸上立现很感动的样子，身子立即倾斜向袁立民。衷心感谢袁书记关心我们剧团哪！过兰同志各方面都确实是不错的，团里对她是有考虑的，有考虑的。

此次再见过兰之后，袁立民独自静下来时，倒是会想起这位忽闪着大眼睛的“苏小娥”的。他有点小感动，想不到电梯口一番短短的话，她就听进去了，还这么脚踏实地去实现了。现在社会风气浮夸，能认认真真埋头苦干的人可不多了。

时过不久，大背头又专程去市委大院向袁立民汇报了一次。要在市人民大会堂推出一场《双推磨》获奖汇报演出，同时，根据过兰同志的本人意愿，也是剧团走向市场的需要，考虑成立演出公司，由过兰同志担任总经理。

那天晚上，市电视台在市人民大会堂现场全程录播。承担现场编辑的转播车停大会堂院内，粗壮的电缆线通向剧场，为防止观众绊倒，电缆都被醒目的黄色胶纸粘在地上。三台摄像机呈品字摆放在剧场内。还有一台游动摄像机在前面流动捕捉现场镜头。

市委市政府的领导班子都去了大会堂，观看过兰主演的锡剧《双推磨》。袁立民作为市委分管文化的领导，当然也在其中。领导同志在贵宾室候场时，他已经向主要领导和班子其他成员介绍这部戏的获奖情况。与过兰在市委电梯口的那段对话自然是不提了。演出的预备铃声响起，领导们踏着铃声进场在第一排就座。演出期间，袁立民不时颔首。每幕结束时，他挥动着宽厚的双掌，和观众一起鼓掌。

苏小娥与何宜度由陌生到认识、相知相爱，关系演变的层次感，演员通过念白、唱腔，火候拿捏得很准。特别是苏小娥含蓄、精准地表演，更是到位。

演出结束时袁立民陪同主要领导上台与主创人员和演职员一一握手，他把过兰介绍给了主要领导，说这位就是扮演苏小娥的梅花奖得主过兰同志。市委书记握着过兰手说，祝贺啊！感谢你们为建设文化强市作出的贡献。

游动摄像机将这一切都及时捕捉到，还给了一个大特写：

过兰灿烂的笑容。

三

过兰所走过的人生道路，并非全是灿烂的阳光。

很小的时候，父亲在罱河泥时不慎掉河里溺亡了，母亲改嫁。她与爷爷奶奶生活在一起。十岁时，她挎着一只大竹篮，握着一把镰刀到田埂、河滩上给家中三只羊割草。割稻时，她在收割过的稻田里，拾稻穗。在旷无人影的河滩上，她割着草，为给自己解闷和壮胆，就拉开嗓子唱歌。从麦浪滚滚闪金光棉田一片白茫茫，到毛主席的书我最爱读千遍那个万遍呦下功夫，只要她听到过的歌都会唱。歌声在田野里随风飘荡，听到歌声的人都说，这丫头嗓子挺脆的。

有一天，当她又在河滩上边割草边唱歌时，河岸小道上走过一位附近小学的老师。老师停下脚步听了一会她的歌，就把她叫近来，问她，你该上学的年龄，为何不去上学堂？过兰说家里没有钱供她读书，爷爷奶奶说了，要把家里的几只羊喂肥卖掉后才有钱交学费。小学老师说，城里戏校办了锡剧班，正在招生，是免费入学的，凭你这嗓子，你完全可以去试试。

后来，爷爷揣着两块麦饼带她去了一趟城里。她在戏校的招生现场一亮嗓子，又模仿一遍老师随意作出的一组舞台动作。招考老师问了她几句话，还抬起她的腿看看韧带的松紧，就说好了，可以走了。她以为此事就算这么过去了，戏校是与她无关了。她回家又割了三四个月的羊草。当她差不多要把此事忘记时，有一天，骑着一辆除了铃不响什么都在响的破自行车，穿村走巷的邮递员，突然在她家门口的晒场上停了下来，叫唤着：过兰，信！

这是她第一次收到信，这张薄薄的信纸像一张路条，带着她离开农村，进了城市；离开了田野，进了学校，让她放下了镰刀和割草篮，拿起了课本和笔。

吃住在戏校，清晨早早起床对着操场吊嗓子，搁腿练功。女学生还根据老师的要求，双腿之间夹着一把扫帚围着操场走台步，扫帚不能掉下来就势必是大腿不动小腿动，步伐小而快，这才是花旦应有的急遽碎步。白天上课学识字，听老师讲戏剧，讲表演，讲唱腔。晚上排练场熄灯关门了，小过兰还躲在操场的黑暗中加练。她对戏校的一切，都充满了好奇和渴望。她像一块掷进了潮湿储藏室的干燥棉花团，仿佛想一夜之间就把周围的水分全都吸收掉。

读了几年书就要毕业了。临毕业前，学校排了《吃面条》《摘石榴》《秋香送茶》和《十八相送》《庵堂相会》等小戏、折子戏汇报演出。过兰在《摘石榴》中演小姑娘刘金秀，她演得聪明伶俐，可爱至极，使整个戏充满轻松活泼的气氛。另一位男同学扮演的是富家公子赵自茂。戏虽演得有些稚嫩，但两角色的性格初显轮廓，唱功也初露端倪。老师们都喜形于色，觉得一番辛苦终于有所收获，没有白忙乎，远远看着过兰说，是棵好苗子，就看她自己的造化了。

戏校毕业后，过兰被分配到锡剧团当演员，先演配角，后演主角。时光似水，黄毛丫头变成了大姑娘，过兰到了婚嫁的年龄。经人介绍撮合，她嫁给了造船厂的一位电焊工，一年后生了个儿子。起初，一家子日子过得倒也恩爱和谐。平时一家三口挤在一居室里，过兰要外出跑码头巡回演出，儿子就放到公公婆婆家，演出回来再把儿子接回家。日子虽不算富裕，却也有几分乐趣。江南人崇尚吃虾，味鲜美又低脂肪高蛋白，坊间戏言：常食虾，对男性某些功能会有增进作用。因此，过兰常买虾回来。老公吃虾另有一功，不用手剥，用筷子夹起虾放入口中，嘴唇稍动几下，虾就肉壳分离，虾肉留在口中慢嚼细咽，虾壳则吐在外，虾壳还完整如初，整齐地排列在桌上小碟中。老公边吃虾，还边有点淫荡地笑着打趣：白天吃沼虾，晚上摘鲜花（“虾”“花”在吴方言中为同音）。

每每至此，过兰总是娇嗔地伸出兰花指，用食指一戳他额头。摘你的大头花，快吃你的吧。

这种幸福、欢愉的记忆深植在大脑皮层中。在外面跑码头，在破旧的戏台上演完每一场，拖着疲惫的双腿回到简陋的旅馆，有时甚至就住在后台，用大船的帆在屋子中央一隔，就分隔成了男女寝室。条件虽苦，大脑皮层内的欢乐记忆却会一点点释放出来，让她心里鼓荡着温暖。出门在外久了，团里个别年轻男女会熬不住，会在演出的间隙忙里偷闲钻在道具间、戏台下面，甚至跑到田野里偷腥，而过兰从不，虽然也有人对她投石问路试探过，但得到的回答是坚定的回绝。

然而欢愉的记忆只是记忆。

有次在外跑码头近一月，演出了几十场次，身心实在是疲惫。过兰回家没有像往常一样先去公婆家接儿子，而是先到菜场买了一点菜，称了七八两河虾，就兴冲冲地回家去。她一路上想着，做一道老公喜欢吃的酱爆虾，浓油赤酱，放上些许白糖，出锅前撒上碧绿的葱花，红花绿叶地端上桌去，鲜咸堂堂地让老公吃得满意了，老公吃完了虾就会把她按倒在床上，狼吞虎咽地吃她。有过这样经历的，儿子不在家，他们两口子在家吃着，老公还喝了一点黄酒，正吃着，老公突然扔下碗筷就把她抱上床去。她剥虾的手还油腻腻的没洗，嘴里正在咀嚼着的饭菜还没咽下，开始她还抬高着手，唔唔地含糊叫唤着作挣扎状，后来她也就顾不得了。

那次回家，家门的那道门槛就成了一个时代与另一个时代的分界线。还没到下班时间，老公不应该在家的。所以，过兰没有敲门。从包里翻出钥匙要开门，但手中拎了出差的一包换洗衣物和大包小包的菜，难以完成开门动作，她就又放下手中的大包小包，这才成功地将钥匙插入锁孔。刚要转动时，门却自动开了，令她没想到的是，老公竟然在家，就站在门后。

你怎么提前回来了？老公脸上有几分僵。

过兰举起手中还在细密尼龙丝网袋中蹦跶着的虾，有点挑逗地媚笑，吃你的虾，摘你的花。

老公仿佛面对的是突然来敲门抄水表的抄表工，有些迟疑。过兰用肩撞开他，老公这才突然醒悟过来，忙跟过几步说，我来介绍一下——

过兰人已到了吃饭兼灶间的起居室，见有客人坐在饭桌旁，且是一位剪着童花头的年轻女人。过兰故意用夸张的口气说，哟，家里有客人哇！

老公追来过来，我介绍一下，这是我厂里的同事，徒弟，今天厂里停电调休，路过，顺便来看看我。

那年轻女子欠了一下身，脸刷地红着，低眉垂眼地不敢正眼看过兰。

哦，停电好，停电你们可歇下来。你们谈，你们继续。过兰坐在一边靠近蜂窝煤炉一侧，剪虾须、拣菜。又扭头说，你们继续谈哇，我不妨碍你们吧？

七八平方米的起居室，三个人这么近距离地坐着，有什么可谈的呢。童花头识相地站起身，弱弱地说，师傅我回去了。又对过兰稍躬了一下身，蚊子叫似的说了一声，师母，打扰了。

怎么走了呢！都怪我回来的不是辰光。过兰用锥子一样的目光追着她背影。童花头似乎感觉背后针一般刺来的目光，逃也似的快步走去，以致握着门把拧反了方向，最后还是过兰老公过去帮她开了门，又送她出门。

老公半晌才回来，这么长的时间，应该是把童花头至少送到巷口聊了一会才折回的。

过兰劈头就讥讽道，十八相送啊，这么长时间才回来。

老公有点恼羞成怒地吼了一句，别捕风捉影，上纲上线啊！人家是徒弟。

过兰揣摸着他的神情，暗忖：也许是自己过于敏感了，他们也许真是清白的。好了，不去想了，随它去吧。她甩甩头发，全力投入家务清洗行动中，似要把近一月她不在的家彻底泡在水里洗过。走进房间，想换洗床单、枕巾，她突然想起了什么，放慢了动作，细心地俯下身察看着床上，又贴近床单闻了一下。果然，床上一根女人的头发。这头发比她的短，比她的细，比她的黄。看上去，与刚才那位童花头头发的长度、发色和软硬倒是一致的。她如在床上发现了一条毒蛇似的尖叫起来，把老公叫到床边，当着他的面拎起那根头发，问：这是什么？你倒是说说清楚！她和你到底是什么关系？

老公望着那根头发，一时语塞，愣了半天才反应过来，咕哝一句：一根头发嘛，就一根头发。

头发头发！非得让我在床上按住赤条条的你俩？过兰得理不让人，涨红了脸，扯直了嗓子。你倒是说说！那个烂婊子的头发怎么到床上来的？徒弟徒弟，徒到床上来啦！

老公推了她一把，你叫人家什么？你嘴里清爽一点！

过兰撒泼了，她是你心中的玉女？她就是一个烂婊子！烂婊子！臭婊子！

老公伸手就打了老婆一个耳光，她就是玉女，怎么啦！

田野里长大的过兰，虽然从小受苦，却没受过这样的委屈和耻辱，她如一头发疯的母牛，用脑袋去顶他的胸部。老公又挥起拳头擂她几下。过兰就躺在地上，蹬着腿大哭。如果这时候男人软一软，俯下身子认个错道个歉，抚慰她一下，也许事情就不会发展成后来那样了。但男人甩手离开了家，还把门摔得山响。过兰就从地上爬起来，从墙上取下挂着的结婚照相框，哗啦啦地摔碎在地上。

由一根头发丝引发的打闹，以两人协议离婚了结，儿子归男方。过兰又过起了单身生活。不跑码头时，她就把儿子接到自己身边住上几天。外出演出回来，她第一桩事也是把儿子接回来。除了儿子，就是她的锡剧。家以外，剧场、排练场，基本是两点成一线，连菜场也很少去了，即使去了也是匆匆简单买了几样菜就走。虾很少买了，免得睹物伤心；另外大约是虾对男人的神奇功效得到了传播，虾后来是越来越贵了，她一个人就简单对付了。这样过了几年，有一个人走进了她的生活。

一段时间以来，每逢演出，头排总是坐一位黑铁塔似的汉子。只要过兰上台，他就目不转睛地盯着她看。唱到一个段落，他就扇动着大饼似厚实圆形的手掌鼓掌，还咧嘴笑。不管在哪里演出，他总是赶到聆听。这么听了有好几个月，有次谢幕时，见他还朝台上的她挥手。待过兰回化妆室卸了妆换了衣服走出后台时，他已等候在门口。他脸堆笑容迎上来，说我喜欢你的戏，我请你吃夜宵，请你能赏光。

过兰脸扭向别处，气昂昂地走过，没搭理他。

这样重复了几次，过兰仍保持着矜持。有个夏夜演出结束回到后台，见桌上地上堆着好多西瓜，团里人人捧着黄瓤黑籽的西瓜在吃，边吃边说这瓜少有的甜、鲜。还说这瓜是刚研发出来的新品种华东 26 号，市面上还少有卖。他们见了过兰，都客气地让她也吃。而她有过吃了西瓜拉肚子的病史，所以就没吃。她卸完妆就想早早回家去，走出大门，又遇到了他。他笑眯眯说，赏个光，就一起吃个夜宵，我是你的忠实观众（那时候还没有粉丝这一说）。

过兰别转脸走了。

那人又说，看了你这么多戏，对你的戏有好多想法，想对你当面说说。也算是你当面听取观众的意见吧。

过兰还想坚持的，突然身后响起一阵声音：过兰，去吧，别辜负了人家的一片情意。善待观众，也是开门演戏的一次良好机会哇。

过兰回头一看，见是团里姐妹兄弟们，手中捧着西瓜在冲她嚷嚷。那黑铁塔靠近一步又说，文艺工作者要走与工农相结合的道路哇，这可是毛主席说的哟！

事到如此，过兰只得半推半就地跟着他走了。这时，背后演武生的那帮毛头小伙在叫嚷：王老板，谢谢你的西瓜喽！西瓜甜哇！

那位叫王老板的黑铁塔朝身后一摆手，显得很有派头。

这时，过兰才知道，她是被那帮吃人嘴软的同事们卖了。

夜宵吃的是当时刚从南方流传过来的广式夜宵。先点茶水，又就着推来的、冒着蒸汽的点心车随手拿取小巧蒸笼里的点心。王老板坐在她对面，为了话语清晰，他把脑袋伸过凑近她。过兰闻到他嘴里浓烈的烟臭味，下意识地将脸朝后仰过去。

王老板觉察到了她的讨厌之意，坐直了身说，我是一个锡剧迷，是你过兰的崇拜者。对你崇拜得五体投地，你那唱腔，一个字：糯；你那身段，一个字：软；你那扮相，一个字：俏。啊哟哟，真是没得说的。

女人是听觉动物，听男人说赞美话，不管真假都是顺耳的。初次相见，过兰不好说什么，只是支着耳朵听他说，心里美滋滋的。他说，他热爱锡剧。他是一个建筑老板，闹市区繁华商业街的好几幢高楼，都是由他的工程队承包的，平生除了爱喝两口酒，抽两口烟，再就是爱听锡剧了。奋斗了几年，有了一笔丰厚的家产，一心想着要为振兴锡剧作点贡献。譬如，你过兰有这么好的基础，就应该开个人锡剧演出专场，应该出版专碟。别担心费用，一切都不用你考虑的。

有了这个开端，过兰就频频被他约出来，吃饭，逛街，当然后来也进房间。那时传呼机才兴起，还是个稀罕的时髦之物。王老板给她买了一个小巧的、紫罗兰色的摩托罗拉数字传呼机。当它在包里嘀嘀嘀一响，过兰就赶紧打开包取传呼机看。刚开始时，这样的脆响，一天要响起十来次，被同事们笑话为“电蟋蟀”又在叫啦！到后来这只“电蟋蟀”叫唤的频率少了，一天也就叫个一二次而已了。再后来，就索性不响了。同事们戏谑地问，过兰哇，你那“电蟋蟀”冬眠了吗？

过兰凄然一笑。过去了过去了，不许再说啦。

四

过兰能与袁立民走到一起，还得从袁立民住院做胆囊摘除手术说起。

那次过兰有点感冒，吃开口饭的演员对感冒是十分在意的，怕影响嗓子，所以在感冒刚露头时就特地去医院配药，想把尚在萌芽状态的病灶压住。她在药房窗口排队等发药时，突然听到有人叫她。扭头一看，见是大背头。

大背头连说，巧的巧的，过兰哇，我正想找你呀！刚换了个手机，找不到你手机号了。

过兰睁大了眼睛还没来得及发问，大背头就接着说了，袁书记住院了，你晓得吧？千真万确的，我也是早上才知道的，这不！我一听说，就放下手里所有的事赶紧来看他了，我刚从病房看了出来。摘除了胆囊。唉，袁书记是个好人好领导，那样地关心你，那样地关心我们剧团，我们不能人一走茶就凉哇，人虽退下来，但他的情我们要记得哇！

过兰对大背头这番话颇反感，她过兰不是这么过河就拆桥的人。凭他大背头的为人，能这么热心地来看望一个已经退位的、远离权力中心的原市委副书记，并非是他人格所为，而是想借此标榜他是一个重情义的人，为他在江湖上得更多的分。所以他在言语中，踩垫着别人以显现他的高大。

袁书记住哪个病房？过兰问了病房号，不等取药就扔下大背头转身往老干部病房跑。她乘电梯上了19楼，老干部病房静悄悄的，只有阳光透过走廊的窗玻璃洒在光洁淡雅的地砖上。过兰调匀了呼吸，放轻了脚步。护士站的柜台后，一位带着两个酒窝的护士姑娘，边在整理输液瓶边微笑着问她找哪位啊？

过兰也笑吟吟开口，袁书记是否住这里？

小酒窝说来吧，跟我来。好像在电视中看到过你的，你是唱锡剧的吧？

过兰有了一份意外的惊喜，说是吗，你认得我呀！

小酒窝把她带到了走廊底的房间说，袁书记有客人来看您呀！边说边走到病床旁，用手指压在袁立民的手腕静脉上数数，又仔细调整了输液的滴速。把被角盖上他的手臂说，这两天待医生查过，如果一切正常，袁书记您就可以出院回家啦！

袁立民一面答应着护士，一面眯着眼在打量站在门口背光中的来人。

那个逆着阳光的人影，叫了声袁书记。袁立民就听出来了，只有唱锡剧的角儿才有这种悠扬的语调，就说是大演员来了！

过兰走来，倚在床栏边说，袁书记您这是……您怎么不与我们说一声呢！说着眼中倒是泪光莹莹的了。

袁立民呵呵笑着说，小事一桩，摘除了人体内一个不良组织而已。

过兰问起他术后的身体、饮食情况，才知道袁立民丧妻多年，一日三餐在医院食堂订，每天傍晚他女儿、儿子下班后来看望、陪伴他。过兰不知怎么就突然有点激动，说，不行，医院食堂的饭菜能叫饭菜吗！

袁立民说食堂的饭菜不仅可口，而且营养，挺不错的。我目前只能吃半流质。

过兰非得要袁立民退掉医院的订餐，明天中午起由她送餐。

袁立民说不用不用，你们都是上班的忙人，别为我这个闲人操心。

过兰偏着头，眼睛斜视着袁立民，显得有点任性。她坚持从明天开始，午餐要由她送。第二天中午她真的拎着保温瓶来了，热腾腾的鱼粥。那是她一早从菜市场买来鲜活的鲫鱼，去鳞洗净，仔细地去掉鱼刺，剁烂了与新米一起用文火煮了一个多小时。起锅时，撒上碧绿的葱花，撒上胡椒粉。那个鲜美！她给袁立民盛了一小碗，用汤勺掏了一勺，放在嘴边吹了一下，说小心烫。她要喂在床上坐起了身子的袁立民，被袁立民笑着婉拒了。过兰不好再坚持，就把碗和汤勺送到他手上，又提醒小心烫着。看着袁立民吃下了第一口鱼粥，急忙问，鲜不鲜？

袁立民连说，鲜、鲜、鲜！

袁立民吃得满头大汗，过兰掏出面巾纸要给他擦。袁立民条件反射地向后仰过头去，说自己来自己来，不敢劳驾大演员哇。本想又推辞掉的，但过兰已经将面巾纸贴着他的额头、脸颊擦了起来。

过兰说，什么大演员哇！再大的演员，在您大书记面前能称出几斤几两哦？

第三天中午过兰送来虾仁小馄饨，那是买来鲜河虾挤出虾仁包的小馄饨，将黑鱼煮出奶白色的汤，去除浮油，把虾仁小馄饨下在鱼汤中，滚锅后盛起鱼汤和小馄饨。送到病床旁，小馄饨恰好有些软烂，适合病人食用。过兰盛了一碗，要喂袁立民，袁立民又要推辞说，我自己来，我又不是小孩子。

过兰说，您现在是病人，病人就是小孩子嘛。她用汤勺盛起一只小馄饨还带着一点乳白色的鱼汤，吹了吹，送到袁立民的嘴边。袁立民只得依顺着吃了下去。过兰问，不知咸淡是否合适?

袁立民说，咸淡恰到好处。看不出，你这位梅花大奖的得主，还有这一手好厨艺。上得了庙堂，下得了厨房，难得哇!

过兰咯咯地笑，我一个割羊草的乡下毛丫头，什么样的苦没吃过呀，勤快一点，多学一手，总不会亏待自己的。

那时，作为苏南地区第一地方戏种的锡剧，观众基本是以老年人为主，年轻观众越来越少，演出市场日益萎缩。所以，过兰有着大量的闲散时间。自此到袁立民出院，过兰天天中午来送餐，每天所送的滚烫喷香的内容物是想尽了办法、翻尽了花样。袁立民出院，回到了劲松巷 6 号的家中，过兰仍是每天在自家烧好菜肴送去。袁立民不仅已经习惯了她烹调的菜肴口味，也习惯了这样的生活。后来，为了图方便，过兰不再在自己家中烧好再送去，而是从菜场买了菜直接到劲松巷家里烹制。

开始习惯了这样生活的不仅是袁立民，已经多年没有家庭生活的过兰似乎也从中获得了久违的家庭温暖。每天有人在等待着她的烹饪和伺候，这使她仿佛回归到了家庭主妇的角色中。有天在菜场买菜，看到有鲜花卖，她买了一束鲜花拿到劲松巷 6 号。她翻箱倒柜地找出一只瓷花瓶，放上清水把鲜花养起来，把花瓶放在客厅的茶几上。她用一条橙红色绸巾在脑袋后扎住自己的长发，把铝桶放在自来水龙头下哗哗地放水，那声音很响，在空旷的楼内引发出滚雷般的回响。桶内放满水后，她开始用拖把在客厅内拖起地板。

袁立民坐在沙发上，像是在欣赏艺术表演一样地看着她拖地板。她那条橙红色绸巾跳动着，与那花瓶中的鲜花相映，使这个近乎充满死寂气氛的家里有了活生生的亮色。她圆润的血肉躯体随着拖地板的动作有节奏地起伏。浑圆而饱满的乳房，像揣在怀里的两只小兔在乱撞乱跳。就是那次，在地板还散发着湿味的客厅里，他们之间的关系，迈出了实质性的一步。

五

过兰给袁立民带来的体验是前所未有的。这种体验让袁立民对生命有了新的诠释。他坐在客厅门口的走廊上，冲着院子发愣，思考着生命的哲学意义。那时候院子里的雪松上，正站一只喜鹊在连续发出敲鼓般的鸣叫。阳光照射在雪松的枝叶上，枝叶绿茵茵的呈出半透明。自那以后，客厅里那台过去很少开的音响，重新启用了，时不时地放着锡剧唱腔。他呢，时不时地跟着哼上几句彬彬腔。有人发现他眼稍的鱼尾纹比过去深了，因为他笑得更多了。

一般讲来，一位领导干部，在领导岗位上年龄接近干部管理条例所规定的年限时，大部分领导的内心，都会有些外人一般难以体会的波动。而袁立民面临退休时，倒是没有这些那些的放不下。他说这没什么，换种方式过日子，也许更精彩。他在这样讲时很洒脱，其实对退休后的生活是没有打算和计划的。刚退下来时，他确实有好多不适应。每天早晨习惯性地想拎着公文包出门去，一想并没有什么会议在等待他。他从院子里踱到客厅里，再从客厅里踱到院子里。只听得风吹过雪松枝头的声音。他打开了院门，往外张望。巷西热热闹闹的，巷东这边却冷清清的。他指望能有人进门来和他聊点什么，可是门敞着半天，就是不见一个人影。就在这时候，过兰出现在他的生活中。过兰不仅给他带来全新的生理和心理重叠体验，更是使他的退休生活有了丰富的内容。

袁立民要过兰给他讲锡剧表演中的体会。以前袁立民在分管意识态时，为让自己懂行，曾看过一些有关锡剧艺术的资料，现在他结合过兰的体会，他又找来好多书籍研读，对锡剧发展演变的历史有了更直观的了解。他遇到一些老部下就讲，你们别小看了锡剧是由不登大雅之堂的滩簧演变而来的，它发展有200多年了，锡剧的成熟与沪宁铁路的兴建还有关系呢。锡剧还是江南社会、文化的活化石。

不久，在袁立民倡导下，成立了振兴锡剧工作协会，他任顾问，由大背头任会长。袁立民为振兴锡剧到处奔走。协会领衔，过兰的演出公司具体操办，一时搞了好多场锡剧演出，什么锡剧名角精选唱段演唱会、锡剧经典剧目会演、锡剧折子戏专场演出等等。一时间在全城掀起了一股锡剧热。过兰的演出公司忙得不亦乐乎，跑票务，推销票。一场演出除百分之二三十的票在剧场门售外，大部分的票都靠单位公费购票。过兰的精力主要放在这上面了。她跑市里几家效益好的国有大中型企业，跑银行金融业，跑部委办。遇到有些单位不是很爽快接受的，过兰耐着性子、赔着笑脸、装疯卖傻地连说带唱地劝说，支持锡剧就是支持文化强市建设，甚至说漏了嘴还说过，关心我过兰，就是关心袁立民老书记。

当对方终于表示愿意接受时，过兰原本哭丧的脸立即笑得像蒸得裂开了花的包子，围着对方一口一个，我的好领导哇我的好阿哥地叫唤。

在袁立民过去分管的意识形态口子上，人们对他俩的关系还是充满好奇的。特别是一些个性外向、调皮，即使是过去袁立民在位时，也喜欢与这位平易近人的市委副书记开开玩笑的、经常有机会接触他的单位女中层干部，就会围着他，不怀好意地讪笑着，远兜远转地问，袁书记您现在身体精神多了，年轻了好多，生活、养生方面是否有什么调整和变化呢?

鬼丫头！袁立民明白她们要问什么，就呵呵一笑了之。

袁立民和过兰在一起的时候，心里自然会洋溢起春天阳光般明亮的感觉。他总是用宽厚、慈祥的目光看着她，听她说起剧团跑码头的趣闻逸事。过去，从跨出学校大门，参加工作几十年来，袁立民虽然也下基层蹲点，与老百姓近距离接触，但人家老百姓觉得你是大领导，与你讲话交流时会尽量转换成领导能接受的词汇，怕一不小心说出俚语俗句让领导笑话自己。而剧团不同，男男女女整天不是在排练场就是戏台上，围绕着痴男怨女的情爱故事，顾盼生情，暖玉生香，充盈在心臆间的，是对自然人性原始本能的天然敏锐。在远离城市到乡村跑码头时，在台上演完了爱情戏，卸了妆在台下，这帮称是城市文化人的演员，内心其实是很空虚和饥渴的。因此对乡间不上大雅之堂的荤段子特别感兴趣，记忆特别深刻。在与过兰的共同日子里，袁立民了解到了过去在他这个层面，不可能听说的原生态内容。

有次他俩坐在客厅沙发上聊天，过兰剥着小核桃，剥成了一撮核桃肉，就用手掌托着让袁立民吃下去。说是男人多吃坚果有利于健康的。过兰说，有一天，一位很少出门的农村老大爷，乘着农村中巴车从街镇上返回家去。上车向女售票员购车票时，这位老大爷就关照女售票员：我买一张到高潮的票，到了高潮你要叫我呀！过兰解释，高潮是美湖乡下面的一个自然村的名字，我们还曾去巡回演出过的。

过兰继续说，老大爷出门少，怕坐过了站，错过了家门口的那一站，所以不断地问：大小姐，高潮到了吗？农村人在称呼村名时都习惯把村字简化掉。老人不断地问：高潮到了吗？高潮到了吗？这就让那位女售票员嫌老人啰嗦，有了厌烦情绪，所以她火斤斤大声回答：高潮到了，我会叫的！全车厢的人都轰地笑了。

过兰讲完后看着他。袁立民并没意料中的大笑。过了一会，袁立民才反应过来，才明白“高潮”不仅特指村名，还泛指好多人类活动中的心理和生理最佳境界，便笑着伸出食指朝她晃动着，你呀你呀！

六

原市委副书记要娶感情生活有点复杂的女演员，且他们的年龄有点悬殊，身份也有点悬殊，这就使他们的结合成了人们关注的话题。

风声很快就传开去，社会上就有了风言风语。

这些倒还不足以让他们却步，关键是风声传到袁立民子女的耳中。袁家子女坚决反对，先是说过兰这样的女人不适合父亲，过后又道出真正的反对理由，说是过兰的名声不好，会毁了父亲一世的清誉，让他晚节不保。为此，袁家子女与父亲之间有过一场争论。最后，一辈子擅长做人思想工作的袁立民竟无法说服子女。父亲在过兰照料下，身心都有了起色的事实，也让子女无法彻底断绝父亲与过兰的来往。最终双方都作了让步妥协，袁立民不与过兰结婚，作为朋友来往，但过兰不得在劲松巷 6 号过夜，天黑前必须离开。

面对子女的阻挠，袁立民十分无奈。特别是不得在一起过夜的苛刻要求，给他们带了不便和痛苦。有时两人聊得正欢，外面风雨交加，却因天色已晚，过兰不得不起身别过，顶风冒雨地离他而去。

有回过兰恨恨地说，我倒不相信了，现今这社会，还能有梁山伯与祝英台的悲剧！你袁家的子女也都是受过教育的文化人！

袁立民苦笑着摇头说，唉，有什么办法呢！孩子们有孩子们的想法，他们有他们的顾忌。

过兰说，我有办法，可以让我们名正言顺地在一起。

袁立民就问，哦，说说看，你有什么办法？

过兰说，我是个演员，只有唱戏这本事。我要在你家门口唱大戏，闹得里里外外、上上下下都知道，你我要结婚了。舆论造足了，生米煮成熟饭，你家子女不同意也只能同意。

袁立民思考了一会说，再考虑考虑，是否有比这更妥当的办法，能软着陆最好。

过兰不假思索地说，除非你退缩，不再爱我，否则就豁出去这么干。

袁立民将宽厚的手掌盖在过兰肉肉的、柔软的手背上说，吾心既定，就不移不改。

过兰依偎在他身上说，你这么说，我心里就有底就有了胆气。

过了没几天，过兰叫来手下演出公司搭台的工人们，在劲松巷口宽敞处搭起了一个简易戏台。在这之前，过兰早以地方戏曲进社区的名义向公安、城管、路灯管理等申办好了一系列手续。灯光、音响全部就绪。那天恰是周六的午后，扩音器里先响起锡剧的唱腔，作为暖场的音乐，不仅吸引了劲松巷的邻居，还招来了好多西河头的居民们。待场子被围了里三层外三层，演出就正式开始。

演的是《双推磨》，报幕的人特地解释，这是新编版的《双推磨》。怎么个新编法，开演后才知道，念白唱词都被过兰根据自己的需要临时改了好多。她与袁立民相识相知到最终相爱的过程，被掺进了唱词念白中，按在苏小娥、何宜度这两个角色上演绎出来，最后还道出了子女阻挠，有情人无法终成眷属的痛苦。场内就群情鼎沸，都说什么年代了，还有干涉婚姻自由的哇！有人就说父母别干涉子女的婚姻，子女也别干涉父母的婚姻。

袁家子女虽都不在现场，他们的手机上却不断收到现场发来的信息，这都是过兰事先安排人这么做的。袁家子女被烦得头痛，也不愿顶着阻挠父亲幸福的恶名，就给父亲打来电话，识时务地说，爸爸，我们不是老封建，不是反对您再婚。如果您确定是真爱，作子女的决不阻拦您的好事，还要真诚地为您的再醮续弦祝福。

袁立民就到后台，把子女来电的意思，及时告诉演罢退到后台正在换妆的过兰。过兰就兴高采烈地掏出手机，给民政局婚姻登记处的工作人员打电话。其实她预先打过招呼的婚姻登记工作人员就守候在下面，立即就把他们叫上台来。过兰牵着袁立民的手重返台前。她喜滋滋地说，邻居们，今天我们请大家观戏，是请大家来见证和参加我和立民的婚礼的。

婚姻登记处的工作人员，在舞台上当场就按登记程序为他们办理了结婚登记，并宣布从今天起他们结为合法夫妻。

袁立民作为新郎倌也简单讲了话。他说，邻居们哇，我们相邻而居已多年，过去我工作忙，在家的时间不多，与大家相望多而相处少。今天起，这条巷子多了一个家庭主妇，过兰她不仅是一个受人喜爱的演员，也是受人欢迎的邻居。希望邻居们能接纳我们，把我们当普通的邻居来往。

台下的邻居们鼓起掌来。

接着，过兰又演了两个折子戏。散场前，过兰来不及卸妆就站在台前说，欢迎邻居们到我们家吃喜糖。

邻居们听了，纷纷从场子直接顺着巷道走进了劲松巷 6 号的院子。这是他们居住这几十年里，第一次走进巷东的院内。他们好奇地打量院内高大的雪松，抚摸着清水小洋楼的栏杆、门窗。邻居们见高墙里的院子这么空着，觉得怪可惜的。有的说可以养些鸡，每天生些蛋供人拾，那是多么高兴的事。说养鸡的，连说带比划地在院子一角示意，说鸡舍就盖在这里好。

有的说养鸡脏臭，还是种菜好，每天能吃上自家种的新鲜蔬菜，最实惠。说种菜的，在院子里比划出想象中的田垄来。主张养鸡的就批驳起主张种菜人，说种菜难道不臭吗？要蔬菜好吃，必须用有机肥料的。

袁立民和过兰忙着招呼大家，分发喜糖。笑声和招呼声，在长着雪松的院子里荡漾。

过兰对袁立民笑着说，家里有人气好，有人气家才会旺。

2017 年农历正月初二改定

劲松巷6号

小车悄然滑进劲松巷，在 6 号院门前停稳。

剑梅对司机说：你走吧，给你电话再来接我。然后，她习惯地理了一下并不凌乱的头发，往司机上方的内后视镜瞧了自己的仪容一眼，拎起古奇牌坤包不急不忙地推门下车。

到目前为至，剑梅对那些风言风语还心存侥幸地只认为是传言，相信父亲会当面给她一个否定的回答。这就是她今天回家的目的。她站在院门前并不急于进院子，而是仰头打量着四周从各院落中伸出参天身形的雪松，空气中弥漫着淡淡的清香，这是她熟悉而喜欢的气息。她知道，气息散发自那些伞形的松枝。她极享受地轻轻吸了一口气，觉得自己这动作有点久违的抒情，有点小资。

劲松巷是西河头的一条背街小巷。巷东有几个院落，院子里都有一棵高大雪松和一幢清水小洋楼。这几个院子是前几届市委领导的住家。虽然，从读高中起到出嫁，剑梅就一直住在里，但今天她似乎是第一次这么仔细地打量这里。她突然发现，这个领导住宅区位置的选择绝对独具匠心，是动了一番脑筋的。闹中取静，出脚方便，位于巷底，利于当地公安派出所掌控安全。市政府招待所后靠劲松巷有一扇小门，领导在招待所内参加完会议、接待，从这扇小门就能便捷地回到家中。剑梅暗忖，当年选择这个地点的人，定是个能干的人。

剑梅掏出手机给剑竹发短信：我已到劲松，你到哪里了？放下手机，在巷内踱了几步，仍不见有短信回复。她就又掏出手机，扫视了四周一眼，见并无他人，就面对墙角压低嗓音打电话：剑竹，我在6号门口等你，你快来，我还有话要交待你。怎么呢？你总是忙，忙，忙！对家里的事一点不关心！你给句话，到底来不来？

她悻悻地收起手机，拉上坤包的拉链。她知道，弟弟对父亲从小就有点惧怕，成家后非春节、中秋、端午大节日是难得回趟这里的。而且更严重的是，弟弟对有关父亲的传言，似乎抱着事不关己的态度。剑梅本是想约了弟弟今天一起回家，在门口再次统一口径，共同对父亲发起讨伐的。虽然剑梅不像弟弟那样对父亲有惧怕，但从市委副书记位子退下来的父亲毕竟有几分威严，本来姐弟俩一起可底气足一些。再说，父亲的传言如果属实，那么对待这种事，须姐弟俩一起出场，才足以显示家族的态度。现在剑竹以单位工作走不开为由而爽约，这就使剑梅不得不单刀赴会。

独自面对父亲，剑梅并不胆怯，她好坏也是化工学院的党委书记，面对几千师生作报告也从不用讲稿，随口抑扬顿挫中气十足。加上剑梅与父亲更亲几分。上山下乡运动时，父母亲曾以半家户的名义分居两地，弟弟随母亲，而她是与父亲一起生活的。她从父亲身上学到了好多，她能走上仕途，与从小在父亲身边的耳濡目染不无关系。

父亲在她心目中的形象一直是高大而光辉的。她最在意父亲的形象，不允许有半点有损他形象的言行存在。有次在党校同学聚餐的饭桌上，有位文联干部，是父亲的老部下，与剑梅拉家常套近乎。说，剑梅哇，你爸从位子上退下了，身体还好，精神还不错的。前几天遇到你爸——袁书记，主动与我讲起他的退休生活。袁书记说他现在除了散步，就是读书，最近集中读了南怀瑾好多禅意与人生的书，说是很有体会……

剑梅听到“南怀瑾”三个字时，虽没认真读过他的书，更没研究过他，但隐约知道，南怀瑾是与台湾、佛教等曾经敏感的关键词有关联的。父亲是一位领导干部，退位以后在研阅这类书籍，这肯定会让人对父亲原本坚定的信仰产生不必要的误解，如果此话在社会上一传，影响要多坏就有多坏。剑梅立时一脸正色地说：你有没有搞错？我爸怎么可能读那种书！他人虽从工作岗位上退下来了，但市里好多工作仍要听取他意见的，他怎么忙得过来，怎么可能读那种书啊！

说话的文联干部，本是套近乎，在席间想显示一下自己与分管意识形态的原市委副书记是走得何等近的，哪知道会遭到这样的诘问，脸一下子就变得笑哭不得，脸部肌肉僵在那儿几分钟。

原本说笑着的一桌人，气氛紧张起来。有人打圆场，想挽回局面。那位文联干部这才缓过神来，强堆着笑说，啊呀呀，看我这猪脑子，记错了记错了，袁书记怎么可能读南怀瑾的书呢！

过后，剑梅也觉得自己有点过分，但当领导的子女，自己又同在官场，心里长期揣着平民子女所没有的担忧，又比一般的领导子女多了一份顾忌。去省里、在市里开会，她只要在会场上听得有人在低声议论“袁立民”，或者发音与这三个字相同的，她就会竖起耳朵提心吊胆地听着。这么听着听着，有一天她终于听到一个对于她来讲，等于晴天霹雳的信息：

袁与剧团的过兰混到一横头去了。

开始，剑梅不相信是在说自己父亲，她不动声色地假装埋头记会议笔记，注意力却使两只耳朵尽力往后面伸展。

坐在后面一排的两个女人，还在兴奋地小声议论：你说的袁是——那个？

就是！人家书记也是人，男人都一样的。

都一把年纪了，袁书记也不知是过兰第几个男人了。

剑梅听得真切，说的就是她的亲爸，只觉得血轰地往脑门上涌。过后，又悄悄从侧面打听，证实传言说的确是她父亲和锡剧团的过兰。她就约弟弟一起要与父亲好好谈谈。剑竹当时就热情不高，反劝姐姐少操那份闲心。剑梅当场就批驳他的不正确观点，什么叫操闲心！那是我们的亲爸！我们就那么一个爸，妈妈去世后，他就是我们姐弟俩在这个世上唯一的长辈亲人了。爸若有一个好歹，我们不仅对不起他，还对不起妈妈的在天之灵呀！剑竹嘀咕了一句：爸又不是小孩！

剑梅不管剑竹的态度，给父亲打了一个电话，说明天上午和弟弟要回家来谈点事，您可要在家等我们哟，不要有外人在哇！

袁立民接女儿的电话心情总是愉快的，笑呵呵地说，要来谈什么事哇？还和弟弟一起来的，看来是大事哇。不要有外人在，家里有什么外人？你这丫头！

啊哟爸，剑梅说，您别管了，在家等着就是了。

剑梅推开了6号的院门。

院内，雪松挺立着伟岸而黑沉沉的身形，松枝在微风中浅浅颤抖。高大的雪松，总是给人一个高大男人站立在那儿的联想，剑梅从小就觉得那是父亲，他高耸在那，为她和弟弟作出崇高标杆的姿态。院角落里长着一丛天竺，那还是母亲生前种植的。近几年每次回家，剑梅总是会站在院内盯着天竺看上一会，回想着母亲当时活动在这个院子的某些瞬间画面。

听到院内的动静，坐在客厅内戴着老花镜在看报纸的父亲，起身迎出来：剑梅来啦，剑竹呢？

他单位忙，脱不开身。剑梅的目光，端详着父亲的脸，仿佛想从他的神情上掂量出传言的可靠性。

剑梅把包扔在沙发上，从柜中找出自己喝茶的专用玻璃杯，洗了又洗，才放入袋装茉莉花茶。剑梅在喝茶问题上有点怪癖的，一是只喝袋装茶，虽然这在好多老茶客看来有点不入流，但喝散放的茶叶，漂浮在茶杯上的零星茶叶，会让她觉得像夏夜里，在耳边嗡嗡哼叫着飞来飞去不肯离去的蚊子，让人烦得全没了喝茶的兴致；二是她的专用杯别人碰不得。曾有好朋友与她聊天聊得起劲，顺手捧起她的茶杯喝了两口，从此剑梅在与这位女友的整个聊天中，虽也说得口渴，但她忍着没再喝那茶杯一口水，待这朋友前脚刚走，她后脚立马将此茶杯扔进了垃圾箱。玻璃杯砸在垃圾箱底，发出啪的一声脆响，她又担心那位刚走不远的朋友是否听到了这声音。

剑梅牵着茶袋的线，让茶袋在玻璃杯内滚烫的开水中上下沉浮，水色渐渐变浓。

袁立民摘下了老花镜，丢下了报纸，微笑地望着女儿。什么事啊？看你心事重重的样子，有什么话说吧！

剑梅心不在焉地浅浅一笑。她放下茶杯，脸色沉重地说，爸，妈妈去世已有八年零一个月了吧？

袁立民望着她的脸色，点着头，唔，我知道你要说什么了。

剑梅发觉自己神情过于严肃，就故意调皮一笑，松弛一下面部肌肉。爸知道我要说什么呢？

袁立民说，你今天是要关心我的生活，我退休后的晚年生活，应该是这样吧？

爸，是这样的。剑梅靠近父亲坐下。我听到了一些风言风语，我不相信是真的，所以回来想听您……

袁立民一摆手。不用说，知道所谓的风言风语是什么内容。我与你们妈，风风雨雨几十年，中间因为政治运动的原因，我们分居两地，但我们的感情，你们应该知道的，相濡以沫哇！你们妈妈是一个善良贤惠的女性，相夫教子几十年，无愧于是你们的好妈妈，我的好妻子。我这辈子永远不会忘记你们的妈妈。我和你们一样，她永远在这里，她从没离开过。他拍拍自己的心窝。

剑梅手臂挽着父亲的一条胳膊，将脸轻轻地依偎在他的肩头。亲情、血脉的温情，在父女俩的心头升腾起来。父女俩看着阳光透过方格窗棂，投射在客厅的广漆地板上。

剑梅悄声说，我开始就不相信那些是真的，我了解我爸。

呵呵。袁立民笑着说，你了解爸百分之多少呢？百分之六十？八十？还是九十五？一人一世界，一叶一春秋啊！每个人都有自己的人生。

剑梅警觉起来，盯着父亲问：那么说来，传言不是空穴来风？真和锡剧团那个姓过的？她如被什么虫咬了一口般地从沙发上跳了起来，站立在父亲面前，两眼直勾勾地戳向他：不会吧？

袁立民没有正面回答，只是微笑。笑容里有长者的宽厚，又有顽童大肆淘气一场后的得意。他无声的笑容里明显是有内容的。

剑梅明白了，又跌落回沙发里。她叫了一声，爸啊，我的爸哇！

袁立民不急不慢地说，你们有你们的人生，我有我的生活。想不到在晚年，我又能开始新的生活，你难道不该祝贺爸爸？

剑梅心平静了许多。爸，我们要检讨，我和剑竹只顾忙自己的，对您关心不够。妈虽走了多年，但那时您还在领导岗位上，整天忙得喘不过气来，没功夫寂寞，没功夫孤单。自从您从岗位上退下来，一个人守在家里，唉，是我们做子女的欠考虑了。

袁立民摆动着手掌。谈不上检讨，大家都是成年人，没有权利要求别人来为你自己负责。我对一切都很满足。

爸，别误解我们的意思。剑梅拉住父亲摆动着的手腕，急忙要解释。我们并不反对您再找老伴，我和剑竹都是很想得开的人，关键是找什么样的人。

什么样的人？袁立民站起身，双目炯炯地面对着女儿。你是说过兰同志的为人不好？还是作风不好？剑梅哇，你也是在一个单位当领导的，你应该知道怎样客观、科学地评价一个人，不能人云亦云，捕风捉影！

爸，我们提醒您，是为您考虑。真的，您想哇，您一位正厅级的领导干部，您找个医生，找个教师，哪怕找一个安安分分的女工也罢了，怎么偏去找一个口舌是非堆里的戏……演员？剑梅本要说“戏子”的，词到嘴边见父亲的脸色变了，就又改成了“演员”。

人的感情怎么能以职业来划分呢！演员怎么啦？人民艺术家啊！小过怎么啦？人家是国家一级演员！我当初不也是一个农民的儿子吗！你妈最初也是一个农村割猪草的小姑娘呀！我们和人民群众的关系，本身就是鱼水关系，不能当了什么级别的干部就自以为了不起，看不上三教九流了。

不是这意思。剑梅犹豫半晌，还是一吐为快。过兰这人，名声不好，生活不检点。

都是道听途说！袁立民愤懑地一挥手。人家经历了一次失败的婚姻，过后又有一些感情波折，怎么就能说人家名声不好，生活不检点？这些情况，小过都给我详详细细地说清楚了。我相信她！

父女俩的嗓门越来越高，声音越来越激越。对于父亲与过兰现在的关系，剑梅说起了现任的市里领导班子成员会如何看？过去的老部下们会如何看？劲松巷的邻居们会如何看？说着说着，看到沙发上一个缎面的靠垫，那是母亲生前常用来垫在腰后的，于是就紧抓着靠垫，说起死去的母亲在天之灵听说这事，会放得下心吗？这么说着，剑梅的泪水自然就吧嗒吧嗒地掉下来，浸湿了靠垫的缎面。她又说起，女儿还要在这个城市的官场中干的，以后让女儿怎么见人，以后难保身后没人戳着背影说闲话。

袁立民原本坚固的防线终于出现了松动，他在坚持不与过兰断绝关系的前提下，答应女儿提出的要求：与过兰仅作为照顾生活起居的朋友相处，绝不结成婚姻；天黑之前，过兰必须离开劲松巷6号，不能在此处过夜。剑梅特地就此要求作出解释，说这是为了不在邻居中间造成负面影响。另一个原因剑梅却没说出来：劲松巷6号是妈妈和她一起生活的一方圣洁空间，绝不允许另外再有女人、特别是不干不净的女人进入。

自从证实了父亲与过兰的关系后，剑梅心里便如堵了一块砖一样。在为父亲晚年变化的惊愕之余，充塞她心里的是失落、忿懑和无奈等多种复杂心绪。与弟弟相比，她与父亲的感情是最深的。

上山下乡运动中，在居委小作坊上班的母亲被判定为在城里吃闲饭的人，在“我们也有两只手，不在城里吃闲饭”的口号声里，和弟弟组成“半家户”而下放到苏北农村插队落户。当时在轻工局当科长的父亲携她，留在城里。一个完整的家庭被硬生生拆成了两个“半家户”。

体弱的母亲带着年幼的弟弟，在苏北农村要挣工分不容易，剑梅和父亲留在城里也不容易。过去完全由母亲承担的家务活，改由父亲挑起。工作繁忙的父亲还要赶回来，给正在学校读书的她做饭。最丧气的是，每天早晨要拎着马桶去河边的厕所倒马桶。过去这种事都是由母亲一手包揽的，现在就尴尬了，剑梅尚小，拎不动马桶。为了躲人眼目，父亲每天天才蒙蒙亮时就起床，一手拎着马桶，一手拿着尿盆帚，去河边的厕所倒马桶，然后在河边洗刷马桶。到现在，剑梅回想起这段经历，仍心痛不已，觉得对不起父亲。在她看来，这是她耻辱的隐痛。有关这段经历，她守口如瓶，不吐露一个字，连对自己的丈夫也从没提过。

江南湿冷的冬天，室内室外的气温相差无几。在与父亲一起生活的寒夜里，剑梅最温暖的记忆是与父亲共一个被窝，睡在父亲的脚跟头。不管窗外寒风如何呼啸，父亲的腿脚总是热烘烘地温暖着她。她总是怀抱着父亲的腿脚进入梦乡。后来有一天早晨，父亲在铺床时，看着浅色床单上一个指甲盖大小的血迹，愣在床前半天。父亲换洗了床单，当晚在房间里另铺了一张床，让剑梅单独另睡。

剑梅撒着娇不肯单睡。

父亲说，剑梅你已经是大姑娘了，不能再睡在爸爸的床上了，你必须独自睡。

剑梅撅着嘴说，我冷，爸，我怕冷呀。

父亲早已有考虑，从医院要来一只挂液用的盐水瓶。这种瓶子厚实，瓶大口小，橡皮瓶盖密封性好又结实。在上个世纪八九十年代被废物利用，广泛用来替代铜烫婆子，作为冬季取暖用品。父亲给盐水瓶灌进开水，塞上紧密的橡皮盖子又翻过瓶盖上一圈软橡皮包住瓶口，滴水不漏，用毛巾裹好了，放在她被窝里。虽然盐水瓶也是温暖的，也能让她抵御漫长的寒夜，但不如父亲的腿脚那样是有血肉的，温度持久。她当着父亲的面嘀咕了好长时间，说盐水瓶热度下半夜就降了，且发热面积小。而父亲坚持让她独自睡一张床。

少年时光，这种冬夜里的温暖记忆，浸入人的骨髓深处，然后如盐水瓶的热量一般，在人的回忆中一点一点慢慢地释放出来。在剑梅的心里，父亲是男人的标杆。中学、大学期间，她内心评判一个男生的优劣，是悄悄地把这位男生与自己的父亲比较，如果这位男生某些方面与父亲有些许相似，那么他就是好男生，反之则是不屑一顾的渣男。到了该婚嫁的年龄，也迟迟不见剑梅恋爱。同学、闺蜜私下悄悄问她，怎么还不把自己嫁出去哇?

剑梅一笑而已。

这状况急坏了母亲。那时母亲和弟弟已经返城，母亲在一家整天发出淅沥淅沥雨声般的、制造订书钉的街道厂上班。班上的女工在一起干活时，都絮叨着提醒母亲要赶紧为二十九岁的剑梅张罗找人家。女工们的七嘴八舌让母亲的心里更乱。

母亲紧盯着剑梅，追问她在这么多同学、同事中，就没一个合适的对象？

剑梅反问母亲，这么急着赶我出嫁哇！

背着她，紧蹙着眉头的母亲焦虑地与父亲商量对策。

做父亲的却边看报纸边摆手，孩子的事，还是尊重他们自己的意愿，我们做家长的还是耐心等待吧。

这让做母亲的，对老伴嘟囔了好长时间。

不论是长相，还是家庭等综合条件，剑梅自然是不乏追求者的。问题是面对这些追求者，剑梅似乎早就形成了心理定势，首先从心底去探究他追求自己的动机。他到底是看上自己，还是看上自己头上的，或者是自己背后的呢？怀有这样的心态，即使是一条龙，也会被看成是一条虫。

参加党校青干班的，都是进入培养提拔阶段的年轻干部，个个是青年人中出类拔萃的佼佼者。和他们相处，剑梅很有分寸感，既保持着几分客气，又保持着矜持。这种分寸感，看似温和，骨子里恰恰透着冰凉。

教学楼门厅，是设计得线条简洁流畅的现代化空间，与之相匹配的，是落地窗前排列着几排流线形的金属椅。这种设计，看看漂亮，其实一点都不实用。别说冬天坐着冷，就是夏天在空调的强劲吹拂下，坐着也冰人。

剑梅偏偏走到这里时，发现鞋带松了，想在一张金属椅上坐下来，重新系一下鞋带。她刚把包放在一旁，想坐还没坐下时，旁边坐着的一位青干班的男同学说，你坐这边来吧？边说边起身为她腾位子。

剑梅在原地定格，用微笑的眼睛看他，似乎在问，为什么呢？有这么多空位子，为什么要给我让位子呢？

那位男同学读懂了她的眼神，说这金属椅刚坐下去冰人得很，这张椅子被我坐热了。再说——男同学抬了抬下巴，示意天花板。那儿恰好是空调的出风口。

剑梅明白了他的用意，心中一热。面上却只是笑笑说，谢谢了！你坐吧，我去教室了。

她拎起包，没来得及系鞋带，就径直去了教室。上课铃响后，她坐在课桌前，看着他走进来，坐到自己的座位上。她看一眼他面前的席卡，然后在学员通讯录上寻找对应的他。他是市科技局局长助理。从此，剑梅对他多留个心眼。他呢，不像一些追求者那样特别凑着她，总是与她保持着不近不远的距离，但当她的目光无意中扫到他时，总是能与他微笑的目光相触。

党校结业后，除了同学聚会时见过几次，他们也没什么特别的来往。只是他每天给她手机发来她家和单位附近空气观测站精准的空气质量数据，还给她送来过一大盒3M的防雾霾口罩，让她提防着点PM2.5。

又有次党校同学聚会，恰好男女人数对等，酒过几巡后有人调皮地提议，今天难得男女同学人数对称，根据男女搭配干活不累的原理玩个游戏，从现开始，敬酒必须一男一女自由组合，单独不再敬酒。大家响应，一一按此游戏规则敬酒。轮到他敬酒了，他试探着问剑梅，请问我可以邀请你吗？一桌人心里一怔，都看着剑梅。都知道她的清高秉性，怕她怪脾气发作，弄得大家尴尬。哪知道剑梅出乎意料的爽快，二话没说就站了起来说，好哇，我们一起敬敬同学们。

剑梅此举，给了他勇气，从此就加剧了追求的幅度和进度。半年后，剑梅就嫁给了这位党校同学。婚后第三天，剑梅夫妻俩按西河头风俗双回门，在娘家——劲松巷6号住了几天，让夫君能尽快熟悉和融入他们大家庭。

因此，劲松巷6号在剑梅心目中是有特殊意义的，是不容外人，特别是一个名声不佳的女人进入的。自那次与父亲谈话，父女俩达成协议后，剑梅忙里偷闲，常在傍晚时闪电般地回劲松巷6号，或是给父亲送点他喜欢吃的功德林素包子，或是送饭店的外卖。几次是父亲一人在家，也有几次是家里空无一人。

父亲明白她闪电般回家的用意，神情就有些黯然。

剑梅还经常给家里打电话请安。她不是打在父亲的手机上，而是刻意打劲松巷6号的固定电话。去电的时间，除了白天，大多是夜晚临睡前。大凡夜晚的电话倒都是父亲亲自接听的，但有次白天打去电话，却是一个脆脆的女声接的，然后就唤，立民，你的电话。剑梅就想，这就是那个叫过兰的女人了。剑梅对父亲遵守协议的状况总体是满意的。她也想过自己的做法，是否妥当，但又想，她完全是出于对父亲的爱护，对家族利益的捍卫。她自忖，父亲一定能理解她，并像过去一样宽容她的行为的。

父亲与她的话，比过去少了。父女俩相处时，父亲听的时候多，听完后父亲稍说几句，就总是说，赶紧去吧，你忙，单位、家里都有好多事在等你。

开始，剑梅还半娇半嗔地赖在父亲身边。后来每当父亲这么说时，她就作负气状，拎起包就出门去。

父亲只是笑笑，随她走出去，站在小楼门口看着她离去的背影，高声嘱咐一句，路上小心！

走出院门，剑梅还在想，都怪那个女人！没有那个过兰时，他们父女之间有多少说不完的话哇！后来又想，会不会父亲这么急着催自己离去，是待支走自己后，又悄悄召过兰进屋过夜呢？回到自己家里，剑梅总是别有用心地又给父亲去个电话，说自己平安到家了，爸，你早点休息吧。

剑梅努力回避着过兰，不想见到这女人，不想脏了自己的眼睛，也不想与之费不必要的口舌。但是有次剑梅却接到了这个女人主动打来的电话。

那是剑梅正在发廊做头发，手机突然响了。她以为工作上有什么急事，就让美发师停下手头的活，让她接个电话。她从坤包里掏出手机，一看来电显示，是劲松巷6号的固定电话，就当是父亲有什么事找她，按通了电话。电话那头却是那个女人，居然叫她一声剑梅，声音里充满惊惶。剑梅听到是那个女人，又亲切地省去姓直接呼其名字，心里就咯噔一下，第一反应是考虑要不要听她的电话，还不等她作出按掉电话的反应，就听过兰又叫她一声，剑梅哇，你爸，你爸……

这就让剑梅不安得直起腰来，急促又急躁地大声追问，我爸怎么啦？你说呀！

过兰在电话那头哭了起来，你爸走了！

剑梅就如当头淋了一桶冰水，不由得凝固了片刻，才突然对电话那头吼叫起来，怎么回事呀，昨天还好好的！

剑梅哭着给弟弟剑竹打了电话，就立即打的赶去劲松巷。一走进 6 号院门时，就听到过兰在哭泣。剑梅跨进父亲的卧室，见身穿睡衣的父亲跌倒在地，脑袋朝向桌子，伸直的胳膊也朝着那个方向，桌上有一盒来不及拿到手的救心丸。

剑梅叫着爸爸，上前蹲下身子去扶父亲，触及到父亲僵冷的身体，就放声痛哭起来。

过兰在一旁哭诉着。今天她从菜场买了菜来给他做饭，按了半天门铃，也不见他像往常一样来开门。她就在包里翻出袁立民先前给她的钥匙，打开了大门。进厨房放菜，见昨天为他准备的早餐还没动过，就去卧室找他，就见到这番景象。

剑竹，加上媳妇、女婿等一些闻讯的亲属朋友都赶到了，大家哭喊一阵就坐下来商议后事。那个叫过兰的女人说，丧事由她和剑梅、剑竹姐弟共同操办，费用也可由她出。

剑梅一口否决说，我们袁家门里的事，不容外人来插手。我和弟弟有能力办好后事，不用别人操心。

过兰就说，我知道你对我有成见，所以你竭力阻止我与你们爸爸结合。要是我和你们爸在一起，昨晚他心脏病发作，我就可以立即给他服药，可以马上叫救护车！就是你的反对，不仅害了我们的幸福，还害了你们爸！说完，又号啕起来。

剑梅要反驳她，却一时找不到话头，憋得结巴起来，恼羞成怒伸着胳膊朝过兰挺身而去。

剑竹一把拦住她，低声说，爸爸尸骨未寒，就别让他老人家伤心了。

院子里搭起了防雨帆布篷。袁立民平时为人一直不错，所以过去的老部下、劲松巷的老邻居们，都跑来帮忙办白事。人多主意多，就需要一个掌控局面的人，来指挥这些帮忙的人。照例，应该是剑梅姐弟俩来掌控这一切的。在姐弟俩中，剑梅既排序为长，与父亲感情深笃，又当单位领导更有组织能力，理应是挺在一线的。可是父亲的突然离世，让剑梅像蔫了的瓜秧。她有气无力地瘫坐在一旁，用手臂支撑着沉重欲裂的脑袋。开始她还想承担起指挥责任的，却是力不从心。现场挺在一线招呼、支派人的却是过兰。有组织演出经验的她，用沙哑了的嗓子吩咐人去做这，去做那，有条不紊地指挥着一切。帮忙的人，也习惯向她汇报请示。过兰是个办事干练、粗中有细的人。她布置完事，总是不忘说一句，我是这个意见，剑梅、剑竹姐弟俩，你们看看这样好不好？

剑梅剑竹起先还执拗着的，后来看看过兰的协调挑不出一点毛病来，就放手让她去掌管一切。

过兰让人购来几箱香烟放在一边，嘱人出去办事都得带上几包烟。她说麻烦人家办事，怎能空着手？不能空说空话的，要当场酬谢别人。我就是这样的原则，别人的好，要牢记一辈子；别人的伤害，也要让对方牢记一辈子，让他记住他伤害的是谁。

过兰斩钉截铁的后半句话，冷冷的，硬硬的，让剑梅听了心里惴惴的。

按西河头的风俗，该是五朝出殡的。二朝这天忙到黑天时，过兰十分疲惫地跌坐在沙发里说，剑梅剑竹姐弟俩，我与你们商量一件事。

剑梅、剑竹无声地望着她，神情是让她说下去。

过兰就说，我与你们爸相爱时日不长，他就撒手离去，让我心头放不下他呀。我想在出殡那天，在巷口唱戏为他送行，也不枉我们相爱一场。

剑梅冷冷说，从没听说过丧事还唱戏的。

过兰说，江南的西河头是没这风俗，可其他地方有唱夜歌的风俗。我是个唱戏的，不会其他本事。你们爸活着时就喜欢听我唱戏，我唱着送他西行，也好了却我心中一愿。

剑梅、剑竹都是有文化的年轻人，传统风俗习惯对他们的影响都是淡薄的，觉得过兰从对父亲的感情出发提出这要求，不仅合理，不落俗套，且还挺感人，于是就同意了。

过兰让人以弘扬地方文化，锡剧进社区的名义，向公安、城管、路灯管理等部门申办了相关公众场合搞活动的手续。过兰叫来剧团一帮人，很快在劲松巷口宽敞处搭建起舞台，设置好音响、灯光。五朝这天早晨出完了殡，夜晚时分，过兰就一身素缟登台唱了一曲又一曲，凄婉的唱腔，飘荡在西河头劲松巷一带的黄昏，揪人心酸。

那晚和弟弟留在 6 号院子整理东西的剑梅，远远听着过兰悲怆的唱腔，内心就自疚起来。连日来办丧事与过兰有了接触，觉得过兰这人豪爽侠义，重感情，是个不错的人，难怪父亲会爱上她。想想自己从中作梗阻挠，也许真的是耽搁了父亲的幸福。如果不是她阻止过兰留在这里过夜，也许父亲就不会在发病时没人救护，就不会丧命。她听着外面隐约的弦歌鼓琴声，不由得走到窗口，推开窗户，细听起来。

剑梅的负疚心理就此生成，并像酿酒一样，愈久愈浓。她曾对闺蜜凄然说过，想起父亲，我的心头就滴血。只要闭上眼睛，劲松巷 6 号里的时光都在眼前，挥之不去。巷口那场演出的悲凄之音，一直萦绕在我耳边哇！

日子过去了好久，剑梅心中对劲松巷 6 号的念想，一直无法忘怀，那里似乎有股神秘力量在召唤她回去。想想也是，那里曾经是她和最爱的亲人朝夕相处的地方，对于她来讲，那里的一切都是刻骨铭心的。

有个星期天的下午，剑梅午睡起来，懵懵懂懂地又想了劲松巷 6 号。那应该是她一个人与劲松巷 6 号的相处，所以拒绝了要陪她同来的丈夫，她拿着钥匙独自回到这里。对于所有了解她的人来讲，都知晓她必定会有这样一次的回去。

她开门进去，好久无人进入的室内，一股霉陈气息扑面而来。她赶紧开了窗通风。那天恰好是阴天，天色本已阴沉沉的，加上院子中那棵雪松的遮挡，室内光线就更是幽暗。她开完窗转身时，桌上有件闪亮的东西吸引住她的视线。她吃惊地看着那件东西，慢慢靠近它，捧起它。那是一只医用挂液瓶，就是当年父亲为她找来取暖用的空盐水瓶。她盯着它，就十分诧异。当年的盐水瓶肯定没保留下来，现在医院早就改成软塑料袋，而不用玻璃瓶来输液了，而且他们搬进 6 号时就根本没带这类瓶子进门，这瓶子是从哪里来的？她突然就觉得毛骨悚然，恐惧地打量四周。

这瓶子，让她又想起与父亲一起度过的艰苦而寒冷的日子，以及暖暖的父爱。父亲的晚年，需要他们子女给予温暖的时候，他们却给得不多，甚至阻挠他的幸福，让他最终性命不保。再次泛起的内疚感，深深刺痛了剑梅的心。她捧着这瓶，嘤嘤地哭泣起来。

就在这时候，茶几上的固定电话响起炸雷般的铃声，吓了她一大跳。她瞅着那炸弹般的电话机在想，还有谁会往这边打电话呢？她犹豫着要不要去接，但电话铃声执著地响着，似乎知道有人在场。

她心惊肉跳地走近茶几，拿起听筒，贴上耳朵，传来一个熟悉的声音，剑梅哇，呵呵呵……

她拿着听筒触电般地颤抖，灵魂出窍似的尖叫道，爸，是您吗？听筒那头没了声音。刚才那话音，是她永远都熟悉，永远不会淡忘的。已经去世的父亲，明明看着他被火化，被下葬在公墓里母亲墓穴旁的，怎么又会打电话呢？

一贯高傲的剑梅终于被彻底击垮，跌坐在沙发里，站不起身来。她疯了似的连连叫唤，爸，原谅我，原谅我！爸呀！她不敢再用那个固定电话，用颤抖着的手，掏了半天才掏出手机给丈夫打电话，呜呜呜，你快来接我，快来，快！

瘫坐在沙发里的剑梅，极度恐慌，脑子里一片混沌，但她还是想起，过兰那天说过冰硬冰硬的那句话：要让伤害过她的人牢记一辈子，他伤害过的人是谁。

想想如果是过兰制造了这一切，会不会是为某种原因，过兰曾用手机或有意或无意，录下父亲与她的通话？剧团倒是有录音师可剪辑的。但父亲已经作古，她还在为剑梅当时的阻挠而怀恨在心？

从此以后，袁剑梅再也没踏进过劲松巷 6 号。

2017 年农历正月初四改定

祷告虫

街心花园，还是在西河头改造工程中，拆了几座老旧危房建设起来的。虽小，却也种着高高矮矮一圈树木、花卉，枝枝叶叶，倒还茂密。中间有一片铺着广场砖的空地，足以让人散步、打拳，还有几张石凳供人小憩。空地与植物的边缘地带，还安装着一溜排健身器械。据说，这是由有关部门用体育彩票经营所得统一置办的福利设施。

刚有街心花园那会儿，西河头人都很稀奇，常常有事没事穿过马路，到这散步、溜狗。有人站在空地中间，歪歪扭扭地打起已经不知多少年不打的太极拳。有人在这些健身器械上将自己折腾得直喘粗气。喘了气、出了汗，对自己的健康长寿，就仿佛是祥林嫂去庙里捐了门槛一样，心里踏实了，于是就心满意足地回家去又胡吃海喝了。时日一长，就三日新鲜四日厌，难得有人再特地穿过马路，走进这浓荫环抱着的小花园了。

也有路人，途经这里，走进小花园歇脚、聊天的。这天上午，一对不知从哪里来的学生，骑自行车路过这里，见了这片浓荫，就停下车，走进公园。男女两个学生，先是绕着小花园走了一圈，然后就在健身器械的漫步机边上停下步，举起手里各自拿着的饮料瓶，喝水。

男学生用显然因兴奋而加快了的语速说，送录取通知书那个投递员，居然不识我的名字，站在我家门口只喊快递快递。问他谁的快递，他仍只会说快递快递。哈哈，好像我改名蒯弟了。

女学生双脚蹬在漫步机上，如秋千一样荡来荡去。嗓音也是向上飞扬的。我的录取通知书是我老爸帮着收的，他在家门口守了大半天。

真有你爸的。

我爸心情特复杂，既希望我考上，又怕我离去。自我妈跟人跑了后，这么多年，一直是老爸与我相依为命。

班级里凡录取一本的，这两天都应该收到通知书了。

没收到的，就是二本三本了，看他们崩溃的。

男生挥动着剪刀手。耶！

悬空荡来荡去的女生突然就停住，身体往前倾斜，伏在横杆上，眼睛盯着树丛，哎，那是什么？

男生顺着她视线朝前看去，在一片绿叶上发现了与背景同样翠绿的一只昆虫。他果断地说，螳螂。

女生用一根竖起的手指封在嘴唇上，轻声说，看它，举着前臂一动不动，在干吗？

男生也伏在横杆上，轻声说，在祈祷，所以又叫祷告虫。看，像不像一个少女？男生脸转向女生问，那祈祷的少女是你吧？

女生盯着螳螂，悄声问，它是在祈祷些什么呢？

男生凑近了看着女生的眼睛，你眼睛像面镜子，我看到了树，天。

女生仍是盯着那翠绿的虫子。

男生突然就鼓足勇气，尖起嘴唇凑上她的嘴角上，匆匆忙忙地嘬了一口。

女生哎哟一声，把脸埋进双掌中，半天不吱声。

男生就有点慌张了，手指在横杆上划来划去，嗓子发痒似的，干咳了几声。

又过了一会，女生继续掩着脸，低低说，哎哟，你讨厌讨厌，怎么可以这样的！

男生结结巴巴说，我，听我说……

女生还是捂着脸，哎哟，不听不听。

沉寂。

男生伸出脚尖，将一个掉在地上的饮料瓶盖子，移来移去，发出嗞嗞的声音。

女生细声问，你是真心的？

男生就停止了动作，抬头说，当然，我当然是真心的，是发自内心的爱你。

女生又问，从今以后我们要天南地北读四年，会不会见了新女同学，你就忘了我呢？

男生忙靠拢身子说，不会的不会的。我发誓！

女生就哼了一声说，要是见异思迁，本姑娘就……

男生问，你就怎么样？

女生娇嗔地说，我杀了你！

男生一脸郑重说，如果那样，我宁愿死在你手里。

女生放开了双掌，低头理了理头发，这才抬起脸来，眼光正与男生火辣的目光相遇，就羞涩地一笑。

男生似乎受到了鼓励，扑上前去，又尖起嘴唇。女生这回也撮起嘴唇主动迎接他的热吻。两张嘴唇叠在了一起，两人都舒开双臂紧紧搂抱住对方，两个燃烧着的身体就紧贴着了。

脚步声和一个女人的唠唠叨叨，打破了静止的时间。男生和女生迅速分开身体。

女生低着头整理头发，拉平了衣衫。

男生又清清了嗓子。

他们隔着漫步机默默站立着。

小路上，一位老妇推着轮椅走过来，边走边与轮椅里的老头在嘀咕。他们来到健身器械旁，老妇艰难地扶起老头往健骑机上坐。老头的一条腿抬不高，坐不上去。

老妇就朝这边叫唤，那位弟弟，谢谢你，来帮一把。

男生就跑过去，抬起老头的一条腿，跨过健骑机，帮助老头安安稳稳地坐好。

老妇就道，谢谢弟弟。

男生一笑，就回到女生身边。两人站在漫步机上一起一落地荡起来。

这对老夫妻，一看就是西河头附近的住家。看这熟门熟路的样子，是经常来此锻炼的。老妇在旁站定了说，老爷，坐好了，丫环要推你了。

老头没吱声。

一二三四，二二三四……老妇喊着口令，推动着老头，在健骑机上前后摇摆起来。

老妇继续喊着口令，用力帮助老头运动。三二三四，四二三四。自嫁过门，当牛作马。你是老爷，我是丫环。一日三餐，端你面前。衣裤鞋袜，伸手就来。老爷在外，花天酒地。丫环守家，缝缝补补。清晨即起，买汰扫煮……

老妇有节奏的口令，让男女学生顿觉好奇。他们身体悬空荡来荡去，眼睛瞅着老妇老头。听着这貌似控诉的口令，他们相互看了一眼，男生扮了个鬼脸，女生挤了下眼睛，然后两人窃笑。笑完，又瞅着老妇老头。

推动着老头在健骑机上来回摇摆，这么运动了一会，老妇已是气喘吁吁。她停下来，扶着老头站立一旁喘气。

她问老头，你数了吧？

老头口齿含糊不清说了个数。

老妇又说，每天多做十下，慢慢加码，只有这样锻炼，你才会好起来。

老妇用毛巾给老头擦汗，又给自己擦。你中风，还有我服侍你。如果我病倒了，不知你是否会这样服侍我。

男女学生以为老头会作肯定回答的，他们看了一眼老头，老头却没吱声。老妇虽这样问，却也好似不在乎他回答与否。

老妇说，年轻时与我争的人很多，现在你躺倒了，怎么就没人来与我争啦！人都跑哪里去啦？再来与我争，来抢呀，我让给她们呀。

老头鼓起嘴巴，唔唔叫着。

老妇就从挂在轮椅上的无纺布口袋中，拿出茶杯来。慢点，我先试试烫不烫，别烫了你。说着，自己先喝一小口，再喂他水喝。把茶杯凑近老头的嘴唇，提醒着，慢点慢点，口头小一点，别呛着。

老妇似乎是在给自己的行为作注释一般地说，命呀！你是作孽享福的命，我是当老妈子当丫环吃苦的命。

老妇收起了茶杯，给老头擦嘴。我是前世欠你的，这辈子还你债。医院寺院，药钵香钵。我是病床头服侍你，庙里头烧香拜佛，指望你好起来。我对菩萨说，我家老头虽然年轻时混账过，但求菩萨开恩，让他病好，健健壮壮把日子过下去。

老妇让老头坐着别动，自己去把轮椅推过来。她边推边唠叨，俗话道，妻贤夫自良。可是不管我有多贤，你并不良哇！想想这，就生气。你脑瘤术后在上海住院，为了省个住旅馆的钱，我每天晚上侍候你睡下后，还乘火车回来。第二天天还蒙蒙亮，就起来乘火车又赶到上海医院，守在床边照顾你。这样前后加起来，足足有一个月。那天我实在太累了，想想每天这样奔波下去，啥时是个头？想起年轻时，你又老是欺负我，背着我鬼混，心里就来气，甚至闪过一念头，想把你扔在医院算了，不再来理你。

女生听着，忽闪着大眼睛，咬自己的嘴唇。

老妇搀扶着老头从健骑机上下来，坐到轮椅里。痴心女子负心汉哇，你老是吃着碗里的，望着锅里。总觉得隔灶头香，在外面拈花惹草。

一直不吱声的老头，突然发狠了，用含含糊糊的声音吼起来，老是见人就开批斗会，审判我！

老妇嘲笑起来，哟，还发火了！只许你做那些事，还不许我说说哇！说说又能怎么你了？

叭叽叭叽。老头忿忿地用含糊不清的声音，模仿着老妇的说话节奏。

开你批斗会又怎么啦？提醒你曾经犯过错，提醒你要知道我的宽宏大量。老妇边说边把轮椅推到划船机旁，要扶老头坐上去。又扭头唤叫，那位弟弟，你过来一下，再请你帮个忙。

男生对女生笑了一下，就又走过去帮老头把一条腿抬上去。

老妇又谢过男生，扶着老头的胳膊把握着手柄慢慢划动起上肢来。亏你还发火的，现在知道丢脸啦？你噱头好，讨女人喜欢，光彩呀！

老头挤着眼睛，抬起下巴努着嘴，朝男女学生那边指了指，一条闪亮的口水挂了下来。

不碍的，人家又不认识你。老妇明白老头着急的原因，她宽慰着他，仍不慌不忙地絮叨着。你急啥呢！有句说句，你寻的女人蛮标致！和我比，也算说得过去，没丢份，还算显现你眼界的。她说着，就咯咯地笑，还朝男女学生那边看了一眼。

老头好似让她抚慰得气顺了，不再作声，只是埋头划动双臂。

我问你，那次要不是给洗衣服，在你的上衣口袋里发现了你俩的合影，你会不会向我坦白呢？

老头低垂着眼睛不理会她。

我问你，后来你还想过她吗？你和她断绝后，感到过惋惜吗？你现在说句实话，是我好，还是她好？

老头唔了一下，男女学生都没听清楚他说的内容。他们估计他是说了让老妇高兴的话，因为老妇接下来说话的语调就变得清亮了。

当然喽，她哪里会像我一样不离不弃，哪会像我这样吃辛吃苦地服侍你？你这人福分大，让你遇到了我。

男生听了，感到诧异而逗趣，他睁大了嬉笑的眼睛，转向女生想与她悄悄交流眼神。

女生没看到他投来的目光。她正凝视着树丛间。

男生的目光，循着她的视线往前探索。

那只螳螂已不在原来的那片树叶上了，已移到高了些许的树干上。又来了一只稍小的螳螂。小螳螂似乎被大螳螂吸引住了，它一步步靠近去。哦，小螳螂是雄的，大螳螂是雌的。它们用奇特的大复眼相互打量，凝望良久。

女生轻轻说出了“含情脉脉”这个词。

男生没听清，追问，你说什么？

女生没理他，目不转睛地看着树上。

接着，雄螳螂摆动触须，似在向雌螳螂发出求爱信号。雌螳螂呼应着，也摆动触须。仿佛是两艘航行于碧海之上的船只，在打着旗语，遥遥地试探对方。雄螳螂好像是得到了允许，就向雌螳螂慢慢地爬去。接近时，双方长长的触须交叉在一起，厮磨了半天。

女生似乎想起了什么，下意识用四根手指压住了自己的嘴唇，吃惊地收回目光。她从绿树中退缩回来的目光，恰好与男生的目光相撞，就垂下了眼睑。

那边，老头仍在前俯后仰地划动双臂，宛如在奋力划动一艘搁浅在沙滩上的破舟，企图逃离絮叨的此岸。

老妇继续在唠叨。遇到我，不仅是你的五福广，而且你艳福也不浅。要卖相有卖相，要内在有内在，哪点差于你的相好哦！年轻时，动我心思的男人也不少哇。我是身正影不斜。巷口的裁缝阿四，见你常不在家，就想来揩油。那时到他裁缝铺做衣裳，他借着量衣，在身上乱摸乱捏，手脚不干净，后来就不去他那儿做衣裳。他见你夜晚出了门，还来敲过我家窗户的。我只当是野猫发春，把一盆洗脚水泼了出去。

老头用力扭动着划船机的把手，发出咣当咣当的声响。

老妇说，阿四那个老色鬼都去了西天几年了，你还发啥狠！

老妇又用毛巾给他脸上擦汗，看你汗都急出来了，急啥呢！只能你沾别人的女人，别人不能惹你的女人。幸好你老婆守身如玉，为你保持着清白。而你，还不许我说你几句。

老妇扶老头起身，一步一移地又坐上轮椅。唉，年轻时都来争，现在人都躲到哪里去啦。都来呀，快来把他领了去吧，我保证让得快，让得爽。我巴不得清静呢。咋的啦？在外荒唐了一辈子，最终还是要回来靠家里的老婆老丫环侍候呀！

不知怎的，男生听了半天，心情也有些阴沉起来。他头转向女生，见女生还盯着树丛瞧。

那只小个雄螳螂已经爬上雌螳螂宽大的背上，尾部粘合在一起。雄螳螂抖动着触须，蠕动着腹部，似乎正愉悦得心旌摇曳之际，雌螳螂突然闪电般伸过头来，以为是炽烈地激吻呢。哪知雌螳螂嘴部前送的同时，锯齿状的前臂，已是搂住了雄螳螂的脖颈。雄螳螂似已觉得不妙，张了张嘴，刚舞动前臂，但一切为时已晚，雌螳螂前臂一使劲，飞快铡下了雄螳螂的头。啊，致命的一吻！雌螳螂如夏天的人们在捧啃一颗西瓜一样，啃食着伴侣的头颅。而此刻，就如鬼片中呈现的恐怖镜头一样，雄螳螂虽丧生，尾部的交欢，并没终止，且是更为激烈了。

女生看到此情景，受惊似的用手按住了嘴，哭叫着，不要呀不要呀！

男生慌忙伸手去扶她的肩头，却被她推悼了。

她躲避着他的触碰，哭着，叫着，只有杀了它，才能保全忠贞哇！

男生不知所措地愣在一边，扳弄着自己的手指。

老妇推着轮椅正缓缓朝小路走去，扭过头来不解地看着女生。

坐在轮椅里的老头也朝这边偏转脸来。

女生还在哭叫，祈祷，不如杀它。

老妇下意识地低下头来，迷惑地看看轮椅里老头的头，老头的脖子。

女生抽泣着软瘫在地上，双手捧脸，如跪着祈祷的祷告虫。

2017 年 2 月 9 日写

拯救美女罗娅

星期天难得空闲，费伟本是想独自在家睡个懒觉的，不料一早就被电话铃声吵醒了。

准确地说，惊醒时他没想到是电话响。自有了手机，家中的固定电话基本闲置，振铃声也就陌生了。所以，他猛地醒来时懵懵懂懂以为是有人按门铃。他扭曲着脸，冲着大门怨气十足地吼，谁呀！门那边没动静，铃声却继续在响，他才反应过来，是客厅茶几上的电话在响。他爬起来，来不及穿拖鞋，跌跌撞撞地跑到客厅，拎起话筒，谁呀？

太阳晒到屁股上了，手机关机，还算打听到你的宅电号码。

费伟听出来了，是高中同学大脚，就闭着睡眼，打着哈欠嘀咕：你还让人活吗！难得睡个懒觉，还来捣蛋。

大脚说，你还睡得安顿哇？快打开微信群看看吧。

费伟欠过上身，从茶几另一头拿过手机来开机，趁屏幕一层层打开的间歇里，又问：怎么啦？

大脚怪腔怪调说，还能怎么样！她一早在群内亮相，半天大家都没回复，特别是你，没及时反应，就不满意喽，嚷着要退群，赶紧哄也不管用，还真退了。

手机屏幕闪了几下，终于稳住。费伟点开高中同学群，哇噻，群内已有三四十条未读信息。他用手指一划屏幕，飞快地爬楼，看到上面十多条都是罗娅自己发的写真照，后面是罗娅的抱怨：

这是什么牌冰箱？持久保鲜，冷酷到底。我呆在这冰冷的群里还有什么意义呢！果断退群！

接着是十几条同学们猛然初醒般地规劝。点开群成员，罗娅果然已不在其中了。费伟冲着话筒嗤地一笑，她总是夸张！就为没人为她点赞，就要退群？

大脚说，哎哟，别啰嗦了，快到银都来，同学们聚在这里喝早茶，等你来商议一下，如何应对。

费伟搁下电话，顺手拿着手机返回被窝又躺了片刻。这时，手机的微信提示音叮地响一声。他懒懒地拿过手机，一看，是罗娅发来的私聊，问他：

你厌恶我吧？人人都欣赏称赞我，就你不把我当回事！我哪里不好，让你讨厌了？

费伟看了没回复，丢下手机，苦笑着摇头。伸了个懒腰，舒坦地叫唤了一声，才起来。洗漱一番，在衣柜里挑了件烟灰色的休闲西服，套在身上照了照镜子，出门去。

也许因经济大气候不振，银都这家星级酒店也放下身段做面向市民消费的早茶了。也正因为这样，他们这群刚毕业不久的大学生才敢走进这里消费。

费伟在32层旋转餐厅一出电梯，四月的初阳正从大玻璃窗外射进来，眼前亮晃晃的十分炫目。大脚首先看到他，站起烟囱般高大的身躯挥手招呼他。费伟循着熟悉的身影走过去，看到了除大脚以外的另几位同学。野猫、方建军、陈玲、菜猪油。自上次同学会至今虽有些时日了，但因有微信群整天在联络，同学们见了面并没久别重逢的感觉，情绪都还平静，抬头看他一眼，又埋头吃点心或看手机了。

费伟刚坐下，大脚就说，正说到你，你就来了。

费伟猜想到大家正在议论什么，故意问，说我什么？我有什么可说的？

野猫嬉笑着说，因为你是系铃人，又是解铃人。

费伟用手掌摩挲着光滑的下巴，笑笑，摇头。有否搞错，我解什么铃？我系过铃吗？

胖嘟嘟的菜猪油，边吃虾饺边用女中音说，连外星人都知道，偏偏你不知道。菜猪油学业平平，最终勉强考上三本民办学院，却一直没放弃当一个好吃货的志向，她曾以一口气吃下七个菜猪油团子的记录而荣获此绰号。她鼓着腮帮子咀嚼着，不忘点评一句，唔，数银都的虾饺最地道。

费伟瞧着大脚、野猫说，你们和她一样吃错药了吧！

大脚说，人家乐意吃药，人家吃的也许是补药呢！有否发现？她不让你空着，老是盯着你，一会编排你和这个女同学，一会又是那个女同学。她是乐在其中哇。

你说罗娅？费伟瞥了一眼说，信她的？她在虚构浪漫，满足她自己的心理需要。

方建军不阴不阳地说，这说明什么？说明她是关注你、在乎你的。

费伟拍拍腹部。少来！朕最近胃功能欠佳。

难得开口的陈玲细声说，罗娅对我们这个群还是倾注热情的，群里发言数她最多。

野猫说，这倒也是的。她到哪里，首先不忘在群内发个图。酒店吃饭，菜肴有一个拍一张，照片传到群里；购物，把新买的衣物、包包拍了照给大家欣赏。

菜猪油打断他的话，说，还有不断往群里上传其他群里如何称赞她的对话截屏，说她漂亮，皮肤好，身材好，人品好，聪明能干。还有晒得最多的是哪些人离不开她，在盼望她去。哪里有什么聚会、派对、郊游一定要她到场。真好像少了她地球就不转了。

野猫用手肘撞撞菜猪油说，这正说明她一是把群当家了，二是说明她离不开大家关注。

菜猪油说，也不想想，她这么起劲在群里晒这晒那，到底为了什么？还不是为了求得大家给她点赞哇！她被宠惯了，一刻也离不开捧她，说她好话。这样下去大家真有点累了，还能玩多久哇？

菜猪油瓮声瓮气的说话声越来越响，旁边桌上有食客往这边张望了几眼。费伟下压手掌，示意她小声点。

方建军说，这说明了什么？她处处在乎大家的认同感，说明饱受的宠爱，让她失去了完整认识世界和认识自己的能力。

费伟又摸摸下巴，笑着摇头。简直是奇葩！

大脚说，你别光是摇头光是笑，把你从睡梦中叫来，就是商议下一步该怎么走？

费伟嬉笑着问，对她这个大活人，我们能改变她？能给她更换硬件，升级软件？

野猫忧心忡忡地说，这样下去，就怕她最终会酿成性格悲剧，她的婚姻，她的人生都会一团糟。我们不能袖手旁观，不能让她继续这样下去了。野猫说着，崇高、正义的使命感促使他把语音调成作报告般的模式，语气越来越高昂，居然还挥动起手臂来。

费伟对他在嘴唇边竖起一根手指，示范性地压低话音说，拉她一把应该的，就怕做无用功。江山易改，本性难移哇！

大脚抓住费伟的手腕晃动着说，别忘了，罗老师临终前，可是把她女儿托付给你的哦。大脚这么点穴，是有道理的。大家都知道费伟这个从小由奶奶一手带大的孩子，既听话乖巧，又是个塌肩胛，不太愿担当。

菜猪油用餐巾纸擦着油汪汪的嘴巴说，就是就是，你假装忘记大任，装得你与罗娅毫无关系似的。

费伟挣脱了大脚的手，一偏脸，瞪了一眼说，谁忘啦？我没忘，同学们也都没忘。罗老师可是把罗娅托付给同学们的，我只是代表大家接受了托付。

方建军说，这么多年来，不管是微信群内，还是日常生活中，大家都是把罗娅当眼珠般捧在掌心里的。顺着她，捧着她，她说什么，大家都说好；她在群内发什么，大家就都点赞。总是想尽办法让她高兴。

陈玲说，我倒是习惯了。我佩服她，能让人不知不觉顺着、捧着她。

费伟说，前几次，她在群内发了照片，看看要冷场，还不是我赶紧私信你们，提醒你们快在群内点赞哇。

大脚哄着他似的说，是的，都知道你责任性很强的。我们看看，怎么阻止她往性格悲剧的深渊坠落？

要拯救她，只有靠大家一起来！费伟说，想起罗老师倒在课堂里，想起她临终的托付，我们应该为罗娅的未来考虑，不能老是顺着她，光是让她高兴。我们同学是能一直顺着她，但她不是只和我们相处。

菜猪油说，是的，她这脾气，听说在大学和同学、室友都相处得不好。马上到工作单位还得与同事相处，以后还得与公公婆婆、丈夫相处的。想想就为她发愁。

方建军说，要心理疏导，行为帮教，让她走出性格阴影。

大脚说，罗老师不在了，罗娅成了孤儿，还能有谁帮她！关键具体从何处着手帮？

沉默了片刻，费伟抬头，发现大家的目光都在他脸上打转，就身子往后一仰叫了起来，都盯着我看干吗？

方建军不紧不慢说，必须有个突破口。前面说到她特别在乎费伟，我们索性来个美男计呢？说着，他盯着费伟阴阴地坏笑。

费伟抚着肚子站起身来说，别出馊点子！要去，你去。我消化功能不好。

陈玲忍不住轻声说，我说吧，罗老师临终托孤，没有找别人，找的是你，这本身有罗老师的意思在里面。

费伟赶紧辩解说，罗老师可没这意思，她找我，是因为我当时是班长。

大脚拉他坐下说，好了，你这乘龙快婿别装糊涂。罗老师临终前虽没明说，但明白人都应该清楚她用意的。

野猫说，费伟你就别捡了便宜还卖乖。罗娅是个大美女，只是脾气任性而已。

费伟哂笑说，这个便宜就让给你去捡吧！

野猫说，我倒是想的，但她看得上我吗？她看上的是你！

菜猪油打开手机屏幕，把微信群内罗娅发的写真照片打开说，看看啊，绝对是个大美女。看看这波光粼粼的眼睛，这肤色，这乳沟，这小蛮腰，哪一点看了不让你动心？费伟你不会生理上有功能性残疾吧？

费伟早晨来不及细看，现在说到照片，大家都低头看起手机，也就在手机上看起来。写真照片上的罗娅，还真的比现实里的罗娅更精致、更妩媚，看了微信就想起罗娅的微信还没回复，就悄悄私信回复：

别闹了，正忙着。文字后加了微笑表情。

罗娅追问：忙什么？

费伟回复：给人看病。又加了龇牙表情。按了回复键，他为能灵机一动想出看病一词，得意得哈哈一笑。

大脚以为他是看了罗娅的写真照片笑，就问，有生理反应了？

费伟故作揶揄地笑说，当然有生理反应，我反胃酸。

菜猪油说，讨厌！费伟你太虚，你人不爽。

这么一说，费伟就沉下脸来，不乐意了。

大脚赶紧打圆场，都不说了，谈婚论嫁都是头一回，总是不好意思的。要允许费伟婉约一下，酝酿一番的。

方建军到底是哲学系毕业的，不紧不慢梳理着说，费伟与罗娅是有基础的。一是罗老师生前也许就有这意思，二是罗娅对费伟情有独钟的。再说，只是让费伟去帮助罗娅，如果是一场真正的恋爱，并有婚姻的结果，这是最好的结局。那么，一辈子的相守，费伟可以潜移默化地影响罗娅。再说，罗娅有费伟陪伴，同学们也就放心了，就不存在以后与公婆、丈夫相处的担忧了。如果接触下来，费伟确实无法接受罗娅，也没人逼费伟一定要与罗娅结婚哇！也许恋爱的挫败，会从心理上让罗娅惊醒，促使她成熟，能重新认识自己呢。

大脚连说，妙妙妙。

野猫怪怪地笑说，这下费伟是名利双收，既有英雄救美的义名，又能抱得美人归。暴利，绝对是暴利！

费伟又摩挲着下巴，笑着摇头。哪有你们这样强人所难的，赶着鸭子上架。唉，对罗老师也算有个交代吧。我上可以，但你们不能退缩的！

菜猪油拽着他的胳膊说，你不是鸭子，你是救美的英雄！

那天，费伟先是担心，同学们是把拯救罗娅的责任全部推在他身上，所以他反复强调要靠大家。在半推半就接受了同学们的劝说后，回家途中他的心情是复杂的。被同学们一鼓动，他内心又翻江倒海起来。这使他既有对美女罗娅探险般的欲望，又有对她任性恣意秉性的抵触。抵触是理性的，探险般的欲望是感性的。面对罗娅，其实他内心的理性和感性一直是相互搏击的。懦弱的性格、求稳的生活取向，使他往往是让理性占据上风。可是被理性打倒在地的感性，从没放弃过爬起来反击的企图。他内心在理性和感性之间犹犹豫豫，而他外表一直表现为相当理性，一种让人可信赖的稳健和成熟。同学们的一番言语，让他突然发现貌似自我的罗娅，其实很孱弱，很需要人帮扶。这就触动了他内心深处善良的本性。再说，罗娅确实美貌性感。一个女人如果娇弱再加上美丽，就足以打动任何男人的心。这样，他的感性爬升起来，超越了理性。而罗老师的嘱托，是他半推半就接受担任拯救主角计划的借口。罗老师是为同学们呕心沥血、受人尊敬的好老师，费伟不想有违这样一位老师而遭人诟病，这不符合他一贯温良听话好学生、好青年的形象。

罗老师，是高中的班主任，终身未婚，罗娅是她唯一的孩子。没人知道罗娅的父亲是谁，连罗娅都未曾听母亲说起。罗娅考入高中后，照例是应该回避，不进罗老师带的班级的，罗老师却坚持要让女儿随自己，为此多次恳求校长。校方看她工作兢兢业业，带的班级升学率一直名列全校第一第二，再则同情她的个人遭遇，就破例同意罗娅编入她的班级。罗老师对女儿溺爱得过分。罗老师自己吃用都很节俭，总是吃食堂菜单上最便宜的菜，袖子口常拖挂着衬在里面的毛衣的毛线头，老式眼镜框一直贴着橡皮膏。而罗娅的穿着，却是班里最时髦最讲究的。随身听、变速自行车、苹果手机，流行什么，罗娅想要什么，罗老师总是满足她的要求。高考前夕，有一阵罗老师脸色特别憔悴，显得很累的样子，讲课常靠着讲台。

课间，班长费伟悄悄提醒她，罗老师，吃不消就歇歇吧，别硬撑着。

罗老师感激地看他一眼，无力地一笑说，没事的。

有次上课，罗老师离开靠着的讲台，转身走近黑板拿起粉笔要板书时，突然就倒了下去。

在全班同学的惊呼声中，在罗娅的哭叫声中，罗老师被送进医院。诊断是肝癌晚期，同学们买了鲜花结伴去医院看望她。罗老师躺在病床上流着泪恳求，包括罗娅在内的全体同学不能再去医院，要大家安心复习迎考，一定要考出好成绩后才能来医院看望。大家都含泪答应了。但罗老师未能撑到高考，在高考前一个多月，医院就发出了病危通知书。罗娅去了医院。接着，传来消息说罗老师要见费伟一面，并附带重申其他同学安心复习，不准前去。

听说费伟成了唯一一位叫去见面的非血缘关系学生，野猫玩笑着嘀咕了一句，就叫费伟去，什么意思？最后的时刻，电影里是应该找党支部书记递交入党申请书哇。野猫这句随口的玩笑话，立即遭到同学们的指责。

费伟心神不定地来到罗老师的病床头。罗老师支走了罗娅。等罗娅撅着嘴走出病房，关上门后，罗老师用微弱的声音，对费伟断断续续说：

老师不能陪伴你们了，等不到你们高考出榜的那天了，老师有一事要托付你和班里的同学们。老师年轻时未能把握好自己，看错了人，走了弯路。我不能给罗娅一个完整的家，我亏欠她，总想以爱来弥补，想让她快乐，让她开心，所以我一直惯着她。老师走后，唯一不放心的，就是罗娅。当年我为了生下罗娅，与家人亲属断绝来往，罗娅在这个世上没有亲人，以后谁关心她，依顺她？我拜托你和同学们，看在我教你们三年的份上，关心她，让她快乐。好吗？我拜托你们了！

说着，罗老师挣扎着要起来，费伟按住了她说，老师，您放心吧，我和同学们永远是罗娅的兄弟姐妹，我们会照顾她，让她永远快乐的。

罗老师嘴张了张，还想说什么，心率仪就嘀嘀嘀地鸣叫起来，医生护士跑进来手忙脚乱的，费伟立即被请出了病房。他回到班级后，同学们都盯着问，罗老师怎样了？罗老师说了什么？费伟面对唯独缺了罗娅的全教室同学，说罗老师托付大家，让我们照顾罗娅，让她永远开心。同学们，我代表大家答应了老师的最后要求。

当夜，罗老师就走了，只留下她的独生女、她的嘱托。罗老师的嘱托和罗娅从此成了全班的牵挂。高考结束，同学们天各一方，就读各地高校。为了落实罗老师的嘱托，全班特地建了微信群，每天除交流同学之情外，就是关心罗娅。嘘寒问暖，守望提醒，宠惯着她。被宠坏的罗娅，离开了宠溺她的母亲，又遇到了娇纵她的同学们。现在同学们踏上社会后成熟了，明白了好多道理，决定釜底抽薪，停止对她的放纵。

拯救计划悄悄地开始实施。按照预先约定，由大脚、野猫、菜猪油他们分别与罗娅私信聊天，劝她快快回到群内，不要游离在同学大家庭之外。

罗娅追问，大家想我了？

同学们都顺着她说，是的是的，同学们想死你了。你快回来吧！

罗娅回复：有多想呢？我怎么没感觉到呀！

有的同学回答：看到邻居家的狗，我就想你，怕你被外面的大灰狼叼走。

有的回复：早晨起来第一桩事，就是打开微信群看你回来了没有。结果你又不在，沮丧！文字后一连三个流泪表情。

还有的回道：吃到美食我就要想起你，因为你是美女，你们都姓美。

这时候，罗娅总是回一个卡通娃娃兴高采烈的动态表情图案，来表达愉悦心情。同学们先后趁机把她拉入了群。但罗娅很快就又退出，这样反复了几次。罗娅变了脸，说你不是班长，说了不算。要让我回群，让班长来请我。

于是，费伟才出场。他只说了句，回来吧，快来看看你错过了什么热闹，就把罗娅重新请回了群内。群内立即像当年欢迎解放军入城般的群情振奋，发燃放喜庆鞭炮动态图的，上传鼓掌欢迎表情的，写欢迎词句的，群里成员人人都忙乎了一阵。接着，费伟在群内宣布：为欢迎罗娅回家来，本群要组织一次线下活动。凡在本地的同学，这个周末一起去白鹭洲春游踏青。

周末一早，在本地和周边城市回家乡的二十多位同学聚集在湖滨码头。大家远远地看着一只花蝴蝶飞过来，不用问，那定是打扮得花枝招展的罗娅。一条嫩黄色的丝围巾牵挂在翠绿色的冲锋衣上，随风飘舞，特别醒目。待她走近了，同学们习惯性地称赞道，哎哟，大美女罗娅，你真漂亮！

罗娅摘掉脸上的墨镜，睁圆长着弯溜溜睫毛的大眼睛问，真的吗？

难道还有假的吗？你漂亮你不知道吗？

罗娅忸怩着笑，都是这么说我，也许吧。

身后响起一个声音说，还“也许吧”，你谦虚了。

罗娅旋转身来，见是费伟，就用膝盖顶了他一下。就你和我过不去，喜欢打击我。

人数齐了，就上船。船是仿古船，平静地游弋在湖面上。群主大脚趁船行驶途中，就宣布活动纪律。说白鹭洲上无人居住，也没定期班船，这艘船是朋友帮忙抽空来接送一下的。把大家送上岛后，这船还要行驶到别处去做生意的。过几小时来接，时间急促，不能长时间停留等待大家，我们约好以哨声为号。说着，还吹响了哨声，让人熟悉这声音。接着又说，听到哨声就迅速到码头上船。过时不候，听明白了吗？

大家齐声应答，明白了。还有人补充，来不及上船的，责任自负，就留荒岛上当鲁宾逊吧。

白鹭洲本是湖中一个长满芦苇的荒岛，因候鸟迁徙时节，有大量白鹭栖息岛上而得名。近年，政府部门在岛上作简单开发，筑了简易码头，在芦苇丛中架设了木栈桥。栈桥在茂密的芦苇荡中曲曲弯弯伸展，从从芦苇如高墙阻隔视线，构成了迷宫般的空间。

大家上岸，顺着木栈桥散开去。初春的芦苇抽出了绿油油的嫩芽，和枯褐色的苇杆形成了色彩的对比、苍老与新生的对比。同学们嬉笑打闹着，一路向芦苇深处走去，边用相机、手机拍照留影。

罗娅以芦苇为背景接连摆造型姿势。同学们似乎忘了那个拯救计划，还是习惯性围着她，争相冲她拍照。她拉过几枝芦苇挡在胸前，是一个姿势。背对着镜头，猛然扭过头来，甜甜的一个笑脸，是一个姿势。噘起嘴唇，凑近透亮的嫩芦苇芽，吹着，是一个姿势。展开双臂使身体呈十字，仰望天空，闭眼作无比陶醉状，又是一个姿势。她每摆出一个姿势，同学们边按动相机和手机快门，边嗷嗷叫着喝彩。罗娅兴奋得脸庞红扑扑的，十分享受的样子。她带了自拍杆，除了接受同学们的拍摄外，她也自己拍，拍自己，也拍各式芦苇。

玩了一会，大家渐渐分散开去了。大脚见离约定时间已差不多，就高声提醒大家别再往芦荡深处走了，免得来不及赶回码头。大家听了，就止住脚步，纷纷折返回去。

罗娅也听到大脚的提醒，但她发现一处的芦苇特别翠绿，也特别有层次感，就走近去拍摄。拍芦苇，拍了竖构图的，又拍横构图的。接着，又用自拍杆拍站在这片盎然背景前的自己。这时，她听到了哨声，还有大脚隐约的呼唤。就在这时，她发现芦苇深处有一窝翠绿色的小鸟，就抑制着加剧的心跳，蹑手蹑脚靠近去拍摄。她想，船不可能不等她，她不上船，船是不可能开的。她拍了小鸟，心想出去觅食的老鸟应该回巢的，就坐一旁耐心等待，打算拍摄到老鸟回巢喂小鸟的场景。

她这么一等，就是半个多小时。老鸟飞回来，见有人在窝附近，就徘徊在侧不进窝。让她气得连骂：臭笨鸟，烂笨鸟，死笨鸟。拍不到老鸟回巢的画面，她就扫兴地起身，才想起半个多小时前上船哨声响过。这才发现，整个小岛静悄悄的，只有湖浪在轻轻拍打湖边的芦苇。天色什么时候已变，阴霾密布，开始起风。风吹得芦苇斜斜的，嗖嗖地响。小岛这时就呈现出荒岛的意味，有了几分恐怖。罗娅忍不住高呼几声：哎，哎，人呢？人呢！

回答她的，只有风声涛声。罗娅就急匆匆往码头赶去，一路上空无一人，风吹动着落叶贴在栈桥路面刷刷地移动。来到码头，空荡荡的码头上早已不见船影。湖面上白茫茫的一片，湖浪拍打着码头，溅起雪一般的浪花。这时候，罗娅才感到事态的严重。她朝着湖面愤怒吼叫：

都是什么素质哇，怎么可以这样呢！怎么可以这样呢！你们就不能再等我一会吗！她吼叫了一阵，掏出手机想打电话痛骂大家一顿，却发现手机没一格信号。她扔掉了手机，痛哭起来。这时，一场大雨降临，她拉上冲锋衣的衣帽，急遽离开码头退回去，躲进一座茅草亭中哭骂着。你们为什么这样对我呀，你们虚伪，你们混蛋，你们平日对我的好，都是假的。

她哭泣着，骂着同学们的不是，一声声叫着妈妈呀妈妈。可以看出，这是她有生以来受到的最大委屈，让她难以接受。

除风雨是意外的，一切都按计划进行着。有一双眼睛在不远处芦苇丛中密切注视着她。

罗娅哭了一会，没得到任何的呼应与安慰，就想放弃哭泣。当她擦拭着眼泪，察看四周，思忖着如何度过困守孤岛的难关时，她看到一个熟悉的身影从芦苇深处跑过来，冲进草亭。那人到了眼前，罗娅惊喜地大叫一声：费伟！她忘了矜持和禁忌，一下子就扑上去搂住他，把头埋进他怀里又哭开了。呜呜，你们扔下了我，扔下了我。

费伟说，你去哪里啦？我到处找你。

罗娅哭着，怎么可以丢下我，怎么可以这样呢！

费伟说，说好以鸣哨为号，船不能等人。

罗娅推开了费伟说，我还没上船，怎么可以开船呢？

费伟说，有约在先的，同学们都能准时上船，你为什么不能遵守呢？船为什么非得等你呢！

罗娅昂着头说，让船等等又怎么啦！船会炸，船会沉？

费伟说，罗娅，你这是不讲理。你不遵守时间，没有集体观念，你倒好，还千有理百不错。同学们到齐后，我们还在码头等了你十分钟，最后船老板等不起了，嚷着还要赶时间要去接其他客人，才决定留下我找你，让船先开的。

罗娅朝天白着眼说，不跟你吵，反正你们不对。扔下我一个人，你们还好意思的！

费伟说，罗娅呀罗娅，再这样下去，有你难的。

罗娅哼了一声，扭过身去。难就难。

雨小了，停了。费伟说，估计这荒岛上没手机信号，我还算留了一手的，现在可派上用场了。说着，从随身的双肩背包中掏出薄膜包裹着的两支焰火，走出草亭朝天燃放。尖利的两声啸叫，划破灰蒙蒙的天空，在高空绽放出两朵耀眼的礼花。

二十多位同学突然离去，突然消失的喧闹，对比出孤岛的寂静；留下近两个小时的孤立无援，让罗娅足以反思和梳理自身；孤岛周围湖天一色的宏大背景，衬托费伟在罗娅绝望时救星般的降临，绝对能触动罗娅对于个人与他人关系认识的觉醒。

可是好好的计划，却全被费伟破坏了。费伟受不了躲在芦苇丛中风雨侵袭带来的寒冷、恐惧，擅自提前走出隐蔽处，出现在罗娅面前。预先讲定即使不放焰火信号，两个小时后快艇自会前来接应他们。焰火是出现紧急情况才能施放的求救信号，没到万不得已的时候是不能放的。费伟已没耐心在荒岛上经受无聊的争吵。他无法承受远离人群、集体，挤压在他一个人心头的责任与压力。因此他草草、走过场似的执行着计划，他一心想带着罗娅早早离开孤岛，及早融入集体，才能使他心神安定。

灰色天幕上的绚烂光点坠落不久，一艘快艇飞也似的划着水花急驰过来，靠上了码头。

快艇驰过宽广的湖面，捎着他俩来到湖对岸的一处渔村。从湿漉漉、充满鱼腥味的码头，走上一条蜿蜒的水泥路，顺着路走进了一个挂着双桅船渔家乐招牌的院子。

按照游程，白鹭洲的下一站就是这湖边渔村的渔家乐。这个渔村兴办的渔家乐旅游，除了湖鲜宴吸引远近吃货外，还有根据季节开展的垂钓、划舢板、赏荷、采菱等亲水活动。同学们说定，来了不玩任何项目，就喝茶聊天，中午时分饱餐一顿向往已久的湖鲜宴。按拯救计划，抛罗娅于孤岛，乘船离开码头一路向渔村驶来。一离开码头，本该说笑打闹的同学，都默不作声。有人把目光投在湖面上，佯作观赏风景；有人低下眼睑看手机，其实这里根本没信号覆盖。

船行驶了一会，大脚扫视了四周说，哎哎，同学们怎么啦？

谁都不回答。

方建军似笑非笑地说，畸形的爱已成心理定势，一时矫正不过来呗。

就在这时，罗娅在孤岛遇到的那场大雨，也同样降临在船的四周。原本站在舱外的同学，也急忙退进舱来。雨滴打在船篷上，打在舱玻璃上，发出轻微的声响。

船达到渔村码头，大家上岸来到双桅船渔家乐，坐下来都沏上了茶。大脚就说，我要问大家一句，我们不是说好的吗？要帮助罗娅，让她有个真正快乐的未来，让她与所有人一样能享有健康正常的人际关系。大家倒好，今天一开始就又按老习惯围着她，捧着她。把她留在岛上，是拯救计划的一部分，大家怎么像做了亏心事一样的心虚呢？

陈玲怯怯地说，已习惯了，换一种方式对待她，反倒累。

方建军说，是大家的道德认同上出了偏差。大家形成的共识是，按一贯的做法让她开心，是乐善好施，是高尚的；而要换一种方式对她，虽然终极目标是高尚的，但眼前得让她面临适应性的痛苦，就觉得是不仁不义，而且有背弃罗老师嘱托，有不诚信之嫌。是不是这样啊？

就是就是。野猫拍着胸口，模仿童腔说，宝宝这里十五只水桶打水，七上八下。

大脚说，要么大家都拆烂污，随她去。要真对罗娅负责，要对罗老师在天之灵有所交代，只有继续实施计划。高中时，大脚是个不如费伟乖巧听话，却又讷口少言、默默调皮的学生，四年大学的社会活动和学生会工作的锻炼，让大脚一跃成为能说会道、颇有魅力的组织者。

同学们虽没说什么，却是或脸部舒展，或目光主动与大脚对接，还有频频颔首的，可看出大家还是支持继续实施计划的。在这个问题上意见统一了，大家就转向其他话题，聊同窗往事，交流就业去向。

菜猪油坐不住了，她抢着说段子。为增强叙说的效果，还把挂在墙上装饰用的竹笠、蓑衣穿戴在身上，连说带演，逗得同学们前俯后仰地笑个不停。

罗娅老远就听得同学们放怀大笑。笑声让她脸部刹时石化，鼻孔里哼哼地喷出气来。罗娅不抵触笑声，她喜欢有她参与、由她引发的笑声，反感所有她缺席的笑声。她觉得那样的笑声都是肤浅、庸俗的。这笑声让她想起刚在孤岛恐惧、寒冷中的哭泣，就更觉委屈。她超越走在前面的费伟，一头先闯进了屋里。

一屋子人正笑得酣畅，罗娅突然闯入，像是乐团指挥发出了休止的手势，笑声就戛然而止。菜猪油定格在原地，一时不知所措。

罗娅鼻腔里哼了几下说，抛我在孤岛，还莫名其妙来一场风雨恐吓我，原来是你这个妖怪在作法求雨哇！罗娅越说越火，端起旁边一盆洗手水，朝菜猪油的竹笠蓑衣上醍醐灌顶般地泼去，口中还说着，你喜欢雨，就给你来个倾盆大雨，让你爽到底。

在场的人不禁叫一声，都惊愕了。菜猪油虽然全身披挂，全裸的胖脸却没设防，被浇了个满脸是水，先是连打喷嚏，接着就哭骂，泼婆泼婆！你的脑仁是臭豆腐渣哇！

罗娅泼完水，哐啷扔了脸盆，竟也哭了。结果，除有个女同学拿着干毛巾上前给菜猪油擦脸外，其他两三位女同学都围着罗娅安慰起她来。陈玲将罗娅拉到自己身边坐下，从包里翻出面巾纸给她擦泪。

罗娅嘘吸着抽泣，还跺一跺脚表示她的愤怒。想了半天，想出一句回敬对方：你是一堆只知道吃的碳水化合物！

菜猪油脱下竹笠、蓑衣，扔在地上，扯开嗓子嚷，哪有这么欺负人的！我不管，我要班长，要群主给我个说法！

费伟咧嘴干笑着说，这个泼水是有点豁边了。不过，傣族有泼水节，朝人泼水是表达尊敬的意思。

菜猪油瞪着眼睛，这里可不是傣族的山寨。好哇，我来尊敬你一下。说着就四下寻找水。

哎哎哎，费伟就叫唤着赶紧躲开去。

这时房东在院子里叫唤，开饭喽！

大脚就说，大家先吃饭吧，湖鲜要趁热吃才美味，冷了就腥气了。

说起吃，吃货菜猪油就既不找水，也不执拗于要讨说法了，随着大家往餐厅走去。

陈玲等几位女同学就簇拥着罗娅进了餐厅。

拯救计划实施首天，就这么不着不落地草草收了场。围坐着一桌丰盛的湖鲜水产宴，大家都又欣欣然了，用手机拍摄每道刚上桌的菜肴，上传到各自的朋友圈中。人人都似乎很快就忘了刚才的不快，筷子像雨点一样来回飞舞于唇齿与菜碟之间，手指夹食着鱼虾，嘴巴不停咀嚼，鼻尖上沁出了汗珠。目光在扫视菜肴之余，大家瞥见了罗娅，又瞥见了费伟，瞬间想到了那个伟大的拯救计划，但是初试计划不顺，让人感觉到拯救一个人，远不及用筷子在菜碟里捞一条煮熟的鱼那样简单，所以想想这事反正有费伟担纲，他人静观结果就行了。

自白鹭洲之行后，微信群内安静了一段时间。同学们似乎怕在群内稍一露头，就让人揪住聊起一点什么，会让人联想到在计划初试行动中不力的表现。几天过去了，突然有一天罗娅在群内晒出了几幅西式食物的图片，雅致的器皿中盛放着令人垂涎欲滴的烤牛肉，旁边还缀以鲜红的樱桃和绿叶。罗娅还发了一段文字：恒隆广场新开的蜜桔西餐厅，某人团购的，优惠了好多。味道超级好。

某人，是自媒体时代，女性在微信中常用来指称配偶、情人的代词。用不确定的代词，指称明明是确定的对象，这其中撒娇、炫耀的成分是显而易见的。此代词的感情色彩，甜蜜得发腻。罗娅的图文一发，特别是用了某人的字眼，就一石激起千层浪。清静了几天的群，立即又热闹异常。

某人是谁？

还能是谁！

哎哟，帅哥美女天仙配！

大美女好幸福哇！羡慕嫉妒恨！

还有人发了玫瑰、眼红、鼓掌的表情。

……

罗娅很享受这样的一呼百应的感觉。她连发了几个笑脸、害羞的表情。

野猫私下给费伟发来几个字，你开始获利了。

当晚，大脚和费伟私聊。呵呵，看来进展一切顺利哇！

费伟发了一个哭丧着的表情，写道：哪里啊！上次我们银都小范围聚会，让她知道了，她大为恼火，说我们竟背着她聚会，她成了多余的人。我只得补数，单独请她吃一顿哇。这纯属拯救计划支出，求群主报销。

大脚似乎看到他捂着下巴窃笑的画面，就回复：好！恋爱、结婚费用统统报销，只求新婚之夜我们集体进洞房。嘻嘻。

过后，群内又断断续续见过几次，罗娅晒紫茵茵的薰衣草花海，晒竹海新绿，晒先锋书店。同学们通过群内发的图文，及时知晓罗娅灿烂的心情，基本掌握她与费伟的动向。都以为他们进行得热火朝天，正按轨道稳健推进，猜想这样下去，吃他们喜酒也是为期不远的，觉得罗娅不再是问题，毋须大家再操心了。群内相安无事，每天问早安晚安，问吃了没有，吃的什么，和谁一起吃的。除了读研的同学埋怨学校食堂伙食差，说说导师的怪癖和口头禅，其他同学还交流一下就业的着落，要去单位的概况。这样安稳了一段时间，突然有一天罗娅在群内又宣布退群了，她在群内留下的最后一句是：

世俗的一切都让我心碎，再见了！我要出家去当尼姑，让菩萨拯救我的心灵。我要去山中隐居，让大自然拯救我的灵魂。

群内炸了窝。同学纷纷给她打手机，手机已停机。就又都打费伟的手机。费伟在手机那头有气无力地说，我与她已几天没见面，没联系了。

你俩怎么啦？

费伟无精打采地说，一言难尽。

不等有人指派，野猫就去罗娅报到上班才三四个月的一家文化传媒公司打探。公司说她突然不来上班已有两天，既没交辞呈，也没请假。陈玲去罗娅的家里找她，敲了半天紧锁的大门，也没找到她。

大脚在群内提议同学们分头去附近的尼姑庵、郊县的山区寻找。有两位暂时还没找到工作的男同学，还带着遥控无人小飞机在附近山区主要道口低空搜索。大家又各自在朋友圈转发寻找罗娅的图文。几天过去了，也没有任何有关罗娅的线索。

这天大脚在群内惊呼，说晚报报屁股上有一则公安局的小公告，并将小公告拍照传到群内。大家一看，都吓出一身冷汗。那是一则寻找无名女尸家属的公告。说是梁溪河入湖口水面，发现一具无名女尸，死者年龄约二十出头，身高一米六五，长有一颗小虎牙，长发，穿着入时。主要基本特征都与罗娅相似。群内沉默了半天，就有同学说不会吧？不会吧？大家知道，说这话的人是自己在安慰自己，否定的背后恰恰是在肯定这一噩耗。

费伟就憋不住了，在群内说，这不能怪我的，这和我无关。

野猫发飙了，不怪你怪谁！你们不是整天形影不离吃喝玩乐吗？你们到底发生了什么，你必须向同学们交代清楚！

大脚说，现在不是追究责任的时候，要赶快去查验是否确实。大脚叫上是费伟、野猫、陈玲和菜猪油一起赶到停尸房查看。结果一到那儿，已有一帮人在那儿哭叫着囡囡囡囡，你怎么会想不开钻牛角尖哪！公安正让他们在单子上签名。见大脚、费伟他们围上前去，公安挥着手驱赶说，走开走开，这里不是看西洋景的地方。

虽然遭呵斥，大家却都轻舒了一口气。那么罗娅会去哪里呢？回来的路上，途经西河头费伟的家，大脚提出要到他家去坐坐，商议一下。费伟开始支支吾吾，似乎不太乐意让大家上门。

菜猪油就说，怎么啦？家里是宫殿，舍不得让我们见识一下？

野猫说，不会金屋藏娇，家里还藏着一位吧？

费伟脸部僵僵地一笑说，去就去吧，我是怕家里凌乱，委屈了各位。

大脚又立即给方建军打电话，请他也过来一议。

费伟的家，自从他奶奶去世后，已是重新装修过，不仅一点不凌乱，还打理得一尘不染。大家站在门口，等费伟在鞋柜内翻找拖鞋。等各自都穿上了拖鞋，才进入大门，在客厅落座。费伟手忙脚乱地给大家沏茶。刚坐定没一会，方建军也到了。

大脚瞅着费伟说，你俩不是好好的嘛，到底怎么啦？

费伟就摇头，哎哟，任性到不听劝，真正吃不消哇。

野猫说，因为任性，才需要拯救。

费伟垂着头说，有言道，好女人让你上天堂，坏女人让你下地狱。这样下去，我想想前景不妙哇！

半天没听到反应，他才抬起头来，见大家眼巴巴地看着他，在等待他继续说下去。他就又说，她的情绪像过山车一样，考虑问题都是从她自身出发，与她讲不明道不白。她去单位上班后，单位恰好组织员工上街搞企业形象宣传。她嫌站在街头累，丢人，就一定要让我代她去站街。你们说说这成什么啦？我给她讲道理，她就不乐意了。

在座的都是自己人，不怕大家笑话。她呀，整天热衷于聚会、派对，还偏要拉着我去。你们应该知道，我内心是喜欢安静的，偶尔闹闹还可以，整天泡在嘈杂里，心里就烦。还有就是消费观念不同，她拉我逛街，三天两头在市里的几人城市综合体里转悠，买衣买物，顺带吃喝。那天非要我给她买个刚上市的古奇包包，七八千的，我刚工作，哪来这么多钱？而且她不是没包。我自己买衣裤鞋子，都是趁换季打折时，在商厦花车里买的折扣货。譬如我这件烟灰的西服，这样的大牌至少要几千，因为换季，就只要几百元，何乐不为呢！她非要买那包包，和我大吵。

还有就是受不了她的臭肉麻，几个钟头不见，就要视频通话，不管时间多晚，不管我身在何处，正忙什么。

菜猪油就插言道，那不是很好嘛，对你情意绵绵的。

哪里哇，她是对我不放心，在查我岗呢！反正，我受不了她，自与她谈恋爱后，我睡眠很不好，老是心神不定，我已去看过心理医生，现在每晚须服安眠药，这样下去我自己就要完蛋了。所以，我和她分手了。

说到这里，费伟突然抬起头来，扯响嗓子恶狠狠地说，大家只知道拯救她、拯救她，那么谁来拯救我呢！

大家就默不作声。大脚就说，那么说来，拯救计划只能放弃喽？

来后一直没吱声的方建军对费伟说，没人逼你一定与她要走下去。这样也好，希望失恋挫折在罗娅身上能够产生积极效应。

野猫说，我倒要问，难道就随她去？我们到底能不能拯救罗娅？

方建军说，问题是谁来拯救我们！

室内一片沉寂。

叮咚叮咚叮咚，门铃急躁地接连响起。大家询问的目光都投向主人。

费伟脸色陡变，眼露恼怒。他走向大门说，来了来了，急什么急！

门打开了，罗娅一蹦，跳进来，见了同学们惊喜地说，哇噻，你们都在这里哇！

同学们就齐声问她，这两天你跑去哪里了？把我们可急死了！

罗娅瞪大了眼睛问，有什么可急的？我就去山里农家乐住了几天呀！——这么说来，你们想我了？呵呵，还是离不开我吧！她说着就咯咯地笑。

费伟向大家一摊手，一副无奈的样子说，你们看看吧，就是这样。

罗娅拉住费伟的袖子说，哎，我一发火就把手机扔了，已经几天没上微信了，你给买个手机吧，就要爱疯 7 哦。

费伟咬着嘴唇苦笑着摇头，又用手掌抚摩着光滑的下巴。

罗娅又说，这么多人聚在一起开心哦，吃饭去吃饭去。我刚才过来，见街角新开了一爿火锅店，正八折优惠呢，就去那儿！

2017 年除夕写毕

苦夏

中午毒辣辣的太阳，撒下千万根烧红的铁针，看一眼都扎眼痛。热浪蒸腾，空气在抖动，烤得树阴萎缩得几近没了影。

弹子一早出门，顶着刺人的阳光，一路找到这里时已是中午。他目光扫过一块块墓碑，见落葬时间大都是 1967 年的。就确定，这里就是传说中的武斗墓地，葬在这里的，都是去年以来在武斗中惨死的人。弹子目睹过其中一场武斗。两大派在西门桥开打，一派人从刀剪厂拿来一批本是出口古巴砍甘蔗的砍刀，挥舞着向另一派人砍去。一个头扣着煮饭钢精锅的小伙，手持一根自来水管改制的长矛冲在最前面。小伙子不仅用长矛抵挡着古巴刀，而且还不断撂倒对手。这使他成为被攻击的重点，七八把古巴刀围住了他，让他顾前难顾后，刀落血飞，倒地之前，他又用长矛扎中了一个。骑坐在不远处法国梧桐树干上的弹子，俯视着一切。他清楚听得钢精锅倒地时，不是在厨房间碰撞发出的清脆声响，而是沉闷的一声。

墓地静悄悄。弹子蹑手蹑脚走在墓地，细心辨听着蟋蟀的叫声。有一鸣叫，不紧不慢，低沉如鸭叫。刚移了几步，叫声又停了。弹子站立着不动，待又听得它叫唤，确定声音就是从墓碑下传出的。这声响，让人错觉是埋在地下的死人的呼叫。虽是烈日当头，弹子浑身的汗毛却根根竖立。恐惧感只是一闪而已，他又被那不紧不慢低沉鸣叫声鼓动着。他双手扶碑，拼命摇晃，然后从裤裆里掏出家伙对准水泥碑与泥土的缝隙撒起尿来。尿才撒了半泡，就见一只蟋蟀蹦跳出来。弹子赶紧憋住后半泡尿，拿着网罩扑上去，套住蟋蟀。紧捧起细看，蟋蟀枣核似的两头尖尖，遍体紫黑，大腿关节处鲜红似血。弹子心里称奇，这虫怎么关节会是血染一般红呢？就想起，那个头戴钢精锅倒在血泊里的小伙。他又看一眼墓碑上的字，心想这里葬着的保不定就是那小伙，这虫就是那个小伙死后化作的精灵。他赶紧掏出竹节筒，小心收住这虫。

从西郊山麓，回到西河头的家中，弹子一口气喝光了一大杯娘凉在那的开水。每到热天就闹疰夏的娘，躺在竹椅里，摇着芭蕉扇，有气无力地说，这么热的天，又死到哪里去野了？

弹子来不及应答，又从水缸里掏了一勺自来水狂饮，喝得喉咙里咕嘟咕嘟响，水沿着下巴小溪样地流淌下来，汇集在他裸露的、开始发育的黝黑胸脯上。

娘又说，快去看看你爹，关在那里不知怎么样了！那个狐狸精带着小妖精，都与他划清界限了。这个时候，除了你去看他，还有啥人会去看他！前世作孽哇！

弹子抹着嘴说，谁让他抛弃我们娘儿俩的，谁让他当走资派走资本主义道路的，活该！

娘啪啪啪地拍打着扇子。瞎说，小心遭天打！不管他与啥人再结婚，又生孩子，他永远是你爹，你永远是他儿子，你永远是他的骨肉。

弹子把竹节筒里的蟋蟀放进褐泥烧制成的蟋蟀盆里去，用芡草须撩了一下，蟋蟀退后一步，立即露出一对红牙。弹子欣喜一笑，盖上盆盖，把褐泥盆轻轻放在床下。

弹子口头虽没应诺娘，其实他早已悄悄去看过爹，只是守牛棚的黑胖子不让他见爹。那个黑胖子是个毛主席像章收藏迷，先是暗示他，问他热爱不热爱伟大领袖，热爱的话，知道不知道最近出品的一枚像章，直径有多大？后来见弹子不得要领，就索性明说，让弹子送一枚新近刚出的直径最大的像章来，才允许他们父子相见。黑胖子的理由很简单，你不拿着毛主席像章来，怎么能表明你热爱伟大领袖，不热爱伟大领袖，你就不是革命造反派，你见你爹就是与走资派串通一气，进行反革命黑串联。

弹子气得当场就想从屁股后的裤袋里掏出弹弓，给黑胖子肉肉的鼻子上重重地来它一下。想着最终要通过他才能见到爹，弹子才忍住。

他恨爹，他才不稀罕去看爹呢！他记得爹的皮带是怎样抽在他身上的。与娘离婚前一年的春天，从不逛公园的爹，突然兴致勃勃地组织全厂职工去春游，还非得拉着弹子同去。还让他与那个有两个酒窝的制图员阿姨一起坐，一起走。从同事神态和口气里，弹子似乎明白了一切，他就开始讨厌制图员阿姨。趁她不备，他悄悄抓了一只癞蛤蟆塞进她的包。待她伸手从包里掏吃食时，手指触碰到软滑的活体，就尖叫起来，电击般地扔掉了包，引得公园里游人都盯着她看。爹气得脸发青，抽下皮带当众就抽打他。要不是厂里同事阻拦，他的屁股就又要被抽烂了。恨爹，不仅是因为当众抽打他，也不仅是爹抛弃他们娘儿俩，和厂里的女制图员搞在一起，更可恨的是爹当着厂长蛮好，为啥又要去当走资派，让他在同学和街坊的孩子们面前抬不起头来。虽然，爹离开他们好几年了，但是那次爹戴着纸糊的高帽子，押在大卡车上从西河头游街路过后，大家就都知道他爹是走资派，见了弹子就叫“玻璃花瓣弹子，走资狗屎儿子”。他恨爹，他才不愿去看爹呢。可是娘一个劲地催他去看爹。娘有疰夏的毛病，每到夏天就吃不下、睡不好，人病恹恹的没一点力气。如果他不去看到爹，娘这个夏天就不知会糟到啥地步。他想，即使他不愿去看爹，他也必须去看爹。

那种大号的毛主席像章商店不见卖，大都是通过人际流转的。路道广、人脉好的人，自然得来全不费功夫。还有人私下用全国粮票或购紧俏物资的券换，或者就是以像章换像章。这些获取像章的条件，弹子都不具备。凭他能接触的范围内，西河头只有老油条收藏有大量毛主席像章。弹子从牛棚回来没回家，就径直去老油条家里。

老油条的家，和西河头好多沿街的街坊一样，是木排门板。排门板早晨卸下，就是店铺开门，傍晚上好排门板即是打烊。老油条祖上开爿香烛店，专门出售蜡烛、线香、锡箔、烛台、香炉之类的上供祭祀物品。过去江南人家即使不办红白事，一年四季有许多节气、斋日，是需要来买些香烛纸锭的。所以，生意一直还算兴旺。传到老油条父母手里，时代变了，社会倡导破除迷信，解放思想，前来光顾的顾客也日益稀少，终于家道中落。幸好衰败，才让他们家在文革中逃过一劫。家道虽然败落，老油条却仍是一副小开派头。三十好几的人，还没生养孩子。老婆去医院检查了，说是没问题，要他也去医院查查。他却赖着不去。他皱皱眼皮说，生孩子是女人的事，生不出怎么会是男人的问题呢？没孩子，让他可继续活得像个孩子一样，上瘾似的疯玩。养金鱼，斗蟋蟀，听唱片，老油条样样玩得很投入。他私下乐陶陶地说，我既不是造反派，也不是保皇派，我是革命的逍遥派。

弹子进门时，老油条家的电唱机里，正播放着大型诗史《东方红》中的《红军战士想念毛泽东》。老油条随着音乐节奏吹着口哨，在给鱼缸里的金鱼喂红虫。

弹子靠着鱼缸看了一会游弋的红高头、绣球金鱼，翕动着鼻翼。

老油条偏转头来说，哎，闪开点！你人影倒映，吓着鱼了。

弹子一撇嘴说，是你自己的胆比鱼胆小吧？——哎，我是来问你，新出的大尺寸毛主席像章你有吗？

老油条白了他一眼，怎么没有？刚出，我就有了！凭我的路子，只要外面有的像章，我都有，而且第一时间拿到。

弹子鼻子耸耸。别牛皮，多大的？拿来看看。

老油条警惕地审视着他。凭啥要拿给你看？不能啥宝贝都白给你看吧！

那次从老油条家出来，灰溜溜的。回到家里，即使娘唉声叹气地催他快去看爹，他都没与娘说起刚去看爹的事。他琢磨着如何将老油条手里的像章，拿过来，成为他去看爹的通行证。那天入夜，他独自来到早已停课的学校。学校墙上到处涂有标语，一些通道已被课桌椅堆满堵塞。弹子绕到广播室的后面，后窗已被木条钉死。他找来一根铁棒，撬开窗户，像猫一样地翻身进去。找到墙上的开关，没按亮电灯，知道已是断电。他掏出火柴划了一根，照亮不大的广播室。拉开唱片柜，排列着好多黑色密纹胶木唱片和红的、绿的透明塑料唱片。他就挑黑色的胶木唱片拿了十来张，从软面椅子上扯下绛红色的椅套，包起唱片走了没几步，觉得沉，又放下几张。翻窗出来，他贴着墙根走回家，把唱片扔在床下就睡觉。第二天一早，他就拎着鼓鼓囊囊的椅套去了老油条的家。

他进门，把椅套放在老油条的脚面前。

老油条正刷牙，满嘴白沫，用脚尖碰一下面前这堆东西，含糊不清地啊啊叫着。

弹子吸吸鼻子说，换你刚到手的像章。

老油条吐掉了嘴里的白沫问，啥呀啥，啥东西想换像章？

弹子就打开椅套，黑色的胶木唱片就露了出来。

老油条见是唱片，就俯下身一张张翻看。起身说，唱片是密纹胶木不错，就是曲子不经典呀，你看《团结就是力量》《让我们荡起双桨》，一般，一般。哈哈，还有眼保健操音乐。

弹子又说，换你的像章。

老油条直摇头。笑话了，这几张垃圾唱片就想换最新出的像章？做梦吧，你！

弹子站着不吱声，也没离开的意思。

老油条就说，那么就让你看一眼吧，看你可怜的样子，就让你过过眼瘾，饱饱眼福吧。老油条说着，从柜子里取出一只扁扁的红木盒子，掀开盖子，里面铺着几层红缎，每层红缎上均匀别着一排排铝制像章。那枚最新的大直径像章足有十厘米之大，毛泽东的浮雕头像在上，周围光芒四射，头像下是镰刀锤子旗、南湖红船、天安门城楼。除了头像、镰刀锤子、船、城楼是金色的外，其余都覆盖着一层红晶晶的玻璃漆。

弹子伸手要去触摸像章，老油条立马就合上了盖。

弹子商量着说，唱片换不成，我用钱买呢？

老油条用手肘关节撞了弹子一下说，你够反动的！毛主席像章是能买卖的吗！

不知是真的被撞痛，还是故作疼痛，弹子捂着胸脯蹲下了身，嘴里还嘶嘶地吸着气。

老油条就叫唤，哟哟，你的肋骨难道是芦苇杆？碰一下，就痛成这样了！你不是玻璃花瓣弹子，是豆腐丸子吧？

弹子龇牙裂嘴地说，把像章给我！

哟，你还真赖上我了？老油条激动得涨红脸说，像章是我的，怎么能平白无故给你呢！

弹子依着桌腿乘势滑坐在地上，嘴里反复只说一句，把像章给我！

这样僵持了一会，片刻的寂静里，天井里传来阵阵蟋蟀鸣叫声。屋檐下的木架子上，排列着一只只蟋蟀盆。老油条去天井看了看，又进来。

弹子说，我与你斗蟋蟀，我赢了，就把像章给我。

老油条笑了。凭你，还想来与我斗蟋蟀？呵呵，好哇，我倒要看看你怎么赢。可以，如能赢我，像章就归你。输了呢？

弹子一咬牙，输了，我给你找到经典唱片。

老油条说，呵呵，等着看太阳从西边出吧，看你的蟋蟀如何赢我的蟋蟀。

你等着。弹子就从地上爬起来，就匆匆出门而去。弹子想想为一枚像章，不至于像武斗的人，拿着刀剑面对面干仗，那么就让他们各自的蟋蟀来拼个你死我活，这样公平合理，操作性强。但他知道，虽然这方案有可行性，但要取胜却是不易。

老油条虽养不成孩子，养的蟋蟀，在西河头一带却是十分优异，是出了名的常胜将军。西河头历来就有斗蟋蟀赌输赢的风俗。到了文革时期，白相蟋蟀之风更盛。曾是高中毕业的老油条，是这样解释这种现象以及他的嗜好：在没有管束的无政府时代，每个人心底受物竞天择、弱肉强食社会影响而保留的潜在拼杀情结大爆发，因此武斗才会得到这么多人响应。人与人搏杀，能满足这种拼杀情结的需要，但要以人命为代价，不是所有的人玩得起的。而斗蟋蟀也是一种拼杀，让人不流血、不丢命，就能分出胜败，使被压抑的搏杀欲望得到渲泄。

据说，老油条祖上传下的家业在他父亲手里已败得差不多了，他现在的一份家业，大半是靠他斗蟋蟀赢得的。还传说，他的老婆还是他斗蟋蟀赢来的，是屡败于他手下的那个老对手的女儿。

因是要对付这么一个对手，所以弹子特别当回事。听说墓地里捉到的蟋蟀，沾着鬼气，只只凶如厉鬼。后来又有人说，如能捉到武斗丧命人转世成的蟋蟀，那就更能打斗。这才有了弹子墓地捉蟋蟀的一幕。他终于如愿捉到一只被他认定为，是武斗中死去钢精锅小伙转世的蟋蟀，就如获至宝，指望着它能赢得胜利，赢得像章。饲养了两天，就迫不及待地找到老油条宣战。

老油条正用茨草在撩蟋蟀，抬头一笑，呵呵，还真来呀！这么说来，你胆子比我的金鱼大。

弹子要与老油条斗蟋蟀，这消息在西河头传开了。连日来，恰好街坊没吵架，附近没武斗，邻居们正觉无聊，听说有斗蟋蟀这等热闹看，且双方实力悬殊，就立即显得欣欣然。有邻居说，弹子是鸡蛋撞石头，包输的。有邻居说，老油条是搭错筋，与毛孩子烦啥烦的。有几分赌兴的邻居还为两人的输赢打东道。起先，大多数人看好老油条赢，说老油条久经沙场，弹子还嫩呢。也有个别看好弹子胜的，说是弹子从武斗坟地捉到关节血红的蟋蟀，厉鬼一只，老油条纵有天大的能耐，也难挡厉鬼吧？要不，弹子这孩子，猴精猴精的，会蠢到往老油条这块石头上撞吗？这么一说，有些本来看好老油条的人，又开始倒向弹子。赌注花红不大不小，是三块五角一条的大前门香烟。

娘听说弹子要与老油条斗蟋蟀，就忿忿数落。还有心思白相蟋蟀！你爹关在牛棚里都不知死活。前世作孽，养了个逆子！我总有一天，要把你那些盆盆罐罐都摔了。说着说着，就捂着脑门，紧蹙眉头躺下身去，不吱声了。

弹子则诡秘一笑说，娘哇，你就等着瞧吧。

不管人们如何看待这场搏杀，斗蟋蟀按时在老油条家的客堂间进行。八仙桌移到窗口，光线斜斜地照射，桌面擦得光滑溜溜的。围观的人，也陆续来到。弹子捧着蟋蟀盆前来。老油条让他打开盆盖瞅了一眼。见此虫背皮一色深紫，小头、大牙、弓背，腰部隆起，老油条眼睛一亮，问，这就是你从武斗墓地捉到的？

弹子老茄茄地一偏头，是呀。

老油条问，叫啥名？我的虫可不斗无名之虫。

弹子脱口而出，钢精锅！

围观者摇头。怪！用烧饭钢精锅给虫起名，没听说过。

老油条见这虫的气势，见围观人众，不敢怠慢，有点显摆地取来一只粉彩瓷鼓形罐子，上有用彩釉绘制的精美花卉鱼虫，盆沿口下端有一排芝麻大的气孔，盆底上印着大清宣统年造字样。为免得蟋蟀拼斗时脚下打滑，老油条在盆底填上粗草纸。对弹子说，我算对得起你啦，把镇家的老盆拿出来啦。他从架子上捧来一黑盆，放到桌上掀开盖，见是一只头盖顶皮上呈青色的蟋蟀，弯刀巨牙，象牙白，既粗又壮。嚯！是上了虫谱的名贵蟹青白牙。

老油条先将蟹青白牙捉进粉彩瓷鼓形盆内，催促弹子，快捉进来呀！

弹子用网罩捉钢精锅，按着网罩不放手，又盯着问，我赢了，你的像章归我？

老油条不耐烦地一扬下巴。说定的事，我赢了，你给我经典唱片。

两个斗主还在重温约定，两只蟋蟀隔着网罩已迫不及待开牙双叫了。钢精锅和蟹青白牙在盆内粗草纸上，触碰到即相互抱在一起撕咬，抱成一个球样地翻滚，跌开，双方抖动着背翼鸣叫。双方再抱成个球撕打，又跌开，蟹青白牙单叫，钢精锅已没了叫声，却仍露着牙。第三个回合，两只蟋蟀又撕咬成一团，这次跌开后，钢精锅别头逃窜。

照说，正规斗蟋蟀，是有专门的草师在一旁用芡草，撩惹蟋蟀，激发斗志的。那芡草也是有讲究的，是须在蒸笼里蒸煮过的长须柔软芡草。在钢精锅开牙起，弹子就紧攥着拳使劲，默默祈祷，钢精锅小伙你发发力呀，掀翻蟹青白牙狗日的！祈祷似乎没起作用，眼看着钢精锅败北，弹子鼻尖上沁出了汗珠，就没了那么多讲究，他赶紧动手用芡草刺刺钢精锅的牙，却仍不见牙。

围观的人群就嘈杂起来。嘈杂的成分不外乎两种，叹惜声、幸灾乐祸的嘲笑声。

老油条嗤笑着问，认输吗？

弹子只低声说一句，唱片我会给你的。当弹子收回钢精锅，捧着蟋蟀盆等家什离开老油条家时，听得背后老油条说了句，啥厉鬼虫，血关节虫，不过如此哇！呵呵。

弹子快步逃回家。揭开蟋蟀盆盖子，傻看了半天钢精锅。历来玩蟋蟀的对待斗败的蟋蟀，就如鄙视释放归来的战俘一样。西河头白相蟋蟀的，将斗败的蟋蟀蔑称为“输比蛋”，往往是当场就把战败的蟋蟀摔死，喂鸡。望着钢精锅两头尖尖的体形，紫皮血红镰刀牙，弹子坚信它能雄起，必能为他赢得胜利。

那天娘煮了粥，用大海碗盛了，放在桌上纱罩下凉着。娘见他回来，催他喝了粥，下午去看望他爹。娘艰难地咀嚼着腌西瓜皮，一小口一小口吃小碗里的粥，没吃几口就觉翻胃，搁下碗又躺到躺椅里，摇晃起芭蕉扇。

弹子草草喝完粥，乖乖洗了碗筷，就在门口放下门板，顶着徐徐而来的穿堂风午睡起来。刚躺下，就见烈日蒸烤得颤抖着的空气里，走来一位头顶着钢精锅的小伙子，他浑身是血，两股细小的血流，像红蚯蚓一样从他头顶的锅里蜿蜒游动下来。这不是钢精锅小伙吗？你不是死了吗？钢精锅小伙说，你看到死去的只是我的肉体，我的灵魂没死，我已化作小小的蟋蟀。我今天没打好，只怪我才转化为虫儿，还没长结实，魂还没完全凝聚成气。待我再长几日，我一定能为你打胜仗。说着，钢精锅小伙瞬间变成只蟋蟀，跳到他膝盖上，两根长须舞动着。弹子一惊，就醒了。他挥手驱赶着飞舞在侧的苍蝇，坐起身，呆呆坐了一会，回想着刚才梦里钢精锅小伙所言。

他收起门板，猛灌了一饱冷开水，就顶着烈日，去了郊外水稻田。被似火阳光笼罩着的稻田，像个大蒸笼。他一头钻进去，稻田的热辐射，立即将他浑身的每个汗毛孔挤压出汗珠来。他弯下腰，在水稻的根部寻找粘卧着的一条条黑黝黝的蚂蟥，捉住了，将它们一一装进小瓶里带回。他被汗水湿透的衣裤，又被晒干了，呈出一层银白色的盐霜。脚踝上，挂着一条鲜红的血迹，那是让蚂蝗叮吮后的印痕。回到家，喝了一杯水后，他就坐在小板凳上，用铲刀木柄把蚂蝗捣烂，扔进盆里，喂受伤的钢精锅。用蚂蝗来疗伤，不仅化淤，还清热解毒，比用地鳖虫疗伤更好。地鳖虫虽也化淤，但是热性，蟋蟀吃了易衰老。这都是西河头白相蟋蟀人的秘藏经验。

清晨，他早早出门，去湖边。先是钻进芦苇荡挖芦根。听老人们讲，用芦根与绿豆一起煮粥，能治娘的疰夏。挖芦根的铁锹是借来的，磨得雪亮。站在泥泞中，使劲挖淤泥中富有韧性的芦根，确实不易。不小心，人站不稳歪斜着差点倒下，慌乱之中脚底板被坚硬的芦苇根戳破了，终于挖得两支白净净的芦根。再走到荷塘，用空眼药水瓶从荷叶上吸取露珠，收集了一小瓶露水，带回家，滴在瓶盖里，给钢精锅作饮用水。露水凝聚天地精华，蟋蟀饮用后，自然能增添天地之力量和灵气。

这样喂养了几天，估摸着钢精锅伤应该疗得差不多了，就要给它补元气。弹子每天去公共厕所倒马桶的粪池旁，忍着臭气，逮绿头苍蝇。把绿头苍蝇肥大的头摘下来，喂食钢精锅，实在是大补。

一周之后，钢精锅不仅恢复了体力，而且皮色油光，力道见长，鸣叫宏亮。果不出所料，钢精锅初现虎势。白天在盆中常常如死虫，一动不动，用芡草杆触其腰部，或不理不睬，或转身张牙；见无动静，有如功夫高人打坐似的，一呆就是好几小时，到了半夜却在盆内势如奔马。

见钢精锅这般，弹子的心就又蠢蠢欲动了。他再次找上门去叫板老油条。自上次输后的第二天夜晚，他又翻入学校广播室寻找到芭蕾舞《天鹅湖》、小提琴协奏曲《梁祝》、苏联红星合唱团的合唱《卡林卡》等几张胶木唱片。捧着唱片去老油条家交货时，他有意避开那些吸着打东道赢来的大前门香烟的邻居们。既是不想受邻居们的讥笑，也不想让人知道他偷唱片的行为，还有是这些唱片被视为封资修的内容，是见不得光的。老油条即使有了这些唱片，也不敢开直了大门公开播放。只能是紧闭大门，低声欣赏。这次来，大门又是关得紧紧的，弹子知道他又在里面头戴耳机欣赏那些唱片了，就重重擂门。擂了几遍，里面才响起老油条紧张的询问，啥人？

弹子用刚发育、瓮声瓮气的嗓门，应了一声。我，弹子。

门开了。老油条堵着门，瞥一眼弹子，又慌忙远远近近打量他的身后。

弹子说，我还要和你斗一路。

老油条说，输了还要斗？斗你个头！你拿啥来斗，难道又有新虫了？

弹子说，还是钢精锅。

老油条说，输比蛋，再斗个魂呀！

弹子说，这回不会再输了。

老油条不屑地摇头。牛逼哄哄，不服只会输得更惨呀！想赌啥？

弹子细小的眼睛定定地盯着说，还是那枚像章。

老油条问，你赢了才是像章，那么你输了呢？

弹子说，我肯定赢。如果输了，我到武斗墓地里捉只凶头给你。

老油条听了，点头说，好哇，不怕输就再斗哇。

两人约定，明天午睡后再摆场子。弹子回到家里，就要紧去看钢精锅，却找不见褐泥盆。他心里一惊，知道不妙，就问娘，我的蟋蟀盆呢？蟋蟀盆呢？明明放在那的，怎么就不见了！

整天蟋蟀蟋蟀，不去看你爹。有你这样当儿子的吗！虫比你爹都重要，索性给虫当儿子算了！娘躺在竹躺椅上，蹙着眉头激愤地说，那个破盆给我扔了！

她欠了下身体，竹椅就吱嘎嘎地响。本来吃了弹子煮的芦根绿豆粥，娘的胃口和睡眠都稍有好转的，但为关在牛棚里的他爹担惊受怕，没两日，身体又恢复了原来虚弱的样子。

弹子急疯了，跳脚拍手地大声嚷，你一点不晓得，瞎捣乱啥！你坏了我的大事！

娘起身抓起芭蕉扇，用扇柄猛抽他后背。不孝顺，不好好做人，还凶！我打煞你算了，就算我没生过你。

弹子抬起胳膊挡住娘抽来的扇柄，眼泪流淌下来。不是因为肉体的疼痛，而是为见到爹，他默默所做的一切。也为他倾注精力，饲养了近半月的那只蟋蟀。

由于激动和用力，娘瘫躺在竹椅里，喘着气浑身发抖。她呵斥儿子。你不争气哇！那一房与你爹划清了界线，你爹眼下能指望的只有你。可你一点不懂事，不争气！真要把娘气煞了。

弹子靠在墙角，一言不发，泪痕还在眼窝边闪闪发亮。虽说他嘴上说恨爹抛弃他们娘儿俩，也恨爹当走资派不走社会主义正道，可从心底深处，他对爹还是有过念想的。

记得他小时候，家里是有过温馨的。国庆夜晚城西的锡山山麓放焰火。为去占个好位置，爹穿着汗背心，让弹子骑在他脖子上兴兴冲地走在前。娘挟着爹走热脱下的衬衣，紧赶慢赶地走在后面。

娘嗨嗨地叫爹，让他走慢点。

爹头也不回地笑说，你快马加鞭地赶超上来，哪有我们大跃进的千里马停下等你的。

终于到了离锡山不远处的大桥上。尖厉的一声，接着是噼噼啪啪一阵，火树银花满天炸开。弹子骑坐爹的肩头，仰脸观看着绚烂的夜空。

娘追赶上来，倚在桥栏杆上喘着气。习习凉风顺着河道吹拂过来，娘将手里的衬衣让爹穿上。

爹没理会，仰头叫唤着，让弹子看那朵如菊花般绽放的焰火。

弹子却没有仰天而望，他低头看到爹和娘眼眸里被映亮的星星点点。

弹子记得还有一次举家出门，是三年级期终考试成绩出来之后。那次语文又没考好，只考了 39 分。弹子想起每次爹看到他成绩单时发怒的样子，就将分数改成了 89 分。爹下班回家后，看到成绩单后，高兴得将成绩单重重地拍在桌上，立即让正在灶间做晚饭的娘不要做了，上饭馆去吃。

爹说，儿子终于考出了好成绩，走正道了，我们要庆祝一下。

全家人来到老西门的老顺兴菜馆，点了几个菜吃饭。那时刚经历了三年自然灾害不久，饭馆里还有三三二二要饭的叫花子，站在顾客身后默默抖动着脏兮兮的手。爹特地要了一笼花卷分发给叫花子们。

那天爹的心情罕见好，把最大的一块酱排骨挟到弹子的饭碗上，说儿子哇，爹与你说定了，以后只要你考出好成绩，爹就请你上馆子。

正吃得满嘴油光光的弹子，既不敢回应，也不敢与爹的目光对视，只是埋头奋不顾身扒拉饭菜。

爹的好心情保留了没两天，改分数的事就败露了。爹那个火呀，来不及关上大门，从裤腰拉下皮带就劈头盖脸地抽打起来。

娘嘴里说，这孩子是要教训，太不像话了，一面却用力拉扯住舞动的皮带。那一顿打，弹子背部和胳膊都留下了红肿的伤口。

伤痛着的，不仅是肉体，还有弹子的自尊。自那以后，他就开始避着爹。爹抛下他们娘儿俩，和女制图员结婚了，这让弹子的心头又多了一层屈辱。他变得寡言，不合群，如一只独来独往的野猫，常出没于野地湖滩等背人之处。爹被揪出，关进牛棚，弹子对爹除了恨，心底悄悄有过怜悯。他听说关进牛棚的牛鬼蛇神，都是免不了要被毒打的。想想爹当年用皮带抽打他时，是那么狠，那么下力，但他能抗得住别人的毒打吗？他就在心底疼起爹来，但他在娘面前从没流露出半丝这样的情绪。爹打他那么狠，他倒心疼起爹来，太没骨气了吧。再说，弹子也是个半大小伙子了，男人自己都不该怕疼痛，却为别人操心，这未免太娘娘腔了吧！

其实，如果撇开走资派这些他弄不明白的政治因素，他也是急于想见到爹的。他想见见爹到底怎么样了，他已是多年没见到爹了。他想象过多种见到爹的场景。在牛棚，爹擦着嘴角的血迹，苦笑着问他是怎么来的？然后抚摸着他身上当年被抽打留下的疤痕，问他还痛吗？或者是这样，爹用手掌遮挡着手腕上被绳索捆绑留下的红痕，脸上堆满假笑说，你不用来看的，你回去吧！这里一切都好着呢，每天跳跳忠字舞，读读红宝书，在灵魂深处爆发革命。或者是这样，爹已经被打得奄奄一息了，躺在牛棚里对弹子说，儿子哇，我错了，我不该抛下你们娘儿俩，我要回家，我再也不离开你们娘儿俩了。

弹子不辞辛劳伺候蟋蟀，就是想敲开牛棚的大门。这一心思，他永远不会让娘知道。发育后，初现的男人意识，使他耻于让娘晓得他其实也是想见爹的。可是，蓄势待发、立马可冲锋陷阵为他夺得胜利的钢精锅，却被娘扔了。现实往往就是这样让人绝望。最想让他见到爹的娘，亲手截断了他见爹的通道。他一时想不出，得不到像章，如何去向看守牛棚的黑胖子表达对领袖的忠心，从而获准看望爹。蟋蟀是活的，扔了，就意味着再也找不到了。不是被摔死了，必定就是逃掉了。它不会傻乎乎地站在原地，甚至像火车站接客人一样，举着牌子招呼人来寻找。

那晚那个热哇，家里的窗户全敞开了，连夹水弄堂的窗户也都开得直直的。树叶纹丝不动，窗口的蛛丝也没稍微的晃动，空气如同从烘箱里出来的一般。弹子躺在床上，翻来覆去睡不着。弹子想着明天下午那场必定爽约的打斗，想着如何向老油条解释。草席印上了湿漉漉的人形，皮肤粘乎乎的难受。起来用冷水抹抹身上，躺下去一会又湿了。

就在这时候，听得夹水弄堂里响起几声男低音般的吟唱，那个熟悉的声音。哈哈，真是它！它没逃走，转移到夹水弄堂里栖身了。弹子倏地坐起。

夹水弄堂，是江南民居中，前后两造房屋之间用来通风、采光、排水的狭小空间。潮湿的空间里，一般种有天竹等矮小植物，还长有杂草和青苔。本来就是个昆虫世界，蜒蚰、蠼螋、西瓜虫，还有未知的蛇虫百脚。钢精锅进入这里，如同小鹿逃进了原始森林。既有生机，又有危机。弹子喜忧参半，竖着耳朵细听着它再叫。果然，又叫了。他知道，这是它在呼雌虫。夹水弄堂既是昆虫的世界，就该有西河头人俗称三刺的雌蟋蟀的，而且不止一只。从钢精锅不同往常的鸣叫声中，弹子估摸着这是它在说交尾前的情话，仿佛看到一只三刺正向其靠拢，三刺的尾部和钢精锅的尾部靠拢到后爪能相互触及的位置，此时钢精锅的叫声就变了调，婉转而轻柔。后来钢精锅没了声，这是三刺进入状态了，钢精锅这家伙一门心思投入交尾，没心思再叫唤了。弹子笑骂了一声，流氓！钢精锅是个骚流氓！

弹子记起，西河头养过蟋蟀的老人说过，“养虫先养雌”，就如欲使吕布杀董卓，须有貂蝉的存在和惹逗。蟋蟀这虫醋劲大，心胸窄，不允许其他雄虫存在。蟋蟀争斗，就是欲杀尽天下的雄蟋蟀，自己可以独占所有三刺。蟋蟀战将出场前，若与三刺交个尾，绝对能使它大起杀心。蟋蟀们为了繁衍后代厮杀，还情有可原，那么钢精锅小伙，他为何要参与戮杀同类的武斗呢？到底是为了啥？弹子想不明白，就不去想了。这一夜，弹子在心里放任他的蟋蟀钢精锅在夹水弄堂里大耍流氓。心定自然凉，一会他就迷迷糊糊入睡了。

第二天上午，他拿着网罩，从窗口跳入了夹水弄堂，看到摔在杂草从中的褐泥盆，盖子已破损，盆体倒还完好。他先捡起蟋蟀盆放在窗台上，然后循声翻开砖瓦，逮住了钢精锅。翻开砖瓦，果然还跳出一只三刺。把钢精锅放入盆内，看它雄姿勃发，精神抖擞，随手找了个圆砚台作盖压在盆口。

午后，弹子没午睡，手捧叠着砚台的褐泥盆就去了老油条的家。今天围观者不如上次多，大约都觉得弹子这毛孩子闹不出多大动静，就猫在家里打瞌睡了。

老油条说，虽然你不服输，还要拿输比蛋再斗，可我还得按规矩来，不占你便宜，也不轻慢你。否则，以后要说我欺负小孩子的。上次赢了的蟹青白牙，已斗了近五六路，虫身空了，我不好再拿出来糊弄你。今天出只新虫，玫瑰紫将军！

嘴上虽是这么说，老油条拿出蟋蟀时，却不让弹子在网罩里看，而是要放到盆内再给看。弹子明白，这样蟋蟀看起来会显小一点。

弹子往盆内一看，哟，一只玫瑰紫大头，红头紫金背，一副瓷白牙，牙尖弯弯，知道必是个凶口。待放入钢精锅，就对比出玫瑰紫将军要大出一圈。弹子迟疑了一下。

老油条看出了他的心思，问，斗不斗？

弹子，一点头说，斗！在心里默默说，钢精锅这回看你的了。

两只蟋蟀在盆内，舞动触须，触碰又分开，似在较劲，实是在试探对方的实力。钢精锅深知对手的强劲，不敢大意。两虫相交而不率先发动。玫瑰紫将军也感到对手不凡，所以采取闪电战术偷袭，趁对方不备突然窜上去咬住钢精锅一只前爪就地打滚，钢精锅还没来得及反应，前爪竟然活生生像被塞进绞肉机一样绞掉了。

弹子一惊，眼前浮现出钢精锅小伙被古巴刀砍中，趔趄前行的场景。

蟋蟀钢精锅不惊反怒，急叫几声，步步紧逼。玫瑰紫将军被逼无奈，张牙迎击，双方牙钳满口深咬。玫瑰紫将军故伎重演咬住就翻，不料钢精锅一副钢牙死死锁住，无论怎样翻，上面遭咬还是下面遭咬，依然不松口。只见两只虫在盆里打得云水翻腾，风雷激荡，滚来滚去，滚遍了盆底。毕竟玫瑰紫将军身高体重占了上风，钢精锅被压在下面，但死咬住对方不放。到最后玫瑰紫将军先承受不了，开始蹬腿想摆脱钢精锅的钳抱，钢精锅借势猛蹬后腿。玫瑰紫将军被一脚踹出老远，牙齿被打出浆水，前后错开，开合失灵。

弹子仿佛看到了钢精锅小伙，倒地前向对手扎出的最后一枪。

蟋蟀钢精锅也已散了架似的，拖着残躯走路一瘸一拐的。老油条和弹子都动了芡草，测试和激发它们的斗志。钢精锅露出大牙，竖起背翼鸣叫了几声。玫瑰紫将军则合不上钳，却仍不退不逃，顶着芡草往前，欲与钢精锅死战到底。最后，钢精锅越战越勇，张开牙再次将对手头部套进牙口。只听喀嚓一声，玫瑰紫将军又受重创，跳起一尺多高，落地后一只牙齿单边张开，一只合拢；搏杀时紧缩着的肚皮被打得松弛开来，大腿笔直抽筋，竟当场呜呼。钢精锅像骄傲的公鸡，竖起透明的翅膀响亮地鸣叫起来。

老油条失声叫了一句，呀，就这样歇搁了？

弹子终于如愿拿到了那枚硕大的像章。他跑回家，兴奋得一反寡言的常态，语无伦次地对娘说，我去看爹了，马上就去，有啥要带给爹的？给我，给我。

娘不解地望着态度突然大转变的儿子，愣了片刻，才赶忙从箱中翻出几件爹的汗衫和短裤，说这还是爹过去忘了取走的，给你爹拿去替换。说着，又把手中的芭蕉扇也一同放到一个布包里，给你爹带去，保不定牛棚闷热，还有蚊子，扇子用得着。

弹子一路高高兴兴地去乘公交车，向关押爹的牛棚赶去。他想像着见到爹的场景，会是他想像过的几种场景的哪一种？或许都不对，爹的处境没他想象的那样糟，爹只是集中在那儿开会学习？

弹子终于来到一座权作牛棚的郊外仓库。原来坐在门卫室的黑胖子不见了，换成了一个瘦瘦的高个子。弹子站在窗前，里里外外打量了半天，用手比划着问瘦高个子，还有一个呢？

瘦高个子警惕地反问，你找啥人？你是找黑胖子？你是他啥人？和他啥关系？

弹子忙解释，和他没关系，上次来时见是他在值班的。

瘦高个子说，他被关起来了！

弹子问，为啥？他也成走资派了？

瘦高个子说，他成反革命了。

通过瘦高个子只言片语的叙说，弹子才弄明白，黑胖子在摆弄毛主席像章时，不小心将一枚像章滚落进了路边的窨井里。黑胖子立即掀开窨井盖，不顾冲天臭气，用双手在污泥中摸索了半天，终于打捞出像章。他用手帕擦了擦像章，放在鼻子底下嗅了嗅说，唔，还是臭的。不料这句话，让旁人听到了，就围住了他，责问他，为何说领袖的像章是臭的！是出于什么阶级立场！结结巴巴辩说不清的黑胖子就被革命群众一顿暴打，押解进牛棚，看守人立马变成了被关押的反革命。

弹子见瘦高个子是尚可说说话的人，就掏出像章送给他，向他提出要见见被关押在里面的爹。

瘦高个子问清他爹的名字，告诉说，他爹早就不关在这里了。前不久造反派拉他出去批斗，他从行驶着的卡车上跳了下来，摔断了腿，现在不知关到哪里去了。

西边的云彩血红血红的，西坠的夕阳将电线杆、树木和人的阴影投射在地上，拉得很长很长。

弹子拎着布包，拖着疲惫的腿，慢慢走向公交车站等候最后一班车。他皱着眉头望了一眼火烧般的天空，揣摩着这个炎热的夏天也该结束了，到时疰夏的娘，就能摆脱病恹恹的景况；可是不知下落的爹呢，他还活着吗？还能见到他吗？

2016年11月25日写

天鹅绒睡袍

一

心里揣着事，睡眠就飘飘忽忽难着实。

这样的状况，宋如涛已持续了一段时间。自从他与杜鹂的离婚进入操作阶段，每天凌晨四五点钟，他就醒来，思绪飘浮，想东想西，越想，人就越清醒，就再也无法入睡。他就是这样的人，心里装了事，就装不了瞌睡虫。

这天早晨，他照例又早早醒来了，躺在书房里由折叠沙发打开的床上，辗转反侧半天。听听隔壁房间内没有动静，知道杜鹂一定还熟睡着。宋如涛又要说她是胸大无脑、摘了帽就没脑的人了。自他提出离婚，她仅在第一个黄昏有点忧戚的样子，其余时候都是与平时一样，高高兴兴的，继续嘻嘻哈哈地接听电话，然后梳妆打扮一番出门去。她电话特别多，仍整天热衷于参加同学朋友的派对、茶聚、饭局，仿佛根本没离婚这档事一般。而宋如涛提出了离婚，自己却遭受了身心的折磨。看到她，想到这个还没解体的家，心就沉甸甸的。觉得解体这个家，远比拆毁一幢建筑更难。往往是每天早晨从家里一出门，心就松弛，就如扑腾着翅膀的小鸟。傍晚回家，人还没进门，远远的，心就绷得紧腾腾的。

在沙发床上翻个身，床就吱嘎吱嘎作响。宋如涛仿佛听到自己骨架子，也在发出散架似的嘎嘎声。思忖，若再这样下去，身心必定垮了。千万不能婚姻求得了解脱，人却毁了。要是这样，解脱了又有什么意义呢！他想起不知谁说过的，运动可以转移注意力，化解不良的心理。他就轻手轻脚起床，简单洗漱过后，穿上一双跑鞋，就出门，离开西河头的街巷。

夜色还没完全褪尽，天才蒙蒙亮，大街上的路灯还亮着。冷冽、清新的空气扑面而来，让宋如涛一个激灵，深吸了一口气，又深重地吐出。他环顾四周，决定往湖边慢跑。如一辆处于磨合期的新汽车，他先是向那个方向低速走，然后再一挡挡加速，最后才是慢慢跑。

与杜鹂的结合，最终成了他最大的心理阴影。现在回想起来，年轻人恋爱时，成也荷尔蒙，败也荷尔蒙。两性相吸，那种性爱的吸引力会掩盖对方显性的缺点。其实对于对方的缺点，并非一点都没洞察，只是在荷尔蒙的作用下，会让你忽略它对今后共同生活的危害性。

他和她认识，是在尧远组织的派对上。不知是谁捣鬼，或是她背底里有过什么表露，那天在场朋友们的言谈都整齐划一，一致认为他们般配，在整个过程中都有意无意地将他俩往一块凑，为他俩能走到一起，做着舆论和心理的铺垫。

那次派对，立即就成了他们交往的开端。她知道他在电视台当新闻部主任，每晚处理好本地新闻下班回家，已经很晚，早已过了煮饭和吃饭的时间。于是，她连续几个夜晚，捧着两个保温饭盒等候在他家门口。那时正是冬天，她长时间站着，鼻子总是冻得红红的。

他就十分感动。他嘴上客气着，让她不要再这样辛苦地每天送饭菜。事实每天还没到家，他就盼望着，能在门口遇到等候在那的她。毕竟热的饭菜，可让他免去回家再做饭的麻烦。毕竟她长得还算亮眼，坐在一边看他吃饭，听他聊天，他咀嚼和说话间，顾盼到的是一张美丽生动的脸，以及波光粼粼的大眼睛。这让他食欲大增。

这样交往了一段时间，有个星期天，杜鹂说昨晚临睡前咖啡喝多了，没休息好，楼上邻居在装修，噪声大，白天也无法休息，想来他家休息一会。

宋如涛不仅答应，还要让出卧室，让她独自休息。

她貌似清高矜持地说，怎么能随便进他卧室呢，只要在客厅沙发上休息就可以。让他不受干扰，在卧室自顾自休息。

宋如涛在关房门时犹豫了，手扶着门就如扶着一道难题。关上门，会显得冷漠而戒备，不关吧，又显得过于随意。踌躇片刻，他最后选择了似关非关，让门虚掩着。他和衣躺在床上，心潮难平。一门之隔的沙发上，横躺着一位美貌女子，自己就这样毫无反应？她来休息，是期待他的进一步动作？他的无动于衷，是否会让她有被冷落、鄙视的感觉？或者显现出他的无能？他这才意识到，不论他是有反应，还是没有反应，都如他关房门还是不关房门一样的尴尬。正这样想着，就听得杜鹂在外窸窣作响，还连续地咳嗽，似乎在表示她并没入睡，或是表示她需要人关心。宋如涛觉得不能再毫无反应了，就起身，出了房门，向沙发靠拢去。

第二天，预先没经商量，杜鹂就拎了一大包衣裳过来。看着她在卧室里拉开大衣柜，一一放置自己的衣裳，往衣架上挂她的丝质睡衣。宋如涛这才醒悟，昨天他俩之间发生的事，不仅是一次肉体的亲近，更是他们之间的一种承诺和允诺。他进入了她的身体，她就要进入他的生活。公平而合理。

开始时，新奇和欲望，让恋爱中双方的认知能力变得粗糙和迟钝，对另一方下意识的本质流露会视而不见。杜鹂常把洗过的拖把，水淋淋地挂在朝北走廊外墙的挂钉上。那个钉子，是隔壁当小学教师的邻居钉的，自然也就是邻居家挂拖把的专用位置。杜鹂不顾这些，把自家的拖把挂了上去。

小学教师来敲门，一手持拖把，有礼貌地说，宋老师，这是你家的拖把吧？嘿嘿，跑到我家的钉上去了。

宋如涛笑着致歉，接过了拖把。关上门后，对杜鹂说，那是人家的钉，以后就别往上挂了。

杜鹂不以为然地说，一个钉还分谁家的！上面又没贴门牌号。

宋如涛单过时，原本是从不注重在什么地方钉个钉子之类的基本建设的。为了让杜鹂不再占用人家的钉子，他特地找来锤子和钉子，在朝北走廊外墙上也钉了个钉子。

过了几天拖完地板，杜鹂又将没拧干的拖把，湿淋淋地拿出门去，还是挂在邻居家的钉子上。

中午时分，小学教师又来敲门。指着走廊地面说，宋老师，我差点滑一跤，地上滴得水淋淋的。幸好我扶得快，如果摔跤了，弄个骨折啥的，就麻烦了。另外，我帮你们将拖把放到你家的钉子上了。

宋如涛笑着致歉，关上门后又对杜鹂说，我特地钉了钉子，你还是不用。拖把确实要拧干了才能拿出去。

杜鹂白了一眼说，滑稽，我挂他家的钉，他尽管挂我家的好了。拖把挂一会自然就干了，还白费那个劲拧干做啥！

宋如涛一笑，没把她的说辞、态度往心里放。

有人说过，一切不以结婚为目的的恋爱，都是耍流氓。他们不想当流氓，年龄且都不小了，床笫欢愉，两情相悦，他又是一个不想占人便宜的人。同居的最终结局，当然就是结婚。

在最后决定时，宋如涛也曾有过迟疑。

杜鹂似乎觉察到他的犹疑，就说，其实吧，我的可塑性很强的。

宋如涛想，是哇，年轻人是成长中的，是可变的。

婚后一年左右，神秘感渐淡，生活的琐碎烦恼也一一凸现，性爱愉悦度降低。这时，人真正的面貌才在原来一片幸福的混沌中清晰起来。开始清澈起来的，还有洞察力和鉴别力。

在刚开始同居时，宋如涛已经知道，杜鹂并不会做饭，以前她送来的饭菜都是她妈做的。她说她妈，不仅饭菜做得好，还喜欢读书，特别爱看外国文学。这话让人至少得到两层信息，一是她妈是有知识、有文艺范的主妇，二是杜鹂有一个不俗的成长环境。

宋如涛婚前婚后到她家去过几次，以前去，并没想到要去探寻包括外国文学在内的书籍。照例他到别人家去，最乐意翻看主人在读哪些书，哪些书是自己没读过的。但先前几次到她家去，也许是他被荷尔蒙冲昏了头脑，脑子乱哄哄的，竟没一次想起要找寻书。最近一次去时，他脑子闲得慌，想着要做点什么，这就想起杜鹂所说的书籍，于是里里外外寻索起来。杜鹂陪着正在灶上忙碌的母亲，在爆炒声里扯着嗓子笑说着邻居家的长长短短。宋如涛先后步入两个房间，目光雷达般地扫视。墙角、椅子上到处堆放着衣物，墙上一溜排挂钩全挂满了衣服，唯独不见书橱书架。最后终于在茶几下面，看到一本绒线编结法的书和几本积灰尘的连环画，高尔基的《在人间》之类。

坐下吃饭时，偏偏缺她父亲。宋如涛说，再等一下吧。

她妈说，又不知死到哪去了，不等他，我们先吃。

她们对她父亲似乎满不当回事的态度，让宋如涛有点不悦。在他家里，父亲是至高无上的，享受着包括他妈在内所有人的敬重。他就闷闷地扒拉饭。

过了一会，她父亲回来，手里拿着一大把彩印广告传单。老头说，发传单的在前面走，分塞在每家每户的防盗门上，他就跟在后面收集起来带回家。他跟着走了几幢楼，所以回来晚了。

吃吧吃吧。她妈说，与上次的放在一起，该够分量卖废纸的了。

宋如涛一直没吱声。她们好像并没觉察到他情绪的低落。

从她家出门，宋如涛就问杜鹂，你不是说你妈喜欢看书，特别爱看外国文学吗？书在哪里呢？

杜鹂睁大了眼睛说，我啥时说过这话！

宋如涛说，你怎么没说过呢！在夸奖你妈的厨艺时，你接着就夸你妈的文艺范。

杜鹂飞了一个白眼说，滑稽！连环画难道不是外国文学吗？

宋如涛讥讽道，拿着一片树叶，总不能说你拥有一座森林吧？你说话能不能实事求是一点！

杜鹂白着眼睛说，我就这样的人了，你休想改变我！

宋如涛就在鼻子里重重地哼了一声。

二

天已亮了许多，俯仰之间，路灯齐刷刷地灭了。

积在宋如涛心头的阴影，随着他心思的偏重，会扩大体积和增加重量，会沉甸甸地压迫心头的血管。晨练途中一想起与杜鹂关系的演变，宋如涛跑步步幅就小、频率就慢，没跑多少路，就喘起气来，对后面的路程就突然没了信心。

幸好前面已到了湖滨，他迈着放慢的步子穿过马路。沉睡了一夜的临湖开放式公园，已经苏醒。清洁工在清扫地面。赶早的锻炼者，已经占着地方在舞剑打拳。还有一位练声的，面湖站着，在咿咿哇哇地发声。宋如涛沿湖岸走了一段路，见有早点车，就买了一杯温热的豆浆、两个素包子，坐在一张长椅上吃了起来。婚后才一年，他回家反而吃不到饭菜了，所以他已习惯在外随便买着吃。

她所在的公司，最近恰好倒闭了，暂时没工作的她却很少在家。好多次他回到家，见家里空空的，揭开锅盖也是空空的。给她电话，她总说有事忙着。

问，忙什么事？

她说，滑稽，我又不是给你做饭的老妈子！你搞搞清，我不是你外婆那样的传统家庭妇女，我是有独立个性的现代女性。

她常把刚学到的几句词放在嘴上，拿来理直气壮标榜自己，回敬对方。仿佛她这个从不注重读书的职业高中毕业生的学识，比他这个硕士研究生还高。

宋如涛坐在长椅上，慢慢吸吮着豆浆，啃食完包子就起身。为了能摆脱低沉的情绪，他沿湖边走去。远眺着晨霭蒸腾的湖面上，朝阳一点点染红水面。他想掏出手机，拍摄朝霞尽染的水天，却在口袋里没摸到手机。他匆匆返回原来坐过的长椅，已被一对老年夫妇占着了。老年夫妇用放音器播放着五十年代的老歌《我的祖国》，把一只酥饼垫在餐巾纸上，老头执着小水果刀，老太用手固定住酥饼，正在进行“切割手术”。

宋如涛走过去，听老太在喃喃说，还是用刀分得准，你我都不多吃多占。宋如涛看不得这种相濡以沫的场景，刚放松的心情，又收缩得紧绷绷的。他弯腰低头，在长椅上察看。老头老太不知他的意图，就紧张地问，你干啥！宋如涛不理会他们，左看右看，终于在椅子后的草地上，看到那只滑落的手机。宋如涛拾起手机，用手拂了一下屏幕，顺便看了一眼微信群，见这时的群里，已有好多人上线，在问候早安了。

宋如涛在群里，看到了尧远，就想起他就住在这湖边的一个小区内。倒是好久没见他了，要不要顺路去尧远家坐一会呢？虽和他不是很铁的哥们，两人却也曾一起玩过一阵的。要么就去他家坐坐，散散心，如果对劲，再与他畅谈一番，情绪也许能得到释放，心里就会好受一些。这样想着，宋如涛就朝那小区走了过去。

尧远虽在微信群内冒了泡，其实人还赖在床上没起来。宋如涛揿响门铃。听得他叫着来了来了，门就开了。他穿着睡袍，睡眼惺忪，一张隔夜的脸上满是疑惑。见是宋如涛，急忙让他进屋，惊讶地问，你这么早哇！

宋如涛说，我正在附近锻炼身体，好久没见，突然想起你。家伙，还在赖床哇！

尧远说，昨晚啤酒喝多了，起了几次夜，所以起晚了。说着，让宋如涛随便在榻榻米上坐。

前几年，宋如涛曾被邀来这里，参加过烛光派对。尧远是搞视觉设计的，照例蓄着小胡子，留着长发，在脑后扎成一条长长的马尾巴。除了扮相，家里的装饰布置也是与众不同的。榻榻米、木格移门、纸糊灯罩，一派日式的风格。他本人的生活确也另类，三十多岁，尚未婚娶，但女友从没断过。常见尧远带着女友出没于画展、酒会等一些社交场所，而且身边的女友常换常新，一个比一个惊艳。尧远十分乐于展示他美貌惊人的新女友。有天上午，宋如涛在台里刚开完新闻策划会，就接到尧远的电话，约他中午一起用餐。

宋如涛就笑问，家伙，是否又换新女友了？

尧远说，你来了就知道了。不看白不看哦！

中午，宋如涛就如约来到一家装潢洋气的茶餐厅。尧远已与一位年轻女子坐在那里了。尧远将宋如涛介绍给那女子，说是电视台新闻部主任宋老师。

那女子微微偏转头，长睫毛一扑闪，瞥了宋如涛一眼。

宋如涛的心瓣一收缩，就如被她冷冷的目光蜇了一下。

那女子一身冷艳。头发如凝冻的瀑布一般，光光滑滑、平平整整地下垂。低低的领口，袒露着的平原与丘陵交接地带，闪着象牙般的色泽。裸露、瘦削的肩膀上，有一纹身，图案是一只红色蜘蛛。

宋如涛不再敢正眼看她，却又不愿放弃看她，就斜斜地偷瞥一眼，再偷瞥一眼。这女子身上透着一股冰冷的邪气，明明知道她不是正经女子，却抵挡不住被她冷艳所撩起的探索欲望。就如人们冒死吃河豚的心态。

尧远似乎看透了他的心思，看着他，眉眼里洋溢出得意、讥讽交集的笑。过后，尧远问宋如涛，怎么样？领教我的眼光了吧！找女人，不是评选劳模，不是评先进，就得找这种！在你眼里也许是淫荡、放纵、不知廉耻的坏女人，恰恰能给我带来最大的刺激和乐趣。我就好这一口：麻、辣、烫，辣必须是重辣！

今天一早闯来，进了门，宋如涛才感觉有些贸然。幸好尧远独自在家，才没陷入尴尬。宋如涛故意打趣来掩饰自己的不安说，哟，昨晚倒是真正的单身贵族呀！

尧远说，哪能天天那样哇，也得细水长流，修身养性。

宋如涛问，你确定单身到底了？

尧远眯眼瞅他一会才说，那是肯定的，单身贵族多高级，没啥比自由更高级了。他说着，一甩头，将飘落到胸前睡袍上的马尾巴甩到背后去。

宋如涛本想接着把话题，转向自己与杜鹂恶化的关系上，目光触及尧远身上那件水灰色天鹅绒睡袍，眼神凝固了，怔怔的，就没说话。

尧远并没察觉他的异样，说，当然，再高级，也不如你和杜鹂两人的小日子高级。

宋如涛一言不发地起身往门口走，又扭头看了一眼那件水灰色天鹅绒睡袍，伸手拉门时，才说了一句，我想起还有事的，先走了，打扰了打扰了。

宋如涛丢下一脸诧异的尧远，到小区门口拦了一辆出租车，径直回家去。

回到西河头家里，进门，家里已无人。他一早离开时，杜鹂还在熟睡中。他前脚走，她后脚也就出门了？宋如涛顾不得这些，进卧室俯下腰，在床底下查看了一番，又拉开大衣橱门，翻找起来。他要找两件天鹅绒睡袍，一件水灰的，一件粉红的，男式女式成对的。他一拿回家，就藏在床底，后来被她发现了，就应该被放到了大衣橱里的，怎么就找不到了呢？他怕被其他衣物盖住了，又翻找了一遍。即使扩大了搜索范围，仍是没有。衣橱里，衣物少了好多，过去挤得塞不下的空间，现在显得空空荡荡的。

宋如涛连说怪了怪了，莫非？随手摸出手机，本想给杜鹂打电话问问睡袍去向的，但最终又放下了手机。两人之间，已不是话不投机半句多的初级冷漠，而是离婚战争进行到一定阶段，是不想多说一句话的深层冷淡。他走到客厅，坐在沙发里仰天翻着眼睛思索。

三

两件天鹅绒睡袍，还是搞房地产的朋友蒋老板送的。

那天蒋老板邀请他带上夫人共进晚餐，他说他蒋某人从一个乡巴佬，奋斗了十几年，成为身价过数十亿的地产大亨，其中有宋老师的一份功劳。每回与宋老师相聚，听得一番高论，总是受益匪浅，说是要好好表达谢意。

宋如涛当时与杜鹂关系已僵化，显然是不会再双双参加宴请的，蒋老板的盛情又无法推辞，于是就独自赴宴。

蒋老板不解地问他，夫人怎么不来呢？

宋如涛就以她身体不适为托词。

蒋老板还笑问，莫非是夫人有喜了？

旁人听了，就连说，恭喜啊恭喜。

这让宋如涛尴尬得连连摆着双手说，没这事，仅是身体不适而已。

那天蒋老板请了一大桌人，除了宋如涛，都是夫妻双双出席的。蒋老板开席前举杯致辞，说在座的都是对我事业有过帮助的人。我蒋某能有今天，是与大家的支持分不开的，衷心感谢各位。还有个别人受了邀请临时有变来不了，我也要在此向他们表达谢意。

酒过几巡，蒋老板的一位副手，站在一旁说，蒋总还为各位贵宾准备了一份心意的。于是就在每对夫妻宾客的椅子旁，一一放上两只考究的礼盒。

众宾客就说蒋总客气了。

蒋老板就大度地笑着说，不成敬意。不过，礼虽薄，选择啥样的礼品却是花了一番心思的。这睡袍，是我亲自选定的。为何选睡袍呢？各位都是事业有成的人，睡眠时间恐怕都不足的。睡眠时间应该占人生总时间的三分之一，睡眠好了，身体自然就好。所以我选睡袍，是希望大家不管工作多忙，千万要睡好觉。

众宾客就称赞蒋老板考虑得周到，有人站起来敬酒。

蒋老板伸出手悬空轻轻一压，示意坐下，又接着说，还有一层意思的。我今天为啥非得请你们各位都带上夫人呢？一个人事业成功，只是人生成功了一半，还有一半成功，得靠家庭和睦圆满。希望每对夫妇，每个夜晚双双穿上这睡袍，能恩恩爱爱，甜甜美美进入梦乡，那样的睡眠对身心健康才是真正有益的。

众宾客就欢呼起来，说蒋总太浪漫了，这礼品太浪漫了。众人都举杯敬酒。

蒋老板满面春风地边接受敬酒，边说，家庭要呵护，夫人要珍爱。不瞒各位，我现在除了非得出场的应酬，很少在外吃饭，总是赶回家陪老婆、陪家人吃饭。

那位副手立即在旁作证，强调说，我们蒋总像今天这样亲自出场请客不多的，确是史无前例的。

不管是晚宴的主题，还是氛围，都让宋如涛如坐针毡。他敬了几杯酒，就借口台里晚上还有稿子要审，就告辞离场了。

蒋老板要他代向他夫人问好。

宋如涛匆匆应允着退场。

那位副手拎着他忘在椅子旁的那两盒睡袍，相随着出来送他。

宋如涛推辞着说，礼品就不必了。

副手说，这是我们蒋总的一片心意，刚才都听蒋总说了，一定得收下的。

宋如涛就只能拎着两件睡袍回家。这两件睡袍，拎在手里就如两个刚从火场中抢出的、燃烧着的煤气瓶，一扔怕马上就爆炸，不扔又怕烧着自己。

四

宋如涛和杜鹂分床，已有些时日了。

先是双方看着不顺眼，言语不对头，交流就少了。后来有次，宋如涛临时躲在家里写新闻部上半年的工作总结。正写着，就隐隐听得在静谧中，有手机振动声一直在低低作响。他大学和研究生学的都是电视传播，现在干的又是电视新闻，对音频声波是相当敏感的，清晰地听得见这振动音。他离开电脑，从书房踱出来，最终在餐椅椅背上，找到那只杜鹂挂在那的包。当他从包里翻找出手机时，对方电话已搁掉了。他拿着手机端详，从外形上看，这是一只没见杜鹂当面用过的手机。那么说来，她有两只手机？她在干地下工作吗？怎么需要两只手机呢？

难怪，有几次晚上，他在书房工作了出来，隐约听得，杜鹂在卧室内与谁说话。一开始他就确定她在通话，却又看到她的手机明明放在客厅充电。他当时就诧异，现在明白了，她是用另一个手机在与人通话。和什么人要这么鬼鬼祟祟地通话呢？

他把手机放回包里时，不经意间，瞥见包底有几个粉红色小包装袋，一看，他脑袋轰的就要炸开了，那竟是避孕套。

他和她，曾将避孕套戏称为“老二的工作服”。“工作服”成为只有他俩听得明白的隐语。在有一次完事后，他向她明确表示过，他不喜欢穿“工作服”工作，会让他有隔膜感，不是肌肤相亲的那种感觉。所以后来，他们基本都是以测算安全期行事。

她在包里藏着另一个手机，又随身带着避孕套，她有情人，有婚外性行为是肯定的了。在作出这般断定后，等杜鹂一回家，宋如涛就铁青着脸，气急败坏地当面责问她。

杜鹂则是百般抵赖，说两个手机是工作、生活两不误，你连这也不懂呀。避孕套是从超市买来想与他用的，拿回家忘记放起来了，所以一直在包里。

宋如涛问，超市有散装避孕套卖吗？该不是团购的吧！

杜鹂飞着白眼说，滑稽，你啥意思？年纪不大，保守得如七老八十。

宋如涛嗓音提高了八度说，厚颜无耻，连脸面都不要了。

杜鹂冷笑着说，宋如涛，以为你还有脸面哇？告诉你吧，你早已没脸面了！

宋如涛当即扑上去扇她耳光，不料被她躲掉了，一巴掌抽在她额头上。

她就哭叫起来。

当晚，宋如涛没再进卧室睡，在书房打开折叠沙发就是一张床。从此，他们就开始分床睡。

正如宋如涛所言，杜鹂是脱了帽子就没脑子的人。这么分床睡了十多天，有天夜晚，杜鹂仿佛忘了前面的争吵和争吵的原因，居然冲着书房门吼叫，滑稽，难道还要我一个女人爬上你的床哇！

这回轮到宋如涛冷笑了。他只是在书房里冷笑一声，并没理会她。他想，即使一辈子不碰女人，也不会爬上一个没有廉耻心的女人的床。本该是他耕种的一片土地，中间却有别人偷偷来翻过地，这块地就成了不洁之地，他宋如涛是不会再翻耕这块地的了。

五

自分床以后，睡觉，就成为敏感而忌讳的词。从此，他不再对她说出这个词。过去，两人感情好时，睡觉这词，曾是他俩嘴边使用频率挺高的词。

她把他的衣服洗好，晒干，叠好，捧到他面前让他看，让他闻，说你闻闻，太阳下晒了就有这股香味。

宋如涛凑上鼻子，翕动鼻翼，吸吮着空气。唔，真香。

杜鹂娇嗔地问，给你洗干净，晒得香喷喷，怎么谢我呢？

宋如涛以一副认真的神情说，我是小本经营，要谢的话只有献身。这样吧，今晚让你睡我。

杜鹂说，等不到天黑了，我现在就要睡你。说着扑上去，当即就把他压倒在床上。

后来，就如在癞痢面前忌讳说亮、说光一般，他回避着说一切与睡觉有关的话。因为说起睡觉，他就会想象出她和他人睡觉的情景。曾经是他与她睡觉的细节，在他的脑海里，细节仍是那么逼真、生动，而参与、作出那些细小情节的人却已不是他，而是别的男人。这是宋如涛不能容忍的。

偏偏就在这时，蒋老板送来了与睡觉有着密切关联的睡袍，还偏偏是男女两件。睡袍给人的联想指向，本已是很明晰的。男女两件睡袍，给人的想象空间不仅是定向的，更是广阔的。男女两人穿了睡袍的场景，情节的发展，是能想象，又无法想象的。睡袍作为道具，总是在浴后，在弥漫着浴液的芳香里，被男女主角湿润而光滑的肌体穿上了，又脱，脱下了又穿上。每次脱穿后，男女主角心情的变化，就如剧情一般，总是跌宕起伏。两件睡袍，遮掩着靠拢又分离的两个躯体、两个思想。即便是无人穿着，两件色泽不同、质地相同，被名命为男和女的睡袍相互摩擦，也与男女主人之间的摩挲一样，会产生快慰的物理和心理效应。

宋如涛不再敢围绕着睡袍遐想。睡袍所隐含、附加着的一切意义，像巨浪一样压将下来，似要把他压在太平洋马里亚纳海沟的深处。他把两件睡袍拿回家，背着杜鹂放进了大床底下，再在外面挡上鞋盒。他不希望杜鹂看到这睡袍。他一开始就曾担心过，杜鹂会误会他，以为是他故意买回男女两件睡袍，向她含蓄地发出信号，是意欲与她重修旧好，重温鸳梦。

果然，杜鹂那晚推开他的书房门。

宋如涛一看，吓了一跳，见杜鹂浴后已经换上了那件粉红色的睡袍，她湿漉漉的长发，用毛巾挽着披在肩头。

她问，睡袍是你买的哇？我刚合身。我知道，这品牌挺贵的，我一直想买呢。她说着，还舒开双臂，旋转了一下身子，让他审视睡袍的合身度和穿着效果。

宋如涛生硬地说，我才不会买呢！我不可能再会为你买任何东西，特别是睡袍。

杜鹂撇撇嘴说，哟，别把话说得那么绝对。

宋如涛讥讽道，床上用品是肯定不会为你买了，不会让你用着我买的床上用品，然后去成为别人的床上用品。

凭空瞎讲，太滑稽了！你这人太没文化，太狭隘了！杜鹂说着，怏怏转身出了书房。

宋如涛腾地从椅子站起身，跨前几步把书房门关紧了。

当拿到那两件睡袍时，宋如涛就想过，他是绝对不会穿的。所以那天离席，他故意没拿。成双成对的睡袍，送来时就有了明确的目标对象，赠送人是给这一对睡袍寄予了美好希冀，指望穿上它们的人之间，能有更牢固的维系、更浑然的交融。男女睡袍，应该是一个故事，撩动它，就会掀开一个故事的帷幕。而他和她的故事就要结束了，他不希望这个故事再有延续。即使是与杜鹂了断了，他也不会穿。因为接受这睡袍时，这睡袍上被寄予的祝愿是他和杜鹂的。他不想在撇开了杜鹂后，再因睡袍，而让他继续笼罩在与她有一丝关联的阴影里。

他也不希望杜鹂与这睡袍有染。他在心里暗暗想过，如果杜鹂见了睡袍，装着视而不见，那么说明她还是能明白这睡袍的寓意的，说明她内心还算有不容小觑的自我尊严的，还是知些廉耻的，说明她还不至于堕落到不可救药的地步。但是，她见了天鹅绒睡袍，竟忘了与宋如涛之间正在进行的离婚之战，兴高采烈穿上，还跑到他面前展示。这就让宋如涛彻底失去了对她的最后一点期冀。他甚至偏执地想，撇开节操，光凭她对睡袍所反应出来的愚钝、贪婪，他就有理由说服自己放弃她。

睡袍是实在的，依附在睡袍上的寓意是虚无的。如果你只看到睡袍，而看不到或者不在乎睡袍上看不见、摸不着的蕴意，那么你不可能是一个具有浪漫诗意的人，不可能是一个对生活有敏锐天性的人，就不可能是宋如涛所爱慕的人。

她穿过的睡袍，加上那件男式的睡袍，两件都失踪了。最近家里有些物件都在悄悄消失，宋如涛知道，这是离婚带来的连锁反应。他不屑她这种暗地里转移财产的小儿科勾当。她可以转移这，也可以转移那，就是不该转移走那两件蕴含着沉重内涵的睡袍！她是分明给两件睡袍做好了填充题，给女式的睡袍填充上了自己，也已给男式睡袍填充上了对应的内容。于是，为了呼应这种着落，她就拿走睡袍。

宋如涛突然想起，杜鹂拿着衣物进入他家的那天，在大衣橱柜挂她那件丝质睡衣的情景。他想到，往衣架上挂天鹅绒睡袍，远比挂丝质睡衣重。她在他人家里挂睡袍时，应该踮起脚，有点费力地往上举起衣架。挂完睡袍，甚至有点失重，她摇晃了一下，那个男的，也许还顺势抱住了她。

宋如涛的鼻子，像发射子弹一般，有力地射出两股粗气。

六

杜鹂会把睡袍拿到哪里去呢?

那天，在尧远身上看到水灰色的天鹅绒睡袍，宋如涛先是想到家里的那两件还在不在了？赶紧回到家里寻查，证实都已被杜鹂拿走了。那么，睡袍去了哪里？说穿了，关注点不是睡袍去了哪里，而是已经穿在谁身上了？宋如涛坚信，那件睡袍肯定没有闲着，一定正在某个人身上，高效发挥着一件睡袍应有的作用。

一张一张可能与杜鹂有染的男人的脸，在宋如涛的脑海里滑过。不知怎的，他老是绕不开尧远身上的那件睡袍。

他虽没拆开睡袍上的包装盒，但包装盒上有一个透明的小窗，能看见装在里面睡袍的色泽。色泽是完全一样的，纯粹的水灰。并且，款式与杜鹂那天穿到他面前的女式睡袍，也是对称的。

他老是想到尧远身上那件睡袍。尧远江湖味十足的笑容，老是浮现在他眼前。尧远淫邪的笑声，也老是回荡在他耳畔：我就好这一口！淫荡、放纵、不知廉耻的坏女人，恰恰能给我带来最大的刺激和乐趣。

在宋如涛的心目中，杜鹂恰好符合这些标准。

杜鹂，就是宋如涛在与尧远那个圈子玩的时候认识的。严格地说，宋如涛不应属于这个圈子的，他只是偶然误入。那时，他恰好处于无所事事的空虚时光。他们一起跳烛光舞会，吃夜宵。圈子里有一帮衣着光鲜的女孩，高挑的杜鹂是她们中间鹤立鸡群的一位。宋如涛毕竟不应属于这个圈子的，玩了一段时间，觉得整天这么玩也是无聊，就有了新的苦闷。于是，他就退出了这个圈子。千不该，万不该，他退出时，却带走了本该属于这个圈子的杜鹂。就如下海游泳的人，上岸时身上拖挂着不该携带的海草，他在岸上迈腿走路时，海草缠缚在他身上腿上，让他磕磕绊绊，终于摔倒在地。

也许当初，对于那个圈子而言，宋如涛是一股清新之风。杜鹂从人心向上的本能出发，抓住了这股新风。她主观上也曾希望改变自己，希望能找一个事业有成、能带她攀上更高层面的人，能让她过上安稳而温馨的主流生活。但她归属的层面又铸就了她的局限性。她骨子里的沉积，决定她只属于原有的生活。

那时候，尧远和圈子里的女孩们相处得都很好。虽然他有时也粗野，但与女孩们讲话永远是和颜悦色的。有次在郊外草坪上野炊，尧远带来好多用鲜花编织的头环，让每个女孩戴在头上。

他还随手用草茎编了五六个指环，声明只许女孩们抢，就抛向空中。抢到草指环的女孩们纷纷给自己的手指套上后，尧远说，哪些人抢到了，举起手来！

待抢到草指环的女孩举起了手，尧远这家伙就宣布，这草指环是订婚戒指，凡是戴上草指环的，都是他的新娘。

女孩们嬉笑着。杜鹂伸直一根戴了草指环的手指，也在笑。

男人们也哄笑，说尧远这家伙真会闹。

会不会是杜鹂从没脱离过那个圈子？尧远身上的睡袍会不会就是他拿回来的那件呢？否则，怎么会这么巧，尧远也偏有那么一件水灰色的天鹅绒睡袍？不管是不是尧远，但宋如涛有一个直觉，生性轻佻的杜鹂出轨，很有可能会和他熟悉的人有关。他记得她那天对他说过的那句：告诉你吧，你早已没脸面了！

宋如涛平素，以一颦一笑间透露的高傲，表露着对杜鹂的鄙视。一般的出轨，不足以构成对他的打击。只有是他的熟人，才能让宋如涛丢尽脸面，才能对他造成打击，报复他对她的鄙视。宋如涛这般估摸。

因是自己在明处，别人在暗处，那一段时间，宋如涛有意与包括尧远在内的所有年龄接近的男性熟人，保持着距离，避免遭人笑话。

这期间，尧远给他发过微信，说是他策划了一个“十美女画家油画展”，希望宋如涛作为媒体嘉宾，到开展仪式上讲几句。

宋如涛没回复。

尧远又打来电话，宋如涛也一直没接听。

宋如涛在不断的推测、估摸中，度过了等待法院开庭的难捱日子。那天，在法庭上，法官在作出最终判决前，特地最后一次询问双方，还有什么要表述的？还什么问题要问的？

宋如涛说，没大问题，只随便问一个小问题：财产中一些日常物品如何分割？譬如衣服，再具体一点，就说睡袍吧，应该如何分割？

法官可能觉得这问题有点可笑，所以浅浅一笑说，很明确，本来是谁使用的，或者还没使用的，该归谁就归谁。简而言之，男式的归男方，女式的归女方。明白了吗？还有什么问题吗？

明白了，没问题了。宋如涛摆了下手说。他并不打算讨回睡袍，但他特意提及了睡袍。他嘴角泛起一丝不易察觉的讥笑，还故意瞥了杜鹂一眼。

法庭终于作出了准予离婚的判决。

杜鹂当场倒是流下了泪。

宋如涛心想，那是女人对于离婚该表的普遍态度，并不是对于他俩那段婚姻的特殊态度。虽是这么宽慰自己，他目光却也不由得凝滞起来，收敛起原本心胸间昂扬饱满的争斗情绪。他沉吟着，没再说话。结束时，他缓缓走过她身旁，轻声对她说了句，我先走了。

拿了判决书的宋如涛，迈着沉滞的步伐，独自先跨出了法院大门。他边走边打开了一直关闭着的手机。刚打开手机，就接进一个电话，他接听了，才知是尧远打来的。

尧远看来并不知道他正从法院出来，以调侃的口气问他，宋老师正在哪里潇洒哇？与你失联多时啦！

宋如涛没好气说，刚离完婚，有话就讲！

尧远就在电话里“啊”了一声，语调变得慎重起来说，你们真就离了？

宋如涛说，这还有假！拖着不离，让人笑话哇！

尧远说，离了也好。宋老师，你是吃了认真的亏。在这个圈子里，怎么能认真呢？你还偏搭上了婚姻。

宋如涛听着，没吱声。

尧远又说，今天打电话，是受蒋老板之托，邀请你参加他组织的聚会。我昨天正好去他们公司，他说省得他再一一邀请了，就让我代邀了。

宋如涛脱口而出问，你也认识蒋老板？

尧远说，我认识蒋老板，比你认识他早。他公司的视觉标志等都是我设计的。上次他请客，也请了我，恰遇我接了新单子在赶设计稿，所以没来。但蒋老板做人到位、高级！我人虽没去，但他过后特地让人把两件天鹅绒睡袍送到我手里。呶，就是你上次来我家，看到我穿的。你也应拿到的吧？

宋如涛下意识“哦”了一声。

尧远在手机那头问，那么蒋老板的聚会，你去的喽？

宋如涛想到那位重视家庭生活的蒋老板，又想起天鹅绒睡袍，担心若是去多了，又怕陷入那圈子，就说，时间恰好冲突，去不成。请代为致歉吧。

夕阳，在路边的建筑玻璃幕墙上，折射出耀眼的光束。路面上，到处笼罩着这种让人惆怅的斜斜光波。已到下班时分，路上多起来的车流人群，在炫目光晕中如无声电影一般。

宋如涛收起手机，下意识地扭头往身后看了一眼。

随后从法院出来的杜鹂，用面巾纸擦着眼窝，从坤包里拿出手机接听电话，听着听着，眉眼就飞扬开来，语调张扬着，最终变成了夸张而轻薄的笑声。轻浮的笑声，与她背后庄严的法院门楼形成了不协调的反差。

宋如涛本已沉郁的情绪，重又爽朗开来。他眯着眼，仰头看了一眼远处，便轻松地朝前快走几步，穿过马路，融进了熙熙攘攘的人流中。

2017 年 3 月 1 日写毕

锁阳

一

佩英进门前，望着门楣上同丰大药房肥硕的颜体字犹豫了一下，最终还是跨进了充满药味道的店堂。她从西药柜台这么走过去，立马有营业员凑上来热情招徕：想买点啥呀？接着是滋补品柜台，又是一连串的热情招徕。佩英笑而不答，目光低低地从玻璃柜内扫过去，顺着柜台看似毫无目的闲逛般往前走去，把店堂绕了大半圈，来到中药柜台前。这里才是她今天进来的目的地。

中药柜台不同于西药柜，不是透亮的玻璃柜台，是漆成荸荠色的老式木柜台，靠墙还有尽是小抽屉的高高药柜。一位老先生正戴着老花镜在看刚到的晚报。佩英在此站定，准确地说，是小舟停靠码头般地荡漾，往前走了一步又倒回来两个半步。她用食指尖在柜台上轻轻地划来划去。

柜台内的老先生放下了手中的报纸，眼睛从老花镜上方看着她。

佩英开口，嗓子却没发出预想中的声响，她清清嗓子，说，师傅我想配点中药。

老先生瘦瘦脖颈上的喉结滚动了一下，说，有方子吗？

佩英就从拎包中掏出一张单位的信笺，顶端的单位红字已被细心地裁去了。

锁阳。老先生接过方子看了半天，喉结又一阵滚动，轻轻地读出声来，又从老花镜上方看着她问，吃的人年龄多大呢？

佩英觉得他的目光如两把锥子，刺破了她貌似平静的外表，瞬间已了解了她的全部，脸便从耳根处热起。她似乎看到了自己的脸红，脸就更热了。她说，三十来岁吧。

老先生起身，从身后的药柜内拉开几个小抽屉往外抓药。用精巧的戥子往摊开的纸上称药。称罢药，又从老花镜上方看了她一眼，佩英赶紧低下脸来佯作看结算单，匆匆到账台付清了款拿了药就往外走，怕老先生会再进一步问什么。

佩英走出药房，乍一看，似乎满大街的人都盯着她看。她下意识将盛放药的无纺布口袋的袋口拽紧了，骑上电动车回家去。

回到西河头的家里，就按着方子将一味味药放入大肚磨口瓶内，最后放入锁阳，然后开了两瓶粮食白酒，灌入磨口瓶内，轻轻摇动瓶体，瓶底的药材就冒出一连串泡，一个，二个，三个，四个……佩英脸上就有了几分欣喜，这是事先想好的，如果酒倾倒入瓶，瓶底若有泡冒出，又恰是偶数的话，那么这药酒一定会起效的。

她把盛放药酒的磨口瓶放在餐厅酒柜里，做完这些她就在沙发上坐下来，给何晨发了条短信，问他今晚是否回家吃晚饭？如果回家吃晚饭，她就要开始准备晚饭了。

二

她和何晨结婚大半年来，除了那个事不尽如意和他每晚回来太晚外，应该说他们的婚姻是令她满意的。

她和何晨是中学的同学，但他俩的结合并不是在校时设定计划、拍板定局的。她和他都经历了各自不幸的婚姻后才走到一起的。

她与陈士度结婚前两个月，不知谁操办起中学同学聚会，她正忙着筹办婚事，与之要结婚的陈士度不是她心目中的理想人选，只是年龄不饶人，家中长辈催着她赶紧成亲，觉得陈士度人还算忠厚本分，给人有安全感，比起其他介绍的对象要好得多，想想不管怎么样，女人总是要嫁人的，她才与他一起走进民政局婚姻登记处登记，领了结婚证。所以，虽筹办婚事，却没有常人应有的喜悦，接到同学会的电话通知，本不想去的，也因那婚事不是令人很爽，她想就权作一次散心吧。就这样，佩央去了。

同学会是在油泵研究院的招待所进行的，选这地方，是因为有位同学在招待所当负责人。大家陆续到了那里，寒暄一番，时间也到了该吃饭的时辰了，于是就入席，唏里哗啦地落座，组织者就是那位招待所的负责人说，还要留个位子，把上座留出来吧，有人公务缠身要迟到一会的。

大家就问，谁呀？

组织者就说，他呀，算是我们同学中混得最好的一位了。以前基本没参加过同学会，这次我给他打了几次电话，我说你不来，是不是嫌弃我们这批没你混得好的同学哇！给他把话都说死了，他保证肯定到的。

说的是何晨吧？听说他在给市委领导当秘书。

哎，听说他生活上不是很顺利，前几年和大学的学妹结了婚，生了个儿子，儿子才上幼儿园，终因那个女的是北方人，生活习惯和性格上有许多不和谐，两人离了婚。那个女的回北方老家去了，儿子归他，他也真不容易的，既当爹，又当妈，事业上倒是蒸蒸日上的。

说话间，组织者又给何晨打了电话，催他赶快过来。电话那头何晨压低了声音说了一句什么，这边没听清，电话就搁了。组织者就慌了，说不该又不来了吧！片刻后，就收到何晨发来的一条短信：会议还没结束，会争取过来的，你们先开始吧。

大家就举杯动箸，嘻嘻哈哈地调侃、敬酒，也聊到各自的工作和生活。同学们大多已经成家育子，为人父母。而席间问到佩英时，她没有如实说起不久就要举行的婚礼。除了对这段姻缘的不中意外，主要是她没有请在座同学赴宴的打算。她含糊其辞地说了一句，慢慢再说吧。

有女同学就说，是你眼界高吧，越是条件好的人越容易拣僵。

哪里呀！佩英有点后悔来参加同学会了。

组织者识时务地举起酒杯说，这样吧，我们在座的帅哥男同学敬敬在座的全体美女同学，来，走一个！正在这时候，组织者的手机响了。他拿起一听，说啊呀呀，全体同学都在翘首以盼哇，我下来接你。他放下手机，赶紧要服务员整理一下空着座位的桌面，又关照再加几个时鲜蔬菜。他就跑下楼去，一会笑呵呵地就把何晨接上来了。

组织者说，领导工作繁忙，能来已是我们的荣幸了，但规矩要有的，你先填点肚皮，再奖励一杯酒吧。

何晨倒也爽快，端起酒杯说，我先认罚一杯吧，敬敬各位同学！说罢，一饮而尽。

组织者用公筷给他夹菜，说快吃点菜填填肚皮。何主任，我要给你出题了，在座的同学你是否都认识，能否都叫出名字来？

有男同学起哄：叫不出名字的，罚一杯酒。

何晨微微一笑，我试试吧。他按顺时针方向一个一个试着指认同学，基本都对了，但有两位同学张冠李戴口误了，为此又喝了一杯。喝完这杯，何晨没按座位的次序来，就直接坐到佩英那儿，说这位我一直记得的，束佩英！不仅能叫出你姓名，而且清楚记得你那时梳两根刷子辫，你那时乒乓打得特别好，我在出黑板报时经常偷偷看你打乒乓的。

同学们都欢叫起来，说怎么今天才知道有这段恋情哇！

佩英没一点准备，闹了个大红脸。她回想不起任何一点有关他示爱的蛛丝马迹。那时中学生谈恋爱是视作思想品质问题，是绝对封煞的。

同学们就闹腾起来，要求他俩喝一个交杯酒。佩英将头埋在两条胳膊中间，坚决不从。

何晨就说，这样吧，如果喝交杯酒呢，我今晚就只能喝这么一杯了，交杯酒是感情酒，是要从一而终的。但如果不喝交杯酒呢，今晚我还能陪同学们多喝几杯，你们看吧！我看还是不要为难束佩英了。

他一下就掌控了场面，同学们都愿意选择让他多喝几杯，这样喝交杯酒的事就搁下来了。

佩英从难堪中轻易解脱了，感激地看了他一眼。

热络的同学会，因添了这段说笑而更热闹了。有道是天下没有不散的宴席，酒足饭饱，该说的话也说得差不多了，还是何晨打住了话头：怎么样，你们继续谈，我要先走一步了。边说边已作起身状。

组织者接过话头说，你是大忙人，其他同学要留下继续说说话的，就再坐一会。

这么一说，就有几位同学也纷纷起身，说时间也不早了，该是回家了，家里要等的。佩英也在起身的人数中。

组织者就说，束佩英你也急着回去？

佩英浅浅一笑说，家里有事的。

组织者是拎得清的人物，说，何主任，你方便捎束佩英一段？

何晨说可以哇，城市不大，不管到哪，车轮一滚都很方便的。

那么何主任，我们就把佩英交给你喽，你可要负责到底了。

何晨也爽直地笑说，放心放心，我保证完璧归赵。

开始佩英还坚持要自己乘公交回去的，但拗不过送她上车的同学们，也不好辜负何晨的热情，坐进了那辆黑色的皇冠小号牌公务车。前排有司机在，他俩坐在后排。佩英开始还担心，何晨会问她家庭孩子之类令人头痛的问题，有些提心吊胆地扭头看着车窗外。

何晨似乎知道她的心病，只字不问她的情况，随口说起他上幼儿园的儿子如何乖巧可爱，并把手机中的照片递给佩英看。

佩英绷着的心就松弛下来，偏转脸去看手机，说，这是你儿子吗？虎头虎脑的，一定也很聪明！

这么说着话，很快就到佩英的家门口。对于他俩来说，这次搭车不是终点，而是起点。从没联系和往来的他俩开始有了联系。

何晨无法按时下班几乎是常态，平时都是靠他老母亲去幼儿园接孩子的，但有次老人病倒了不能去接孩子，何晨试探着给佩英电话，问她是否能帮忙去幼儿园接他儿子，佩英爽快答应了。

这成为他俩最终走向婚姻殿堂的开端。

三

佩英坐在沙发上，给何晨发短信后过了十多分钟，才接到他的回复：在接待任务上，有饭局，你接小老虎回家。

佩英已习惯了这样的状况，就给娘家打电话，计划着回娘家吃好晚饭后，再去何晨母亲家接小老虎。娘家的电话响了好一会，才有人接。一听，是她妹妹呱呱脆的声音：啊哟，阿姐呀，我正在给娘拔火罐呢，你回不回来呀？

佩英说，哟，你在家呀，你给娘说，我回来吃的。

这么说来，姐夫今晚肯定又有应酬，又不在家吃喽！

佩英放下电话，到镜子前梳洗了一番，做出门前的必修功课。

镜子里的自己竟有了双下巴，真提前发福了？看来日子太安逸了，安逸得如玻璃鱼缸里的热带鱼。真的，除了那事，什么都安生。反差真是太大了。在前面那段不堪回首的短暂婚姻没解脱前，她总是提心吊胆的，怕人提及。总觉得就如沿着街边的屋檐下小心翼翼地前行，沿街楼上不知哪个窗口会突然将洗脚水倾倒下来，把她溅得满身腥臭和污糟。

她与陈士度，是通过媒人介绍认识的。那时她对男人似难产生激情来，思忖凡男人都是大同小异的，既是这样，不如找一个厚道老实的男人，有点安全感，过日子踏实。这样就找了陈士度。陈士度在客运公司开苏北的长途班车，自确立恋爱关系来，他们习惯每周碰一二次头，碰头无非是去刚开张的城市综合体的楼下，吃过一两次肥牛火锅、酸菜鱼，再去楼上的影院看几场电影。恋爱谈得清汤寡水的。陈士度有时从苏北捎点山芋、草鸡蛋之类的农产品来，中秋节送点月饼、老酒，过年送条大青鱼、一只猪大腿。

就这样，双方父母都催着他们成婚，佩英犹犹豫豫的，勉强与陈士度结婚登记，婚事正在筹备中，婚姻之车虽缺欠动力，却在各种外力推动下向前行驶，已无法刹车，也无法改变运行方向。恰在这时重逢了何晨，让佩英看到了希望。

婚礼前几天，单位组织职工献血，佩英不顾同事们的劝阻，报了名，献了血。新婚之夜，眼看着新郎新娘就要进入洞房了，娘心痛女儿，就泪光莹莹地对女婿说，士度哇，佩英刚献过血，身体弱着呢，你要体贴一点的喔。

士度咧着嘴，听话地点头。

那个初夜，两人一夜无话，各自睡各自的。士度本有点惧怕佩英，加上奉了岳母大人的旨意，就更不敢冒犯她了。第二天一早，佩英起床梳洗罢了，就收拾一下包裹回了娘家。这一回，就是一二个月，起先陈士度来过岳母家几次，请佩英回去。

佩英没给他好脸色看，说，要回你回，我要冷静一下，好好想想我俩的事。

士度只能是空手而归。

新娘不住新房住娘家，此事引得好事者好奇，就转弯抹角地来打探。妹妹佩芸就为姐姐鸣不平：这有什么好问的，我姐洞房等于没进哇，还是黄花闺女的身子哇！

这话就此传开去，待传到陈士度耳里已是添油加醋成了“陈士度是个无能的男人，老婆还是黄花闺女”“陈士度不能满足老婆，所以老婆住娘家”。

陈士度周围的兄弟不答应了，怂恿他：陈士度你人再老实厚道，也不能咽下这口气哇！说你无能，你就要证明给她们看，你到底是不是有能力的。还有喜欢打抱不平的兄弟说，士度啊士度，你不觉得丢脸，我们还觉得脸上无光呢！我们不能袖手旁观，你好心没好报，我们必须为你讨回这个公道。

那天轮休，中午一帮兄弟与他在小酒馆喝酒，一边为他鼓劲打气，一边在他火上浇油。酒一直喝到下午，已到了佩英下班的时间。兄弟们说，是雌是雄，索性就在今天见个分晓！

士度，别怕，有我们在一旁为你撑腰呢！她是你明媒正娶的合法老婆，怕张卵哇！

陈士度带着一身酒气，守候在佩英下班的路上，堵住了她。他借着酒胆说，你、你跟我回去！

佩英横眉立目地说，我不去！

借着酒劲，陈士度没了往日的胆怯，吼着：你是我老婆，我要你跟我回家去！

佩英一看势头不对，就向路人求救。这时，陈士度的那帮兄弟就对围拢来的路人说，没什么好看的，人家是小夫妻吵架。

夫妻船头吵架，船尾搭腔，旁人别多管闲事。

本想围拢来的行人又退了回去，眼看着他们一干人将佩英带走。

佩英被带回新房。

房门关上了，那帮兄弟在门外说，士度，她是你合法老婆，你们是合法的，你到底有没有用，证明给她看！别怕，我们就在门外。

佩英一看不对，就惊叫：陈士度，你想干什么！

陈士度喷着满嘴酒气说，你是我新娘，是我老婆，我要你！说着，强行把她的双手捆在床背上。

佩英一看，再强硬已无济于事，就换了口气说，士度，我们好坏夫妻一场的，你不能这么对我。

陈士度说，你要相信我，我真的能行的，我会好好把你爱个够！

士度，你放了我，我对你说实话，我俩已没感情了，不瞒你说，我心中已有了人。求求你放了我！佩英哭泣起来。

静默片刻，陈士度咆哮起来，你是我的，谁也别想要到你，今天我要定你了！

佩英呼天抢地哭叫起来。

这次婚内强奸的结果，自然是两人的离婚。佩英向法院提出离婚起诉，后在法院调解下，协议离婚了。陈士度是极不情愿地在协议上签了字，直到离开都不敢抬头看她一眼。

四

时间是医治心灵创伤的良药，全新的婚姻又何尝不是治愈伤口的良药呢！出了与陈士度的事，佩英没有在第一时间告诉何晨，过了几个月后，佩英才告诉何晨。

何晨很有绅士风度地当即表示，佩英，这事你怎么不告诉我呢？你应该相信我，我会以我的爱来弥合你心头的伤痕。

佩英与何晨结婚了，时间距与陈士度离婚后大约半年多。

佩英进入了一个全新的生活，担当起全新的角色。她认真当起家庭主妇来，操持起家里的一切。何晨身上、连同他儿子小老虎身上一年四季的穿着，都由她操办。何晨工作忙，婆婆那边的冷暖也都由佩英经常前去过问。何晨换下衬衣时，总是关照说，放洗衣机洗洗省事。她看着衬衣领子上的那些商标，先驰、普莱诗、杰尼亚，舍不得放在滚筒洗衣机里洗，都是小心地手洗的。她知道好多品牌的衬衣不是参加会议由会上发的纪念品，就是随领导下去调研时人家送的。将这些衬衣洗净后，佩英摊开烫衣板用电熨斗熨烫得笔挺，然后叠好，每天早晨何晨起床后，都要提醒他换衬衣。除了衬衣，还有何晨的皮鞋，也是佩英经常关注的，要隔三差五为他擦得锃亮。

佩英认为，一个在公众场合抛头露面的男人，首要是须穿着得体体面面的。一个男人走出去，穿着得体与否、整洁与否，不仅是这个男人的脸面，也是男人背后那个的女人的脸面。都说是男人身上带着女人一双手，男人的穿着，体现着女人的勤快和品位。而最能体现这些的，是男人的衬衣领子和皮鞋。男人走到人面前，不用开口，一看领子和皮鞋就知道这个男人的家庭情况和品位，基本是八九不离十的。

何晨上班穿的西服只有那么一件，他盯着穿，胸前的里衬已有些起皱了。佩英说了好久，要给他置办一件新西服。

何晨笑笑说，让你受累了，马马虎虎穿穿算了。

佩英说，等你有空我们一起上街去。

何晨说，随便找爿服装店挑身合适的成衣，穿了一付钱就跑，省事。

佩英说，不行，西服一定得量身定制才合身，才妥帖的。穿在身上才气派，才能体现精气神。

当领导的秘书，节假日、双休日都难得捞到休息。每天也难以按时下班，晚上不是陪着领导有接待任务、应酬，就是在办公室赶材料。有时晚上连夜开会，领导讲几个要点，当秘书的要准确领会，把握住领导的精神，连夜整出材料来，第二天早晨一上班就交到领导手中。

上个星期天终于捞到半天有空，天也晴晴朗朗的，佩英的心情也像天气一样阳光灿烂，就和何晨带着小老虎一起去市中心的商业繁华地段。店家是佩英提前看好的，店招牌上写着粗壮的艺术字：佛罗伦萨洋服定制。

佩英说，西服就是西服啵，还干吗偏要弄个“洋服”嘎？

何晨笑说，这你就不懂了吧！最省力的创新，说白了就是提法的创新、说法创新和定义的创新。

佩英说，多此一举，反而弄复杂了。

何晨难得与家人过星期天，心情也特别好。他说，你在手机里没看到一个段子？现在乞讨的改叫众筹，算命的改叫分析师，八卦小报改叫自媒体，统计改叫大数据分析，忽悠改叫互联网思维，办公室出租改叫孵化器，放高利贷改叫 P2P……

佩英笑说，去你的！你们大秘书写材料，整天就是这样玩概念的吧？

进了店堂，他们在料子架上挑了一种黑色的精纺呢料，接着就请裁缝师傅量尺寸。佩英让何晨把外套脱了，说这样量的尺寸才合体，否则西装穿在身上像罩了一口钟。

裁缝师傅说，一听就知道，你太太是很有见解的哇！

大师傅好眼力哇！何晨以立正的姿势站在地中间，一动不动地让他用软尺在身体各部位丈量。量至背部，师傅说，你背有点驼了，年纪不大，估计你是长年坐办公室的吧？我会给你做些尺寸调整，可以弥补得看不太出的。

店堂的一切对于小老虎都是新奇的，但他不像调皮的男孩东转西转。他谨慎地站立原地，仰脸细看竖在店堂内的塑胶模特儿，后退时不小心差点把另一个塑胶模特儿撞倒了，幸亏佩英手扶得快。

佩英说，小老虎当心哇，摔坏了，要把你押在店里作赔偿的哦。

裁缝师傅说，说我好眼力，一点不错，我一眼就看出这孩子长得像妈，你看，特别是眉眼。裁缝师傅边说边用目光在佩英和小老虎的两张脸上来回扫描。

是吗？佩英兴奋得脸色发红发亮，抚摸着小老虎圆圆的脑袋，也忍不住低下脸去细看孩子的眉目。

小老虎被看得害羞起来，一头钻在佩英的怀里。

佩英确实想与何晨能怀上一个孩子，最好能是一个女儿。都说女儿是小棉袄，贴心。他们已经有了一个儿子了，再有一女儿的话，那么就是品种齐全了哇。

偏偏是事不遂愿。

五

佩英回到娘家，除了娘为她要做这做那好吃的忙碌外，就是妹妹佩芸兴奋异常，围着她身前身后的忙乎。一来是妹妹与姐姐的感情笃深，姐姐前一段不幸婚姻让妹妹心痛，二来是现任姐夫的体面，让妹妹的虚荣心得到了满足，因此对姐姐的生活充满了好奇。趁娘在厨房忙碌，佩芸盯着佩英的脸看。

佩英看到妹妹以这等目光瞧着自己，就羞涩地惊怪道：做什么那样看着我？

佩芸索性将脸贴近去，额头抵住了姐的额头，用调皮的双目顶住了她的双眸，使她无法躲避。佩芸耍赖般地说，快坦白，和我姐夫怎么样？快坦白，分享一下！

佩英擂妹妹，死丫头，你想分享什么？

你们的激情，你们的浪漫，你们的幸福！从实招来，否则大刑伺候！佩芸撮起两只手的手指，在嘴边呵着，就直奔佩英的胳肢窝而去，要挠痒痒。

佩芸的手还没到，佩英就先咯咯地笑了起来。她笑喘了气，你这个疯丫头，耍流氓呀！

佩芸不依不饶，非要她说实话。佩英就说，我说我说，你让我喘过气来。佩芸就止了手。

佩英喘平了气，理理了衣衫和头发说，和你姐夫好着呢，只是他每晚要半夜才能回家。

佩芸说，难道他在外面有“情”况？不会吧？

佩芸见佩英先是耳红起来，接着整个脸颊就如敷色的宣纸一样渲染成了一片红，在妹妹眼里这自然是姐姐幸福的羞涩了。而从佩英来讲，有人问起他们的婚姻，她就会觉得别人已洞察到他们婚姻不可言说的隐秘部分，耳就不由自主地热起来，这种局部的燥热又扩展成全体的脸热。

与何晨的新婚之夜，佩英是怀着感激之情的，感激何晨对她不嫌不弃。对新婚之夜又是有期待的，何晨这么有文化、有思想的人，她想他一定是会温柔有加，他那份情深意重是会有层次、有节奏地表现出来的。可佩英心里一直有份担忧，怕因被强奸而沉淀在心灵深处黑簇簇的残渣，会在新婚之夜被触动，升腾弥漫开来，影响她与何晨初夜的质量。为了排除婚内强奸给她心灵带来的阴影，能毫无旁顾地迎接何晨，保证有一个高纯度的欢愉之夜，婚前她特地去找了心理医生。

从报纸中缝的小广告里，她找到这个心理医生的电话和地址。她犹豫再三，躲在护城河边小公园的树丛里拨通了电话，吞吞吐吐地说是为一位朋友咨询的。医生似乎明白是怎么回事，说这样吧，你让你那位朋友直接到诊所来当面谈吧，让你那位朋友放心，给当事人保守秘密是心理医生的职业道德。

佩英戴了一副太阳镜，还戴了妹妹的贝蕾帽，在附近的公共厕所穿戴时，从洗手池上的镜子里照见自己这副女特务的模样，自嘲地用四个手指轻轻拍打自己的脸颊。她按地址走进一个居民小区的大门，然后按保安的指引，找到小区沿街房背面的一扇门，揿响了门铃。

经过半天谈话诊疗，当她离开那儿时，心头好似放下了一块沉重的石头。医生说，强奸她的人当时与她还是夫妻，因此这事处于传统伦理道德范畴的模糊边界上，伤害程度取决于她的认知，只要调节好心理，她的情况还是可控的，一个高质量的新婚之夜还是可期待的。

走出那个小区大门，那个指路的保安盯着她看了一眼的，佩英透过太阳镜镜片还看了他一眼，嘴角不由得翘了翘，挂上了一个微笑。走出那个小区时，她想起一个不太贴切的文学人物和细节，那个人物就是祥林嫂，以及她去庙里捐了门槛后如释重负的心情。

为迎接新婚之夜，佩英悄悄作着各种准备，包括洗涤清自己的心灵。觉得只有这样，她才能配得上何晨。

那晚进了洞房，何晨本已进浴室洗澡去了，又折回来取手机检查电池，插上充电器给手机充电。洗完澡出来，已坐到床上，又突然几步跨到窗台前检查手机屏幕。

佩英问，今晚还会有电话哇?

何晨自讽地摇头笑笑，嘿嘿，有病了有病了，半天没听见手机响，就会担心有无信号。

一丝阴影掠过佩英的心头，稍有不爽。

他们上床一番温存后，佩英觉得身心的花蕾都已绽放，她全力舒展开花瓣，等待着蜂鸟尖锐的长喙探采花蕊中的甘甜花蜜。但这样的时刻一直没等待到，再看何晨已心灰意懒翻身躺下。

佩英贴近他脸柔声问，你怎么啦?

何晨紧闭着双眼说，唉，看来今晚我不行了。

佩英安慰他，没事的，你累了，今天就早点休息吧。

他们就这样静默着，足有半个多小时，佩英以为他睡着了，就轻轻放开他，给他盖好被子。

何晨突然说，佩英，对不起了。

佩英低低说，来日方长，不急。

六

如果说男人是女人认识世界的一扇窗口，那么陈士度和何晨是佩英认识世界的两扇不同的窗户。这两扇窗所呈现的两个不同世界的差异，让佩英心生狐疑。

她和何晨毕竟不是两小无猜的初婚，各自有过的经历使他们都不再是一张白纸。她不明白什么工作会使何晨这么没日没夜忙碌，什么忙碌的工作能让一个男人不知厌倦地热衷于此。佩英不想就此糊里糊涂地度日，想弄清楚这其中的曲折原委。

终于有了机会，佩英又接到何晨不回家吃晚饭的短信。她下班回到家里发现他有一串钥匙忘在书桌上了。钥匙一个个看过来，都不是匹配家中门锁的。钥匙对应的每扇门后，都会是一个秘密的世界。每把钥匙，都有可能是一个故事。这就促使她下决心迈出探究的一步。她草草扒拉了几口饭，既没给何晨打电话，也没给他发短信，就梳洗一番出门去。

比起白天的人来车往，夜晚的市委市政府大门口清静多了。白天雄纠纠站立在大门两边的武警哨兵已经下岗了。听何晨说过，地市级的政府大门本是不够武警站哨的规格的，为了展示形象，由市财政每年支出一笔费用给武警支队，再以变通的名义让一个班的武警驻守在政府大院，负责每天站哨。哨兵完全是站着摆样子的礼仪兵，只对一百号以内车牌号的小车敬礼，人员进出大门还得找传达室。

佩英走近传达室的窗口，说是找何晨的，来送钥匙。为了证明动机无假，她还特地哗啦啦地举起钥匙串。

传达室坐着两人，一个在窗口桌边，一个在里面在埋头看报，听到她说找何晨，都抬头看了她几眼，目光里似乎有些内容，仿佛都是知道她的。他们热络地说，哦，是何主任家属，去吧去吧，在五楼。

佩英往里走。大院竖着光秃秃旗杆的广场上，黑黝黝的，远处的黑暗之中，高高低低闪烁着好多红星星，一亮一暗。佩英惊讶了，这发亮的红星星是什么呀？朝前再走几步，恰好这时大门口驶进一辆小车，车灯的光束扫射过来，才看清那里停着一溜排黑色的小车，反光的车牌号都是两位数的小号码。车旁站着蹲着好多司机，都吸着烟，在黑暗中打量着从门口走来的人影。佩英这才明白，闪烁的红星星是这些司机吸的烟。看来，这些为领导开车的司机，都在静候不知何时下楼来乘车的领导。佩英为这些司机操起心来，都是有家有口的人，若是每晚这么没完没了等领导，这日子还能过吗？

她进了门厅，见挂着总值班室牌子的窗口亮着灯，有人在窗口边捧着茶缸喝水，边从茶缸上方看着她走进电梯里。到了五楼，出了电梯迎面第一间就是会议室。门露着一条缝隙，烟雾从门缝里飘散出来，飘散出来的还有一个人大声的说话声。

这说话的人，语气短促，很硬，好像是在批评什么人的贯彻力不强。开会嗓门喊破，一到真正贯彻落实，就疲软。

疲软两字很扎耳，佩英听了心头一惊，就为何晨担心，若是他此刻也坐在里面开会，听了这两个字，心头会是怎样的反应？

佩英不知道何晨在哪个办公室，就顺着走廊走过去。好多办公室门上方的气窗都透着亮；敞着门的，光波泄到走廊里。哗啦哒，哗啦哒，桌面印刷机在赶印着什么文件，纸张有节奏地吐出来。电脑键盘在嘀哒嘀哒响。走过敞着门的办公室，她还特地往里瞥一眼，瞥一眼，在加班的有男有女。似乎女的还都年轻。有个女的抬头看着她从门前走过，还起身倚在门边从后面盯着她看。

走廊尽头是卫生间，她闪进卫生间的门，照例先是男女共用的盥洗室。佩英既走到此，也就打开了水龙头装着洗手，又对着镜子理了一下头发。她想以此消磨一些时间，让身后盯着她的那双眼睛打消怀疑。她揣摸着如厕所需的时间，东瞧西看，发现这个装修得如星级酒店盥洗室的洗手池下方，极不相称地塞满了用过的菜碟汤盆，上面还沾满了饭粒菜屑油腻。她不解，机关食堂一日三餐听说不错的，怎么在这里会有这么多吃过的饭盆菜碟？她把所有的碟盆罐碗全部端进了洗手池，用洗手液和擦手纸洗了起来。她似患上了心理强迫症，看不得有这么多油腻肮脏的碗碟堆放在面前。

正洗着，身后有个女声问道：请问，你是哪里的？

佩英扭头一看，就是刚才盯着她看的那个女人。佩英也打量着她。先从脸，再到胸，再看腰。

那个女的被她看得不自在起来，就皱起眉来，眼看就要发作。

佩英说，哦，我是找何晨的。

那女的脸就立即舒缓，原本被拉长的线条就朝横向舒展开去，眉眼也就弯弯的了。哦，是何夫人吧？啊哟哟，油腻腻的快放下吧，别洗了。都是同事们加班，没时间去食堂，错过了用餐时间，打电话从大院后面的小饭店要的外卖。放着，一般过几天饭店的人会来收集的。

那个女的陪佩英来到走廊那头的会议室门外，朝门内探了一头，过了片刻何晨就出来了。

何晨刚压了嗓子问，什么事？就看见了佩英，很吃惊的样子问：你怎么会来？

那个女的按着嘴笑，开始我以为何夫人是机关管理局新来的呢。

何晨口气就有点不耐烦了，什么乱七八糟的，书记正在里面讲着话！

那女的赶紧低下头离开了。

佩英到包里去翻钥匙，发出稀里哗啦的声音来。何晨怕她发出的声响会传进会议室，就把她拉到一边：黑灯瞎火的，你怎么会不言语一声就来了呢，吓我一跳，还以为家里出什么事了。

佩英终于找到钥匙，交到他手中，红着脸结结巴巴说：怕没了钥匙，会耽搁你的事。

啊哟，这是会议室、会客室、文印室的备用钥匙，其他人手中也有的，不耽搁任何事。

佩英指指门内，你们每晚半夜半歇地不回家，都是这样开会？

何晨苦笑着说：能早回家，谁愿意这么“熯”在这？

七

每天，佩英都要打开酒柜，晃动大肚磨口瓶，让浸泡的药与酒更均匀相处，加速药与酒的相融。她凑上鼻子吸动着鼻翼，闻一下酒的香味，掌握着药酒泡制的进度。这药酒里寄托着她对美满生活的希冀。她不相信外面各种打着中医藏医传统医学牌子、纳米高分子现代技术牌子的壮阳药，也不放心那个全球著名的蓝色小药片，不是怀疑药的真实成分含量，就是担心药有副作用。何晨身体的健康是她幸福和未来的保证，她决不会只顾眼前一时之快而杀鸡取卵，给他的健康留下隐患。她到处打听，觅得民间一位老中医，讨教于他，是这位胡子拉碴、一派邋遢的老郎中给了她这个方子。正用小酒壶啧啧有声呷着酒的老郎中接过佩英的诊金，抹一把胡子说，放心，这方子管用着呢，一定药到病除，定让他金枪不倒！

有关泡药酒的前前后后，都是背着何晨进行的。佩英一直在考虑，此事如何向何晨启齿，让他配合服用。如实向他说，有这么一个方子，如何神奇，要他按时按量服用，保他变成猛男？肯定不行，这等于在说他必须借助药物，才能成为男人。这是何晨的自尊心所不能接受的。考虑来，思量去，佩英也没想出一个好办法。就这样一个星期过去了，药酒呈出琥珀色，按老郎中的说法是可服用了。

就在这时，天易良机。那天下午何晨给她发短信，说领导去北京开会不在本地，他今晚回家吃饭。佩英接了这个短信，如过节似的，向单位领导要求调休两小时，提前回家，去菜场买来小菜精心烹制。

何晨虽比平时早进家门，一掷上班用的皮包，一屁股坐在沙发里，却是一脸的疲惫。佩英把烧好的菜从厨房端出来放到餐桌上，他只是说了一句，我来端吧，嘴虽这么说，却不见他挪窝。

佩英说，不用的，你歇歇。

炒了五个菜，煲了一砂锅扁尖虫草老鸭煲，放了满满一桌，立即氤氲起浓郁的家庭气息。

何晨似乎被这气氛所触动，起身去帮着拿来筷箸汤勺。

佩英不适时机地说，难得在家吃饭，反正有菜，喝两口？

何晨笑笑，好哇！

佩英又说，你在外面茅台、五粮液好酒喝惯了，今天让你喝喝没喝过的酒。说着就去酒柜内取酒。

何晨叮着追问：哟，你还藏着好酒？

佩英递上一盅泡的药酒，你先尝尝对不对口味。

何晨偏着头低下视线来看那透过玻璃酒盅的琥珀色，端到嘴边，撮起嘴唇咂了一口，眯了下眼睛，在品味这酒下肚时的感觉。

佩英盯着看他脸上的表情。

酒的色泽，酒从舌尖流淌至嗓子眼时，与敏感的器官粘膜的接触，何晨已品出其中的滋味来了，知晓酒里浸泡着妻子的一片苦心，再睁开眼睛时有了泪花。他掩饰说，唔，呛了一口，呛出泪来了。好酒哇好酒！

佩英在内心松了一口气，说，这是给你泡的养生酒，以后即使你不在家吃饭，每晚临睡前，都喝这么一盅。

何晨点头应允。

佩英不喝白酒，倒了小半杯红酒陪他。边喝边聊起家常。趁着小老虎今天在奶奶家不在身边，佩英说，小老虎是个乖孩子，但作为男孩子是否太文弱了，看到报纸上有过报道，说现在孩子的教育雌性化，从小与奶奶、外婆一起的多，幼儿园、小学的老师又一路的是女老师，这对孩子，特别是男孩子的性格塑造不利。看来我们以后还得有意识培养他性格中阳刚的一面。

这是一个社会问题。何晨叹了口气说，怪我工作太忙，没更多的时间陪他，对儿子教育上无法多付点精力。一是对你，二是对儿子，这一直是我心头之歉疚哇！

几杯酒下肚，何晨话就多了起来。当着老婆的面，他说起秘书这饭碗不好端。不仅自己累，还连累了老婆孩子。他大学同学在外资企业当了个中层，双休日、节假日都是能休到囫囵假期的，偶尔节假日里老板有急事来个电话询问一点工作上的事，老板要为占用了员工的个人时间千道歉万赔礼的，让人感觉到对人的尊重。不仅有做人的尊严，而且待遇也不低。不说年薪收入，就是每回出差，规定他们必须住四星以上或住当地最好的酒店，以维护企业的形象。我们秘书这职业真像北方那句俗语，驴屎蛋子外面光。工作时间不保障，占用你休息时间是完全应该的，没人向你致歉说句暖心的话。你不能有自己的思想、个性，没有自己的时间，一切都是以领导为中心。整天看领导的脸色哇！难怪有人把我们这一行称为“公公”。

佩英安慰他说，应该往前看吧，跟在领导身边工作虽说辛苦，但能学到好多，还有前途。

何晨哈哈大笑起来，朝她摆手，大错特错了，你千万别指望哇！没日没夜地跟领导几年，最后领导安排你去块面上或条线上当个副职，正职是当不上的，你看吧，历年来各任领导秘书的归宿，基本是没有当正职的。也许是后任领导对你这个前任领导身边的秘书，不会彻底信任的吧，总觉你是前朝的人。

佩英把他手中的酒盅要收走，何晨不放手，说今天要喝个舒坦。他举起酒盅，老婆我敬你一杯，让你跟我受累哇！我本事不大，我无能。整天周旋于领导之间，既不能显示我无能，又不能显示我太能，要照顾到四周，要考虑到各领导的特点。书记说要借鉴国际大城市的发展经验，把我们这城市打造成创意产业基地；市长说我们这个城市定位应考虑历史和现状，还应该是制造业基地。你说我们这号秘书应该怎么办？

佩英以妇道之见说，书记、市长谁大听谁的哇！

不错，但书记他在这个城市能呆多久？他一走，保不定就是市长接任，我们还得留在新领导手下过日子哇！

不知是酒精起了作用，还是酒中的药性起了作用，何晨把脸搁在佩英的肩膀上，眼睛有点睁不开了，看上去就有了一点色眯眯的样子。佩英，老婆，不管在哪位领导手下过，我首先要在你手下过哇。你是我领导哇。

咯咯咯，我是你领导！佩英觉得他的身体在往她怀里靠，心中就一喜，莫非这药酒真的就这么灵验！喝这么一回就起作用了？扶他进房间，让他躺上床去，给他脱了鞋，刚俯下身去把他头放正在枕头上，何晨趁势就搂住了她，一滚就把她压在了床上，喘着粗气在她的脸、唇、脖颈上狂吻一气。

佩英浑身泛起热潮，气也喘了，幸福之河的涓流在全身血脉中漫延流淌。她在心中轻念一句：上苍到底是公平的！

就在这时刻，手机突然暴响。手机是在他脱下后扔在地板上的裤袋里响的，响得如夏天的雷暴一般让人心惊肉跳。

何晨立即软瘫了下来。

手机固执地响个不停。

佩英叹了口气，也平静了下来。她爬起来，光着脚，踮着脚尖踩在冰冷的地板上走过去，在裤袋里掏了半天把手机拿了过来，递给何晨。

何晨的酒意全然没了，又恢复往常一样，完全又变成了平日的何晨。他把手机贴上耳朵，很理智地开口，喂，哪一位哇？

书记虽去北京参会了，但他平时有审稿的习惯，凡涉及他的报道，不管时间多晚都要经他亲自审定，而书记的夜晚永远是忙碌的，不是公务会见宴请，就是安排了会议，常让报社夜班的同志因一篇稿件的缺位而无法付印。今天上午书记飞北京去之前顺道视察了空港产业园，就发展高新技术在现场讲了话，记者写了稿件却因书记不在本市，不知该请谁审稿把关，报社值班总编就电话请示市委秘书长，秘书长说上午他未能随行，对情况不了解，让书记的秘书审稿吧，于是值班总编就把电话直接打到何晨的手机上来了。

这个电话打得真不是时候，简直就是砸场子。把人家整整一星期的精心酝酿计划全都打乱了，把正在起效的锁阳药酒药性又压回原点。且这危害，不仅是危及眼前的这场刚开头的好戏，恐怕更深远的负影响还无法估量。

听说是秘书长关照由他代书记审稿，何晨一反刚才饭桌上、酒后对妻子倾吐时的愤世嫉俗，似乎头脑立即恢复清醒，高度的责任感自然而然地被召唤起来，他冲着手机话筒说，梅总，你把稿件传过来，我马上上网来看。

何晨迅速地起来，打开书房里的电脑。

趁这当儿，佩英已经绞来热毛巾递给他擦脸，又倒来一杯茶放到书桌上。做完这些，她就蹑手蹑脚地退出书房，把门轻轻带上。她想了想，又打开酒柜察看了药酒瓶的塞子有否塞紧。浸泡的药酒若漏气，是会影响药效的。

八

佩英期待着那样的夜晚能够重来。在黄昏来临时，他们夫妻可以聚在一起喝点小酒，相互倾诉，让何晨持续高位的心理压力得到减缓，或许这样，他才能轻轻松松、踏踏实实做一个平常的男人。

但这样看来最起码、最平常的要求，已是奢望了。自那个未遂的夜晚过后，连续十来天，他们再也没有过像那晚那样悠闲地相聚在一起吃过一顿晚餐。往往半夜何晨回家，为不发声音而暗暗使劲提着门推门，不敢开灯，蹑手蹑脚进入，但守候着的佩英突然开了灯，反倒把何晨吓了一跳。日长时久，佩英也吃不消了，有时等不到他回来，就先睡了。这样，何晨半夜回来，为了不惊动她，自己就睡书房的沙发上了。

虽然等待的夜晚经历了很多，但他早一点、迟一点总是会回来的，可怕的今晚，甚至是今晚起的若干个夜晚，他暂不会回来了。她倚在落地窗前，掀开窗帘，望着楼下这座城市灿若星汉的灯火，悲叹生活为何要这么作弄于她。先是陈士度，又是何晨，一个无意，却行了房；一个有情，却至今无染。

有一件事，佩英深埋心底，一直没向任何人透露。陈士度强奸她的那个夜晚，其实不止一次，上半夜是第一次，这中间陈士度用毛巾给绑着手的她擦汗擦泪，还给她喂水，看得出，他对她还是有几分情分的。陈士度躺在她身边，眼含温情地看着她。他看着看着，下半夜突然性起，又要与她强行行房。佩英又挣扎、反抗，但是徒劳的，他又得逞了。要命的是，佩英居然有了快感，甚至还发出呻吟。那呻吟声怪怪的，如在呼唤一只看似养乖了的，突然趁人不备从头顶飞掠而过逃脱的鸟，一下就冲出了嗓门，连她也惊呆了，觉得这声音是这么陌生，怎么会是自己发出的声音？但分明是她发出的，她能真切地感觉到声带在喉头振荡，而且当时快慰之潮涌上来，她完全由不得自己，仿佛叫唤是快慰不可分割的器官一样。过后，她无时不刻不在为自己的呻吟感到羞愧。常常夜深人静时，只要她闭上眼睛，耳畔还能听到自己叫唤的回声。她怀疑自己天生就是贱骨头，血液中本就涌涨着淫荡的血球，否则，怎么会被一个不是自己深爱的男人强行交合时，会心生快意呢？与何晨结婚前，她去心理医生处求医，本是想请医生为她清除一下心底沟隙里的这些沉渣的，但面对医生她最终没有勇气说出这一隐秘心事，她指望能与何晨有炽烈的情爱、性爱，以此冲淡、洗白既往留下的屈辱。而偏偏她与何晨这般地别扭，有情爱而无性爱，使得那耻辱的呻吟声有时还会在她心头隐隐徘徊。

窗外的灯火看似无声，但在每盏灯火下，都在进行着有声有色的活剧，演绎着生命、生活的意义。佩英这样深信不疑。

这时候电话铃骤响起来，把佩英惊了一跳。她赶紧跑过去接电话，还撞倒了茶几上的花瓶。她将电话手柄贴到耳朵旁时，听到自己的心在大口喘气，耳机里立即传来脆呱呱的声音，不用说是妹妹佩芸。在这样的尴尬时刻，一般人是不会贸然打来电话的，即使急切地关心，也选择着时机、琢磨着用词，再是人家弄不清何晨到底陷得有多深，住宅电话上有无监听，所以往往不会在这个时候打来这样的电话的。

佩芸急急地问：不会是真的吧，我刚才听说，姐夫进去了？我不相信！姐姐你快说，这到底是怎么回事？

佩英说，你姐夫下班没回来，纪委只给了我一个简单的通知……

啊，竟是真的！佩芸没耐心听下去了，就嚷嚷起来：姐夫是受贿，还是女人的事？

佩英突然吼了起来，她涨红了脸，眼角还沁出了泪珠。你瞎嚷嚷什么！你这张乌鸦嘴！你听我说完，你姐夫只是协助调查，被双规的是他伺候的主子，那个领导！

哦，原来是这样哇！“协助调查”对姐夫今后的前程有影响吗？

这时候还去考虑这种事哇！我倒是希望他从此没了前程，平平常常过日子，他能像个一般的男人，我像个女人。佩英继续发着火，面对亲人，积压在内心的愤慨和冤屈终于不可抑制地爆发出来。何晨他不管以哪种身份出来，我终是等他，等他！呜呜呜……她又由忿忿转为号啕，又从号啕转为泣不成声。

2015年5月5日晚草毕

8月2日修改

封面人物

出事了出事了，邹部长私奔了！

早晨刚进办公室，还没来得及打开电脑，小刘就来探头探脑，在确定办公室内除了李杰，没其他人时，他就迫不及待闯进来这么说。

李杰警觉地审视着小刘的眼神，没让自己轻易流露出对此事表态性的神情。

小刘结结巴巴说，真的真的，是他老婆一早来部里说的，她刚走。小刘到底年轻，遇事还藏不住，显得这样异常兴奋。

就这时，部办公室主任过来叫李杰，说市委常委、宣传部凌部长叫他。李杰就拿上笔记本去凌部长办公室。进门就看到凌部长坐在办公室外间小会客室的沙发里，用手指不断敲弹着茶几上白瓷茶杯盖，低头沉思。照例每天早晨一上班，常委部长办公室外间，该是像专家门诊一样挤着好几位副部长和各处室负责人，在等候能轮到进里间请示汇报的。可今天这情景，再加上常委部长弹杯盖的小动作，李杰知道，真的是出事了。

常委部长到底是位有阅历的老领导，他不慌不忙微笑着对李杰说，听说了吧？

李杰佯作漠然地看着他，问：听说什么？今天我要把下半年的工作计划写出来，凌部长有什么具体指示吗？李杰知道这一招，应是能成功逃脱了他的试探的。

凌部长审视着李杰，片刻后就又转换成温和的目光。你最后见到邹一中是什么时候？

李杰考虑了一下，说，应该是昨天中午在食堂，排队买菜，我还问他对下半年的外宣工作有什么设想，下午能否抽空说说他的意见。

哦。凌部长倾过上身，问，他怎么说？

李杰回答，他没明确答复我，只是说了句再说吧。过后到目前，还没见到过他。

茶几上，设置成振动模式的手机有动静，常委部长直起身，瞥了一眼手机屏幕。你说说看，邹一中这两天有什么反常的情况？

这是一个较难回答的问题，李杰既不想出卖邹一中，又不想陷入其中。于是作思索状说，要说反常，也没明显特别之处。外宣工作压力大，人像陀螺一样地高速运转。反常，在我们眼中也早已习以为常了。

唔。常委部长看了李杰一眼，突然转向另外话题。哎，对了，我正要问你，最近市委卢书记接受境外媒体和中央媒体采访的几次活动，怎么都没见你到场？

李杰说，我是服从邹部长调配，他去现场，我坐镇后方。他是部长，我是下属，当然听从他的安排。

哦，是这样的。常委部长下巴微微点了一下。市委书记出场，分管部长亲自去，也对的。唔，一中会这样的，我了解他。常委部长若有所思地看着李杰。一向声音洪亮的他，压低了声调，声音在他的喉头轻轻滚动。我知道你们的，你们虽一个是领导一个是下属，但外宣工作那一块是你在发挥着重要作用。有你在，我对外宣工作一直很放心的。

凌部长从军队转业到地方，是一位强势领导。工作要求高，领导艺术高，总能让每个人觉得自己是深得这位领导赏识的。他说这类褒奖话，特别是仅两人相处时，总把声音收敛到喉咙低低发出。这样，比起高声说，更能让部下感到亲切和感动。当时他这种语音的调控艺术，确实在李杰身上起到了作用，简单说，李杰激动了。凌部长扬起头，向沙发后背靠去，手轻轻拍打着沙发扶手。这样哦，邹一中失踪一事，暂不声张。你好好回想一下，近日与他的相处中，有什么线索梳理梳理，再作汇报。好吧？

回到自己办公室，李杰沏了一杯茶，开启电脑，电脑屏保图片的蔚蓝色大海翻卷着滔天巨浪。李杰想，邹一中这家伙会消失在茫茫人海的哪片浪花中呢？

邹一中是分管外宣办的副部长，李杰是外宣办主任。外宣办是市委系列设置，是市委、政府与境内外媒体打交道的主要机构，所以外宣办对外还有一块牌子是市政府新闻办公室，邹一中兼任新闻办主任，李杰是副主任。前任分管副部长调任宣传部管辖内的文化事业单位当一把手时，这个职位曾一度出现空缺，部内外好多人猜测定是李杰接替了。有人好心提醒李杰，即使是三个手指捏田螺稳笃笃的事，也应在领导面前有所动作。否则，领导会觉得你大佬佬的，仿佛提拔你是季节到了自然成熟，既没体现你对这职位的迫切向往，也没为你以后的感恩做出必要铺垫。说是生命在于运动，提拔在于活动。李杰只笑笑说，我才疏学浅，听天由命吧。从部内现有干部资源看，凭李杰的资历、能力，接任这一职位照例是顺理顺章的。但在分管副部长空缺两月余后的某天，常委部长打内线电话对李杰说，你来一下。李杰以为又要布置新任务。这样的召见太多了，往往是又一阵新的忙碌的开始。当李杰带着笔记本走进常委部长办公室时，在那儿第一次见到了邹一中。

一看，他就是一位老实、谦和的人。见李杰进去，他立即就从沙发里起身，向李杰微微躬身致意。他脸上挂着僵僵的笑容，是那种缺乏自信和活络劲的人的笑容。常委部长给双方作了介绍，着重突出了李杰的亮点，可归纳为经验丰富，办事踏实，不计得失（李杰知道这个“不计得失”是有特定指向的），然后对李杰说，外宣工作非常重要，任务艰巨，你太辛苦了，邹部长以后就分管外宣工作，你要配合、协助好。

邹一中欠了一下身，说，我是宣传战线的新兵，以后还得请李主任多指导。他后背远离着沙发的靠背，只坐沙发的边沿，整个肢体语言传递着绝对谦逊的信息。

李杰召集外宣办全体会议，让邹部长亮亮相，讲讲话。没想到，邹一中开场白就说了好多恭维李杰的话。作为一个老机关懂得，恭维触发的，往往是戒备。他这种不该有的反常，让李杰反思，是否最初的接触就给了他过于威严、难以合作的外在信息？如果这样，那是自己不慎，应立即调整在他面前的言谈举止甚至神态。

邹一中用乡下土话努力说着普通话，简单讲了他的经历。他从学校毕业后回乡当了一名会计，然后乡长助理、乡长、乡党委书记、区委常委，一步步走来。

他怯生生的，像个站在课堂上的中学生一样，后背本应束在皮带里的衬衫下摆滑出裤腰，隆起在后腰间。不说谎话，我是一个到城里工作的乡下人。城里人是一直看不起乡下人的。今天我来报到，路过机关大院旁边的苏家弄，我还想起十几岁时，初冬辰光，我挑着一担白菜，到城里来卖菜。城里的联防队不让我俚乡下人卖菜，我刚寻好地方放下菜担，还没开张卖呢，那边就喊来了来了，快跑哇。我挑起担来就跑。那时我年轻嗄，身强力壮的，谁跑得过我嗄！几下子就把追我的联防队甩掉了。我就跑进了这条苏家弄，心想总算可喘口气了。哪晓得还是给联防队找到了。

拉来扯去，还把我的罩衫扯破了，那件罩衫还是我仅有的像样衣裳——到城里来总要穿得像样一点嗄。扯破了我的罩衫，还硬逼着我以低于市场价贱卖了。两筐白菜像不要钱白送给别人的。真正不说谎话的，城里人看不起我俚乡下人的。现在说说，离开了乡下人，城里吃啥咯？现在的乡下人不要发煞哇！真正不说谎话的，现在乡下人的日子比城里人适意。

邹一中的普通话确实蹩脚，有几个读音错得十万八千里了，引得文件柜侧面有两个女人一直压低声音在吃吃笑。李杰一看，是两位考公务员刚进入机关的女研究生，低着头捂着嘴在窃笑。这细微的笑声，很快就传染开来，几处有了轻微的骚动。

李杰站起，用笔轻敲桌面。全场又寂静。后来在总结发言时，李杰说，邹部长今天讲得很好。外宣工作应该讲什么话语，以什么姿态出现？其实邹部长给我们上了很好的一课。他给我们启发：外宣工作就应该是平易近人，低姿态的，给人以亲和力的……

嘴上虽为邹一中圆场，但李杰真不明白，他在部下面前的第一次亮相，竟是这样的。琐碎得漫无边际、前言不搭后语缺乏逻辑，亮了不该亮的家底，使他在部下心目中的形象至少是平庸、委琐的。这样的干部，怎么会派到外宣工作——这个特别需要对外展示形象的重要岗位上呢？

一起工作了一段时间，李杰觉得邹一中为人尚可，初次见面时所见的谦和确实不是伪装的，他从里到外就这么一个人。苏南乡村经济发达，城镇化程度高，乡镇一块是制度监管薄弱处，加上农村干部传统工作作风的沿袭，有些乡镇干部在自己一方土地上专横惯了，所以大都有土皇帝般的蛮横、专断。而邹一中并非如此，倒是难能可贵的。

对李杰，邹一中不仅谦逊、信任，而且依赖。重大节点上召开新闻发布会、平日里接待媒体，都会有些应酬，每逢喝酒，他是决不碰白酒，说是在乡镇工作时把胃喝坏了，只是在红酒中兑入开水喝，即使这样，遇到对方敬酒，他就伏在桌上佯作醉酒，完全把场面留给李杰应付。有时晚上要参加市里会议，他总是让李杰回家休息，说由他去参会。每次开会至一半，他总会走出会场打李杰手机，开头总要客气一番：李主任，不好意思，打扰你休息了。现在会议是这样，几个部门基本都讲了，你看看，我们外宣工作应该怎么样？我想听听你的意见。听他这口气，外人一定还以为是部下在向上级汇报请示工作，甚至以为是李杰在遥控参会的部下。他态度既是这么诚恳，李杰也就顾不得上下级之分了，很认真提醒他要注意几点，并做到以下一二三四五点。他就很高兴地在电话里恭维李杰，李主任啊，你到底经验丰富，你是老法师！你休息，打扰了打扰了。

第二天上班后，李杰把随他去开会的小刘叫到办公室来，故意说小刘昨晚辛苦，会议开得很晚才结束吧？果然，不等明问，小刘就向李杰复述会议情况，又说邹部长在会上发言，最后还讲了一二三四五点。一听，竟就是李杰昨晚电话中和他讲的五点，一模一样。

邹一中工作能力虽弱，但他是个可共事的老好人。想想也是不易，他虽在官场中一路走来，却很少沾染官场习气，也没官僚禁忌，有些不该对外人讲的话，也会对李杰实言相诉。他用足以感动人的谦卑，感动着李杰。所以，只要是他明确求救、请教的事，李杰绝对帮他，把自己处置工作的经验无保留地端给他。甚至几次听到部里的年轻人私下将他称为“邹乡长”，都被李杰严肃制止。

然而，也许李杰的结论下得过早，有些迹象显示，他并非完全的单纯。赶会议、接待媒体，李杰常搭他的公车。有次坐他车赶去湖滨国际会议中心的途中，邹一中接到一个电话，好像是谁在拍卖会现场问他到底要不要吃进。他问了几句那幅画作者、市场上行情之类的话，就说可以可以的，不超过多少价位，可帮他吃进。

说完，邹一中边收起手机边说，啊呀，今天恰好有个拍卖会，我又去不成，只能让朋友代买了。

李杰说，哦，邹部长雅兴哇！你还爱好画？在收藏名画？

邹一中说，哪里嘎，我是不懂画的，也没心思收藏。画，这东西升值快，又显文雅。放在家里，有时送送人。既送得出手，人家也敢接受。

李杰心头咯噔一下，就以小人之心揣摸这些送人的画在他升迁中的作用。

不管邹一中这人如何，凡事息事宁人的他，会突然出走或者失踪，让人稍感吃惊。即使工作压力、生活苦衷怎样深重，都不足以让他选择与生活不辞而别哇！

这时，办公桌电脑响起嘀嘀嘀 QQ 标志性声音，一看，是小刘问李杰：李主任，在吗？

李杰一键回复：在。

片刻后，办公室门就被轻轻敲响。小刘把一份刚打印好、还微微发热的材料交到李杰手上。李主任，请境外记者来集中采访的方案我写好了，请您过目。

李杰乜了他一眼。小刘，文本传输不都一直在内网上拖给我的吗？恐怕不是为了送材料吧？有话说吧！

小刘夹紧细眼睛嘿嘿笑着。李主任，可能您还不知道，早晨邹部长家属来部里，说与邹部长私奔的女人……

李杰打断他的话。小刘，少讲一句不会当你是哑巴的。没其他事的话你去吧。

呵呵，想不到邹乡长还会出绯闻。小刘捂住鼻子窃笑，往外走。

李杰突然想起，怎么不给邹一中的手机打个电话试试呢？随即用办公桌上的座机拨打他手机。手机竟是通的，彩铃响几下，有人接电话，却不是邹一中本人，而是一个女人。李杰心头一掠：莫非他老婆的猜疑是事实？邹一中真是私奔去了？如果真这样，那是真不了解邹一中。李杰正犹豫着与对方说什么，话筒里的女人尖着嗓子哭叫。你知道打电话回来啦，你死哪里去啦？

听得出，这声音与李杰通过几次电话，不是别人，正是邹一中的老婆。李杰的办公座机与邹一中的号码只差一个尾数，大约她把李杰的电话误看成老公的号码了。你是邹夫人吧？李杰打断她的哭叫，报出自己姓名。

哦，你是李主任哇。不好意思，把你当成一中了。她在电话中换了口气说。看把我急的，昨晚发现一中没回，半夜我打你手机的，没打通。

李杰解释，昨晚我手机在充电。你怎么确定他是私奔呢？

电话那头，她发出擤鼻涕的声音。他真正害人哇，我都感冒了。昨天下午他回过一趟家的，我下班回家见他手机、钥匙都放在了家里，开始我以为他遗忘在家里的。后来发现家里存折一张没动，现金都被他拿走了。李主任哇，你不是外人，不瞒你说，他肯定是被狐狸精勾魂勾走了。他都已经给人家买衣裳啥的了。手机、钥匙放在家里，单位、家里，他可能会去的地方都找不到人，从来没有过的，他胆小，如果没人勾引，为他撑腰，借十个胆他也不敢。

李杰说，邹夫人你先不要急着下结论，我相信邹部长不是这样的人，也许另有原因，我们再等等，再找找。说不定过几天他就回来了呢！

有狐狸精陪着，他还会回来哇？不会回来了！她又呜呜哭开来。电话那头响起电话铃声，她打招呼说另有电话进来，要接电话，以后再联系。

这位邹夫人似乎一直疑神疑鬼的，对她的话只能半信半疑。李杰印象中，邹一中在这方面是很谨慎的。他刚到部里时，有次，李杰去省城开完会赶回来，天已很晚，想起第二天一早有个新闻发言人培训班要开班，有点不放心，就特地赶到机关查看准备工作的进展情况。到机关，见邹一中敞着办公室大门在加班，外宣办大办公室也敞着门，灯火通明。小刘无所事事地闲坐着，在电脑上打扑克游戏。办公室另一端，坐着刚考进机关的女研究生小白，在电脑前噼噼啪啪打稿。李杰过去一看，是明天开班典礼上邹一中的讲话稿，这稿子一开始就由小白接手，由她起草，再根据领导意见反复修改至领导满意为止。

李杰想改稿的事，由小白根据邹一中在打印稿上的改动修改就是了，小刘不用干坐在这呀。外宣办经常加班，李杰很注意让大家尽可能有属于自己的时间，积蓄力量随时准备下次加班。李杰说，小刘，下班不回家干吗？还没加够班？

小刘神秘地笑笑。我也纳闷着呢，今天本没我的事，下班我已经回家了，又被邹部长电话召来。我来了，又不安排我事。我问有什么事要我做的。邹部长让我坐着就行。

李杰走进邹一中的办公室。他抬头见李杰，就说，哎哟，你总算回来了，我怕你晚了，今晚回不来呢。

李杰说，省里那些处长们都是老哥们了，是留我晚上喝酒打牌的，我能留吗？手里工作没完没了，留在省城心里也不踏实哇！

邹一中深深一声叹息。宣传部工作太忙，不让人喘口气的。

李杰问，当初你怎么会来宣传部呢？

邹一中说，在乡镇、区委，都有拆迁任务的。这个拆迁不好弄，你要去扒老百姓的屋，老百姓不和你拼命啊？现在乡镇、区里建设发展，空间是拆出来的，GDP 也是拆出来的。不拆吧，完不成发展计划，就没政绩；拆吧，百姓盯着你吵哇，烦透了。我想想宣传部没啥忙的呀，既没有经济指标，又没拆迁任务。真正不说谎话，到宣传部来，我就是想养养身体、看看书。身体在乡镇弄坏了。真正没想到，宣传部会这么忙，反而比过去更忙了。

讲给谁听，谁都不相信的。

李杰思忖，这么说来，他来副部长岗位，完全是他主动选择、运作的结果？

李杰说，邹部长，明天的材料差不多了吧？没事就让小刘先回去？说不定明天又要连轴转。

邹一中像个在灶间偷嘴被当场抓住的小孩，羞涩地一笑。让小刘回去？我又不能让你李主任陪我的。

李杰笑。你加班还得有人陪？太矫情了吧！

邹一中哭丧了脸。李主任，你有所不知哇。自到了部里工作，晚上老加班，双休日也难捞到囫囵的，家里那个麻烦货一直不信，说白天忙了晚上还忙，哪有单位会这样忙的？哪会有这么多事做不完？写写文章，耍耍嘴皮子的宣传部，既不产粮，又不出布，忙啥？她就以为我在外面一定另有名堂，以加班为借口。我要提防她突然闯来查岗。你想想，如果小刘不陪着，她闯来，三更半夜，见我和小白这么标致的大小姐在一起，那么一滴水正好滴进她的油瓶里，真正让她抓着把柄了。

李杰笑。哦，老婆吃你的醋？说明你在老婆眼中有魅力哇！

他如误吞了一颗苦涩的青杏子，皱眉，摇手。我哪有魅力哦，想想当初，我是讨不到老婆的人，乡下人呀。眼看三十了，对象还没着落，我娘急煞，托老姐妹把自己的外甥女介绍给我，才让我有了老婆。我是把她当作王母娘娘供着的。过去她也不是这样的，现在我陪她的时间确实少，她呢，越来越变态了。

也许他老婆提前进入更年期，老是东猜西疑的。有天傍晚时分，李杰与邹一中同车去酒店接待外地前来采访的记者团，途中邹一中接到一个电话，就火斤斤地大声冲着手机吼叫。咬牙切齿、奋不顾身地发火，与平时谦和的他反差很大。虽然邹一中突然让人陌生，但那火发得并不陌生。那是一些在外文质彬彬、随和的人，恰恰在家里对自己最亲密的人常会发的火。

邹一中脸涨得通红，对看不见的对方狠头毒脑地说，工作没干完，我怎么能回来？没有事体我吃得空，会在外面瞎转悠的！又不是我一个人在忙，李主任也在的，喏，你不相信，我让李主任接电话！他就把手机塞到李杰手中，喏，你和她说。

李杰问，是啥人嘎？

邹一中持续着激愤情绪。除了那个麻烦货，还会有啥人嘎！

李杰接过手机，第一次听到他老婆的声音。一个有些沙哑的女中音，夹杂着浓重的后鼻音立即从话筒中传来。李杰立即联想到她应该有着胖胖、高高的身材，才能与这嗓音匹配。那声音说，你看他这个人，讲讲话就这样狠头毒脑的。不好意思打扰了，让你见笑。一中回来常说起你的，李主任，说起来，我和你还是邻居的，听说你住在西河头，我小时也是住西河头的。

邹夫人与李杰讲了一会他们共同的西河头，总算消除了邹一中刚才粗暴生硬所造成的尴尬。但从小在西河头长大的李杰，始终想不起，她所说的西河头拐弯处，那根歪电线杆旁院落里有她这么个人。因为是邻居，又是她老公的同事，所以，过后邹夫人曾来过几次电话，貌似与李杰这个老邻居聊天，其实她是另有所求。聊到最后，她总是七拐八弯地了解宣传部最近是否经常加班，她老公最近在忙些什么？李杰当然是实话相告，不需要为邹一中掖着藏着什么。每回，她总在失望又满足的复杂情绪中挂机。

在宣传部，人人觉得邹一中失踪得蹊跷，个个认为李杰是应该知晓内幕的。不仅工作上，与邹一中有紧密联系，更关键的是邹一中对李杰还算信任，如果他有情况，是不会不给李杰透一点风的。所以，不断有人探李杰口风。走廊里、电梯中、食堂内，总会遇到有人询问，邹一中到底怎么啦？邹一中与什么样的女人私奔嘎？不仅是处长、科员，连个别副部长也这么问李杰。

李杰一概嘿嘿一笑，摇头。

那天在厕所，刚站到小便池前，理论处的老于也恰好上厕所，见了李杰，他就弯下腰先扫描一溜马桶间门下是否有人脚，以此判断是否隔墙有耳，在确定厕所里除他们两个，没有其他人时，他压低声音对李杰说，邹一中失踪，对你是个利好，这个位子本来就是你李主任的，看来就要物归原主了。

李杰赶紧打断他的话，千万不能这么说，这么说是害我。

前面说了，面对所有的疑问，李杰都是一笑，摇头。就连常委部长问有否发现邹一中的反常之处，李杰都没正面回答。李杰知道，常委部长问时，也知道李杰是了解其中原委的，只是看他是否拎得清，或是提醒他，该保持沉默时就得闭上嘴巴。这是机关生存的第一法则。其实，对于邹一中失踪的主要原因，李杰不是一点不清楚。李杰相信他的失踪与一个封面人物有关。

不久前，常委部长找邹一中谈过一次话，说是市委卢书记最近多次在会上讲到，要建设开放型的国际城市，要向外展示城市良好形象，要求邹一中围绕这两句话，从外宣工作角度拿出具体可操作性的实施意见。这种情况一般有两种可能，一是领导已有考虑，让你考虑只是掂量一下你，或是促使你在工作上多动脑筋；二是领导确实还没有成熟的思考，让你先拿出方案后，领导再在你的框架上丰富、完善、提升。判断属于哪种，在领导交待任务时，可探探领导口风。邹一中错过了当面讨口风的机会，只是回来与李杰说领导有这么个要求，问他有什么点子。

李杰无法判断领导是否已有具体考虑，答应考虑一下再告诉他。

还没等李杰告诉他想法，第二天凌部长就又把邹一中找去，问他想出可操作性实施意见没有？

邹一中搔头摸耳结结巴巴回答，还没考虑成熟。

常委部长有了不悦之色，语重心长地说，一中同志啊，工作没一点闯劲不行，没一点创造性也不行！市委主要领导对外宣工作提出了要求，我们要积极围绕要求加以细化、贯彻哇。

凌部长说着，从办公桌上拿出一本《福布斯》杂志，说这本商业杂志在世界上影响力很大，封面人物很具权威性，按我们城市的经济总量和开放程度，让市委主要领导登上封面也不应该是什么不可能的事。卢书记成为封面人物，对于扩大我们城市的国际影响力都是有意义的。

常委部长说着，看到受了批评的邹一中软塌塌地坐着，耷拉着脑袋提不起精神，就又转过话锋说了些鼓励他的话。说一中同志的工作还是勤奋和踏实的，工作也很有成效。不久前刚结束的组织境外媒体集中前来本市采访，这个战役就打得很漂亮，受到卢书记高度评价哇。

也许是这几句表扬邹一中的话，害他找不到北。他从常委部长办公室出来时，完全已忘了被训时跌入情绪谷底的惨状。他两条眉毛一扬一扬地来找李杰说，凌部长给他一项重要任务，这项任务就不必你李杰劳神了，由他亲自去完成。他既这么说了，李杰就应该知趣，不去插手，免得有夺人功劳之嫌。就如媒体采访市委卢书记，他总是想尽办法不让李杰到场，很急于在主要领导面前表现他独当一面的能力。每遇这情况，李杰总是成全他，听他安排，不去现场，但仍通过手机短信提醒在场同志注意重要、细微的环节。

那天常委部长几句表扬，让邹一中如打了鸡血般的兴奋，并刹不住车，唠唠叨叨说起，他过去在乡里，不管多大的难题只要他插手，一切都能手到病除，迎刃而解。

邹一中说，有个拆迁钉子户老头，一手拧着煤气罐，一手捏着打火机，对前去做劝说工作的乡村干部说，谁再朝前走一步，他就点燃煤气罐。邹一中比划着。我一到那里就说，大家闪开，看我的！不说谎话，真是这样。我走上去，和老头只讲了几句话，老头就服服帖帖放下了打火机。真正不说谎话的，那场面可以拍电影的。他讲这些时，嗓子少有的清亮，昂头挺胸挥舞着手臂，一派过去红色电影中革命志士站在高坡上，临刑前慷慨演讲的英雄气概。

李杰问他，他与那个老头到底说了什么话？

他得意地说，其实他每天上下班都要路过那个老头家，大体了解他家情况，他家已经几个月没换煤气罐了，烧饭都是用捡来的树枝木柴，烧得烟雾腾腾。他说，我对老头说，老伯哇，我晓得你煤气罐是空的，你这么站着吃力的，有啥话坐下来谈吧。

邹一中最后以老谋深算的口吻说，我会作无谓冒险吗？不会的，人生一世，命最宝贵哇。

联系过后，邹一中带着小刘去上海。他带小刘去，理由是小刘英语专业八级，又是在上海读研的，熟悉上海。第二天他们办完事回来，一到单位，老远就听到邹一中的嗓子在走廊那头一路响过来。昨天去上海的，呵呵，顺利透，一切全部解决。我出场，还有解决不了的事！听着他高亢的声音一直响进常委部长办公室。

那几天，邹一中脸上一直洋溢着自信的笑容。常委部长脸上也是红光满面的，嘴角挂着微笑。谁都知道，市委副书记职位还有一个空缺，在几个候选人中，常委部长的呼声是相当高的。在部务会上，常委部长几次表扬邹一中关键时刻能办事、办成事。

邹一中整个换了一个人似的。虽然皮带仍松松垮垮，常让衬衫下摆一部分束在内，一部分滑出来，但他走起路来，步伐一顿一顿，有了几分老江湖的散漫和油滑，嘴角也泛着胸有成竹者常有的、似有似无的冷冷微笑。哎哟哟，不说谎话的，《福布斯》哦，不是一般杂志，世界影响力最大的杂志，人家多老卵的，见了我不得不客客气气的。

邹一中又与李杰回顾起上海之行的辉煌经历。我是不客气的，直接提要求，我们市委卢书记要上封面，要成为《福布斯》的封面人物。我就是这么对他们说的。不说谎话的哦。

李杰忍不住问，他们答应了？

答应哇。邹一中眯着眼笑得很大度，容忍着李杰的无知。我摆事实哇，讲我们城市的经济地位，建设成就，讲卢书记的发展理念，他们能不答应吗！凌部长已经报给卢书记，让市委办在排日程，只要卢书记一排出时间，就立即请《福布斯》来采访。采访接待方案我早起草好了，凌部长亲自改过，也已报给卢书记了。

李杰纳闷，外国人办事是讲原则的，哪怕是送名画也不一定能让他放弃原则呀？《福布斯》封面人物大都是全球富豪，还有当年对全球有影响的政治人物，难道《福布斯》也改革了，改掉了“资本家工具”的办刊座右铭？如果作为全球权势人物上刊，中国一个地级市的市委书记肯定不够格呀！

李杰私下问小刘。

小刘说，《福布斯》在中国办事处代表，是个中国通，不仅取了中国名字，汉语也讲得溜。人家挺绅士，但我并没听他答应邹部长的要求呀！他面对邹部长的种种理由，只是一再表明《福布斯》的办刊宗旨，他们的封面人物是从不向一般官员敞开大门的。同样的意思说过几次，邹部长继续强调自己的理由时，对方就不再说话了，会不会邹部长将他的沉默误认为默许了？

如果真是这样，这个误会就大了。

果然，市委办公室排出了卢书记接受采访的日子，还选定了在湖滨国际会议中心临湖的香椿书屋为采访地点。接待方案很详细，规定谁接站，用几号车接站，采访后用餐菜单和餐后甜点，还有赠送能代表本城市文化的礼品等等。当邹一中按照这份日程表打电话与对方衔接，邀请其来时，对方觉得这简直是天方夜谭，他们决不会为中国一个城市官员而改变八十多年的杂志办刊方向。对方还忍不住来了一句西方的黑色幽默，除非你们把《福布斯》收购去，那么我们当然只能听老板的喽。

邹一中放下电话，就丢了魂似的反复念叨着“那怎么办，怎么办”。他不得不走进常委部长办公室去报告，立即传来凌部长狮吼一般的呵斥。门乒的一声被重重关上了。

李杰想，这应该是常委部长铁青着脸用劲关上的。

过了好一会，邹一中才从里面拖着双腿出来，脸色像霜打的树叶一样蔫巴巴的。他站在走廊尽头窗口，默默望着楼下。

李杰怕发生意外，把他拉进办公室。

他突然像任性孩子一样发作起来，他抓着一绺头发，拼命接连跺脚，狠狠地说，怎么会这样，怎么会这样！我真恨，恨我自己，恨自己！

面对他，李杰不知该如何劝慰。

邹一中无力地瞟了李杰一眼说，还是你李主任聪明，这种事不沾手的。

哎，这我要纠正一下。李杰立即打断他，一切都是听你调遣哇，你让我别劳神，由你亲自去完成。是吧？

邹一中如大病一场而没康复的病人，瘫坐椅子上，用手支着额头轻声说，看来，我是不适合这工作的。朋友劝过我一起辞职下海开公司，说不准我真得走这条路了。

常委部长是一个强硬的领导，他布置的工作，下属是不能打回票的。他以不容置疑的口气，要邹一中克服困难想尽办法，做通对方工作，坚决要把对方请来采访卢书记。邹一中没办法，找小刘，但到处找不到这小子，给他打手机，通了就是不接。最后，李杰打通了小刘电话，他不愿马上回机关。他说，李主任你忘了？昨天那两个记者还没走，我陪他们在高新技术区采访呢，正忙着呢。再说，《福布斯》的事，你知道的，无法改变的，找我也没用。

市效能办的督办通知单到了，部办公室主任赶紧小跑过来，把通知单送到邹一中手中，还让他填了签收单。邹一中拿了就跑来递给李杰看。拼命地催、催、催，说说容易！要我后天必须向他们报告落实情况。他耷拉着眉眼，苦着脸。

效能办是今年年初才建的，这是市委卢书记铁腕治市的重招之一，主要整治机关部委办办事不力、拖沓推诿。凡市委、市政府领导有过批示的事项，效能办马上就紧紧跟踪督办。已有几位干部因没按时完成工作而中枪，根据情节轻重，分别予以诫勉谈话、通报批评、党内警告、记过等处分，有干部还因此调离原岗位，据说凡被效能办查处过的，还影响今后任用。一段时间，这些被查处的干部，在市里的大小会议上掴了又掴，让旁人看得都肾衰。

邹一中抖抖催办通知单，说，害人哇害人，自己受了处分，丢尽脸面，还要连累家人。我们过去村上，就有老公在城里单位犯了错，老婆孩子被迁回乡下老家落户。真正苦煞哇！即使现在不兴受牵连，多少总受影响的呀！

邹一中像动物园笼内的困兽，在办公室里来回转圈子。突然停下，可怜巴巴地望着李杰问，我去上海，哪怕跪在他们面前，求他们来也行。见李杰无言以答，他用拳头擂擂自己的太阳穴，叫唤，我又不能带两个公安去把《福布斯》绑架来的！

可以想象，邹一中是那种遇到小麻烦就当成大灾难，并为此整日食寝不安的人。他如热锅上的蚂蚁一样，团团转，笃笃转。他又去常委部长办公室。这回进办公室，门是先轻轻关上的，李杰想这应该是邹一中主动关上的，免得外面听到他不想让大家听到的声音。时隔半个多小时，邹一中从里面出来，埋着头走向自己办公室。但他没走到办公室，半道上又捂着嘴一拐，跑去了厕所。他伏在洗手池上呕吐半天，到最后只听见他的干嗽，不再有内容物倾吐出来的声音，可他仍趴着。

收发室的老张恰好分发报纸路过，见此状况，上前帮着拍他的后背说，喝多了吧？多喝伤身体，以后少喝点。

邹一中跺跺脚说，我喝什么喝！要么我喝了一肚皮吐不出来的苦水！

老张赶紧识相地撤离，路过李杰办公室，还朝他不可言说状地摆了一下手。

邹一中从厕所回到自己办公室，接了一只电话。从他大喊大叫的腔调中可看出，对方一定是他老婆。只会对熟悉的人，他才这样无所顾忌地发作。只听他对着话筒忿忿地说，要跟你说多少遍！我只买了一件羊毛衫，是给你的，发票上的另一件女式羊毛衫是一起去的男同事买给他老婆的，发票开在同一张上了。给你说不明白，你认为我外面有女人，是吧？我外面就是另有女人，你怎么说吧！我外面的女人比你标致比你嗲，我不喜欢你喜欢她！我这辈子在你一棵树上吊死，我枉然来世上走一遭。你怎么说吧！

听筒被狠狠地摔下。

李杰听说过这事，还是前一阵，邹一中下基层，在羊毛衫厂产品陈列室见女式羊毛衫不错，价格比市场的便宜，就与同去的同事各买了一件，厂里图省事就把两件开在了同一张票上。想想反正不报销，也就无所谓。羊毛衫拿回家后，他老婆一直没穿，哪知最近整理衣物，无意中发现羊毛衫内的发票，数量一栏写着两件。老婆就问，女式羊毛衫，你买两件，还有一件给了谁？邹一中解释，她并不相信，非得让他如实交代清楚。

那天中午，也就是对效能办，必须有个说法的最后期限的前一天。在机关食堂排队买饭菜，李杰见邹一中排旁边一队，就问他对下半年的外宣工作有何设想，本想约当天下午抽空听他说说的，哪知他说再说再说，就不见了人影。

食堂菜单上的菜名，挂了一天，第二天就会被新菜名所替代，但过了几天，那个菜名又重新出现。而邹一中不是菜单上的菜名，他消失后就没重现。想想他并非做事果断的人，一直是个犹豫的人，难以相信他会毅然决然离开已经熟悉的生活。

《福布斯》自然是没来，谁都不知道，最终常委部长是如何向市委书记解释的。反正《福布斯》封面人物这事，像从没发生过一样，再没人提起过。时间过了近一月，机关里很少有人再提起邹一中，只有不知就里的人，会突然问起，哎，你们那个姓邹的副部长呢？被问的人，就如一只被追赶的野兔，口里支支吾吾，飘游的目光东逃西窜地投向身边的同伴求助。

外宣工作仍是忙。分管副部长的位子仍是空缺，常委部长虽向李杰私下暗示过，他已作为副部长人选，但一直不见启动考察程序。市委副书记人选一事，也因中央对地方党委领导体制、领导结构的重大改革，减少地方党委副书记职数而有始无终。

仍没有邹一中的任何消息。望着桌上茶杯口蒸腾起的热气，李杰想，这个邹一中难道真从人间蒸发了不成？李杰倒是佩服他了，看不出他这么一个猥琐的人，终于做了一件果敢的事。就在这时，网络上流传外地一位前官员，十年前为一段感情放弃仕途私奔，现又将此经历写书出版的事。有人在网络上评说那位写书的科级官员时，提及了副县处级官员邹一中的私奔。这样，邹一中躺着中枪，幸好只是提及，没有成为网络关注的焦点人物。

又过一段时间，大家似乎都把他忘了。那天，李杰坐主席台主持每月的政府新闻发布例会，设置成振动的手机突然抖动起来。李杰扫一眼，是以 0431 区号打头的外地电话，就按掉了。可手机又抖，一看，还是那号码，他又按掉。这号码接连来电三次，都被他按掉了。会议结束，回到办公室坐定，李杰想起这电话觉得奇怪。作为外宣办主任，每天会莫名其妙接到不少推销会议、培训班、书籍和学习资料的电话。但那些推销电话被按掉后，是不会连续打几次的，这么连续打电话的，一定是熟识李杰的人。李杰查区号，是吉林省长春市。他想不起那有什么熟人，就没往深处想。待过了一会，李杰无意中看到，办公桌上座机来电显示窗口，显示着 0431 区号的同样号码。是他不在办公室时打进来的。这么说，打电话的人，是熟悉他手机和办公室座机的。他突然想到邹一中。自他蒸发后，李杰一直有个感觉，只要他还活在人间，他肯定是会和自己联系的。

李杰立即用座机回拨这号码。振铃声响了七下，终于有个女人来接电话。李杰问，谁给我来过电话的？

对方操着浓重的东北乡音回答不知道是哪位客人打的，说她那里是吉林省长春市榆树的大青山客栈。

李杰问，有个叫邹一中的客人吗？

她说，客人贼拉多，上哪儿知道谁打的？

李杰只能搁掉电话，等待他再次来电。

那天李杰一直心神不定，时不时有错觉手机在响，时不时查看手机有否信号。中午他在办公室沙发上休息，办公桌上座机响了，他抓过听筒，听到一个熟悉的声音。

李主任哇，影响你休息了。

李杰问，是邹部长吧？

听筒那头立即传来了哭音：李主任哇，是我，我是一中哇！说了几句就泣不成声了。

李杰宽慰他。一切都过去了，别把一些事想得过于严重，天不会塌下来的。没有过不去的坎。

他像个孩子般地答应。唔唔，你李主任的话，我要听的。

李杰估计他已回心转意，是需要一个台阶顺着下的时候了，也为避免节外生枝，要他在原地等待，由自己去接他回来。

好的好的。他连连应诺。还是你李主任，是我好兄弟。

李杰立即向常委部长作了汇报。凌部长以审视的目光看了他一会，一偏头，下巴一扬。哎，邹一中他去长春榆树干什么？那边他有什么人在？

李杰如实回答不清楚。又说，我已答应他，由我去接他回来。

凌部长思考了一下说，小李哇，不管是为人还是能力，部里上下对你都是认可的。你要把这事办妥，你先去把他接回来，对外暂且不要声张了。对一中同志的问题如何处置，等他回来后研究了再说，你别给他透露什么。好吧？

对宣传部、外宣办的同事们，李杰只说去长春开会，让办公室代订了机票就直飞长春，又从长春乘火车，花两个多小时到达榆树。出租车司机并没听说大青山客栈，向其他司机连打几个电话，才知道大概方位，七转八拐地将李杰带到。在黑油腻腻的摩托车修理铺和响着刺耳金属切割声的不锈钢加工场之间，挤着大青山客栈肮脏、孱弱的躯体。

李杰拉开玻璃门，挑开油腻的门帘，向服务台描绘、打听邹一中这个白净文弱的南方男子。在幽暗、空气里充满劣质烟味和脚臭味的走廊尽头，他敲开109的房门。

一个头发蓬乱、胡子拉碴的瘦弱男人，走向门边开门时，不慎带翻放在椅子上，吃剩方便面纸碗里的残汤，他顾不得这些，立即紧紧抓住李杰的手。

李主任哇，你总算来了！我真坚持不下去了。你应该晓得的，我缺少坚强劲的，我想家，这苦实在吃不下去了。当时一冲动，一走了之，现在想回去倒没这么便当了。这声音虽带点哭腔，但一点没变，这就是邹一中。

邹部长，你受苦了。李杰安慰他。

邹一中双目湿润，在昏暗白炽灯泡下闪亮着两点星光。

情绪稍平静，邹一中吞吞吐吐问起，自他走后，部内有些什么反应？这次来接他，凌部长说了什么没有？

李杰打着哈哈说，都以为你去党校深造又要进步了哩。我这次前来接你，是凌部长亲自关照的。草草说完，李杰让他赶紧收拾行李，跟着走。

邹一中说不用收拾，就这么一只拉杆箱，除了几件衣服，别无他物，带出来的钱也早已用光。

李杰帮他到服务台结账，35元一天的房费，他一共在此住十一天，店家说他还在服务台拿过十六罐碗面、十二根红肠，李杰全部予以结清。

李杰拉着他出客栈，找出租车，想去县城中心地段找像样一点的酒店洗澡、吃饭、住宿。

邹一中说，我们还是先找个地方坐下来吃点，肚皮饿坏了，先填饱肚皮再说吧。

李杰说也好，在路上奔走一天，我也饿了。

没走几步，见有一家叫筋头巴脑烤串店。透着昏暗灯光的门玻璃上，用红漆写着烤串两个大字。店门口烤炉上的肉串吱吱地冒着油，喷着香味，店员小伙往上刷着作料，吆喝着。哎，串咧，串咧。

李杰还想往前走，看看是否有更入眼一点的酒馆。李杰思忖，今晚的酒馆不仅是为了填饱肚子，更是倾吐与聆听的处所，为迎接这场梅雨般绵长的倾诉，必须找一处安静、温馨、雅致的酒店包厢。

邹一中却说省得跑来跑去，就这家吧。

李杰跟他走进不大的店堂。

店堂内才三张小桌子，除靠墙那张坐一老头，在就着烤串对着酒瓶嘴喝酒外，店堂内没其他客人。他们在临窗的小桌边坐定，点了羊肉、牛肉、猪肉、鸡翅、牛蛙等等烤串，凡是小店内有的，都先各来十串。

李杰故意说，酒就不喝了，反正你又不喝的。

谁说的！邹一中着急了，瞪大眼睛。你李主任这么重情义，我豁出去要陪你喝个够。而且今天要喝硬货。我邹一中讲情义的，好坏我也是条汉子！

小店中的酒，可选品种不多。他们要了名叫榆树钱的地产白酒，扁扁小瓶，二两装。他俩各拿一瓶，学邻桌上那个老头的样，对瓶嘴直接喝。

在李杰举着酒瓶与他第一次对碰时，邹一中不顾刚出炉肉串烫嘴，牙缝里嘶嘶吸着冷气，已经干完了三根孜然羊肉串。等他把口腔内咀嚼物彻底吞咽完，李杰才举起酒瓶去撞他的酒瓶，叮一声，算是开喝。

李杰说，邹部长，你还真是一条汉子。你敢抛开既得利益，抛开工作、家庭。说实话，压力大的时候，我也闪过这念头。妈的，老子不干了，老子躲到一个陌生地方过逍遥日子。但也就这么想想而已，真要迈开步子就不敢了。

我绝对男人哇，不说谎话，最窝囊的人也有脾气的。邹一中啃着鸡翅骨说，都是逼出来的，工作压力，家庭压力，让人没活路了。封面人物，卢书记那边没法交代，又过不了效能办限时督办的关。家里的麻烦货又盯着我，火上浇油。心里那个烦哇，真想一死了之。但站在顶楼往下看，人像蚂蚁，吐口痰，在空中飘了半天才落地。想想如果跳下去，脑浆溅了一地，像条死狗让人围着看稀奇。没勇气死，我就想一走了之。过去就一直想着能无拘无束地出游。

来！弄一口，给你压压惊。李杰又举瓶示意。那么你怎么想到来榆树这个偏僻地方的？这些日子是怎么过的？

这一个多月，我都是在东北转悠。长白山、漠河、乌苏里江、大兴安岭，过去想去而没时间去的地方全都转了过来。邹一中抿一口酒，皱着眉呈吃药状。东北三省我从没来过。小时候唱《我的家在东北松花江上》，我就想东北一定很美丽，一定要去看看。还有一个原因……嘿嘿，不说了不说了。说到此，他故意停下来看着李杰，像刚入洞房过初夜的新娘一样羞涩地笑。那神情，就是要李杰催他讲。

哟，这么说来你这次出走，确实与女人有关？李杰又拿酒瓶去碰他的酒瓶。看来酒的功效还没到，来！喝一大口。说，说！

邹一中往后一仰头，喝一大口，呛出两三声咳嗽，用手捂着嘴。还是读小学时，我的班主任是个东北姑娘，她是随父亲部队南下的。那时没有美女的概念，要说美女，她就是我心中的美女。

邹一中说，我家境贫寒，父亲去世早，母亲带大我，从小对我严要求，要我做乖孩子好孩子。我不合群、胆怯、自卑，在村里、学校，经常被人欺负。有回，上课铃响前急匆匆上厕所，厕所里没有其他人，我正站在小便槽前小便，来了个其他班的皮大王，他站在我身后掏出他的鸡鸡，冲着我就撒尿，嘴里还发出机枪哒哒哒扫射的声音。我的裤腿和棉鞋都被他浇湿了，我又不敢吱声。幸好冬天裤子和棉鞋都是黑色的，湿了不容易看出。上课铃响，我就一声不响回到教室坐着上课。同学们都还小，没人对我身上尿臊味敏感。班主任带着我们读课文，她捧着课本边读，边慢慢行走在课桌间。走到我身边，她闻到了什么，就看着我的棉鞋和裤腿。她鼻子还微微抽动一下。她走回讲台，放下课本，捧起她灌着热水的医用盐水瓶走过来。那时天气寒冷，江南的教室没取暖设备，好多老师都用这种盐水瓶取暖，在黑板上用粉笔书写后，总是用这盐水瓶暖暖冻僵的手。她讲解着课文，慢慢走到我身边，不知怎的，她手捧的盐水瓶瓶塞打开了，瓶里热水洒到我棉鞋上。她立即说，对不起，不小心弄湿了邹一中同学的棉鞋。她要全班同学做练习题，带我离开教室来到她办公室，她给我换下被尿湿的棉鞋，把她坐办公室批作业穿的芦花蒲鞋给我穿。她问我到底是怎么回事？我咬着牙哭，就是不说。

邹一中眼窝里闪起了泪花。你想，她是我心中美人，我怎能把这么窝囊的遭遇让她知道！想想要笑的，小时候我一直暗暗把她当姐姐，当老婆的。我想长大了如果要讨老婆，我就娶她。所以，我家那个麻烦货，硬说我外面有女人，我想我是有女人的，这个女人就是她，她一直在我心里。我记得她说过，她是吉林榆树人，给我们描绘过她的家乡。所以我到她家乡走走，想想她小时是在这片土地上长大的，这里的一切都与她有关。

来、来！李兄，我敬你！说到这里邹一中举着酒瓶来劝李杰喝酒。

见他掏了心，李杰也动了情，举起酒瓶和他碰了个叮当响。见个底，把瓶中的干了！他俩都将瓶底那点酒一口干了。

邻桌那位独酌老头，一拍桌子，站立起来，红着脖子大声呵斥他们，你俩叽哩呱啦，嘞嘞什么呢！你俩是东洋小鬼子？

他俩讲的吴方言，很容易让北方人误听成日语。酒精让李杰稍有兴奋，就扔掉了平日的沉稳，就朝老头伸出食指和拇指。我们的，是八路的干活！

邹一中极度兴奋，摇晃脑袋划圆圈。我们的，八路的干活。是来这里吃羊肉串的。

我能跟狗日的小鬼子搁一个锅里搅马勺？老头愤然地摔下空酒瓶，临出店门时，还朝他俩啐了一口。

李杰与邹一中哈哈大笑。

李杰说，邹兄，还喝吗？每人再来一瓶？

喝，为什么不喝呢！邹一中勾着李杰的肩膀，闭着眼睛转悠着脑袋。

李杰又要了两瓶榆树钱。手上油腻，拧不开金属瓶盖，就用牙咬着拧开。两只酒瓶又叮当撞响。

邹一中醉眼朦胧瞟李杰，目光飘浮，从他脸上游弋着，又飘升到天花板。其实，我不像凌部长，不像你李主任，你们个性强、能力强，是当官的料。我个性弱，从小就自卑，我不适合当官的。

邹一中说，小时农村，冬天在抽干水的河里罱河泥积肥，划段分到户，我家只有我和娘两个弱劳力。河泥浸足水，泥韧又沉。我才一把铁锹高，好不容易挖出一块河泥，也没力气撬起铁锹把重重泥块装进箩筐里。和我娘使出吃奶的力气装了半筐河泥，抬着，踩着有坡度的跳板走上高高的河岸，沾满了河泥的跳板滑腻腻的，别说抬了重担，就是空身，也难走哇。每家每户都有任务的，没人帮我们娘儿俩。天黑了，人家都收工回家吃饭去，我和娘饿着臭肚皮还在摸黑干。我那时虽小，但心中觉得对不起娘，我没能力可以帮我娘分担重量。而大队干部穿着高统雨靴，披着军大衣，叼着香烟站在高高河岸上指手划脚走来走去。

邹一中举着酒瓶，闭着眼说，我那时想，我体力不行，但我如果当上干部，就可以不出力，我娘也不用来吃苦。我后来就当这方面的有心人，很快就发现，只要听领导的话，对人谦和，勤奋做事，领导和群众都会认可你。让我凶巴巴、风风火火地去开拓局面，去创造什么，我做不来，但听话、谦虚、勤奋，我会的。李主任，为什么你能力强，却当不上副部长？因为领导感觉你在心底藏着自己的思想，领导防着你。而对我，领导不用防。他们知道我是听话的，是一个指东往东的人。

四两酒下肚，邹一中彻底软瘫，说话越来越低，最后竟伏在桌上睡着了。而他的一番话，把李杰的酒震醒了。过去李杰内心居高临下，俯瞰邹一中，自以为将他看透了，其实邹一中却从另一角度冷眼透视着李杰和社会。

第二天，他们从宾馆打车去火车站，一路上邹一中宿酒未醒的样子，闭目养神，话并不多。

到车站，李杰到窗口买了车票出来。在售票大厅门口，一个挨一个放着几个书报摊。满目花花绿绿杂志里，李杰一眼瞥见一本杂志封面上印着“私奔官员大扫描”的标题，压题图片竟是邹一中谦卑的笑容。也许那些虚假报道制造者，从网上搜索，发现了邹一中？

邹一中没完成领导交给的任务，没让市委书记当上封面人物，不小心却让自己当了封面人物。

尾随而来的邹一中，也看到了报摊，他说买几本杂志火车上看看消消闲。李杰用身体挡住他，说，算了吧，坐车看书伤神，还是买瓶酒坐在车上，我俩继续喝继续聊。

邹一中说，不能喝不能喝了，昨晚已让你彻底灌醉，我话多了，讲了好多不该说的话。李主任哇，昨晚我的话不作数的，你别往心里去哦！

李杰说，不会吧，你昨晚真喝多还是假喝多？你还能记起昨晚讲些什么？看来是没喝多呀！

邹一中搓着脖颈后，半闭着眼。真喝多了，后半夜醒来想想，我瞎讲乱说了好多废话。言多必失，不说谎话的。

2015 年 10 月 4 日写毕

掼蛋

手机响时，老婆正在埋怨刘文化整天只知工作工作，很少在家，天气眼看就转热了，可床上被褥还没人帮她一起收拾，晒晒。

手机在茶几上，振铃响着《新闻联播》的开始曲。选择这个曲子作手机铃声，其中有刘文化的良苦用心。作为县委宣传部分管理论学习的副部长，需要关注口径，每天收看《新闻联播》，开始曲的旋律早已在他大脑皮层形成了条件反射。从这个意义讲，他指望这手机铃声犹如冲锋号，每次响起，能给疲惫的心里重新注满激情。

他从茶几上拿起手机接听，老婆也就停止了忿忿的叨唠。电话是县委办公室副主任张谷雨打来的，说是夏书记召他一起吃个便饭，再一起活动活动。听说是县委书记夏正纲找他，边准备中饭，边喋喋不休的老婆，态度立即来了个一百八十度的转变，换了口气说，那你赶紧过去，别让领导等你。你不在家吃，也省得忙活了，我们怎样都能对付。

刘文化换了件衬衣，对着镜子束皮带。老婆在身后，帮他把衬衣下摆塞进裤腰里。刘文化对刀子嘴、豆腐心的老婆会心一笑，就边趿着鞋边提鞋跟地匆匆出门去。

读师专时，张谷雨是比刘文化高一届的校友，两人都是学校文学社的同道。张谷雨追刘文化同班的那个白富美的纤长女生，刘文化帮着传过几次纸条子，让同学们开始以为刘文化在追白富美。这烟雾弹，着实帮了张谷雨的大忙，掩护张谷雨躲过好多火力点，将白富美顺利追到了手。后来张刘两人又同在机关耍笔杆子，所以两人关系不错。县委办靠主要领导更近，机会更多，因此刘文化常感到张谷雨对他的提携。眼下这机会，想必又是张谷雨对小师弟的携扶。刘文化心中有数。

刘文化感激张谷雨把他带入这样一个圈子，有机会零距离接触下班后的领导。他们与书记一起活动，不赌不嫖，也就是掼蛋打牌而已，当然不是干坏事，但至少那时的领导是卸下面具后的领导，更真实、更本我。在这情况下，自然就更易建立感情。

夏书记的家不在这，业余时间活动就会多些。夏书记别无他好，业余活动除了掼蛋，还是掼蛋。书记也是平常人，八小时以外，也想轻松轻松，就难免会随心所欲表演出真我来。邀谁一起活动，书记是谨慎的，也是有讲究的。常委班子里的成员不会邀，譬如常委宣传部长，书记就不叫他一起活动。社会上闲杂人等更不能邀。叫上身边一些靠得住的部下，既不妨碍书记真心情的发挥，又不怕书记个人威望受影响。不管今天一起玩得多畅快，明天见了，他们还会恭恭敬敬叫书记。

今天是周六，作为异地交换任职的夏正纲，本应回到省城的家里去与家人团聚的，但周五来了通知，周六——就是今天上午省委省政府要召开维护社会稳定的电视电话会议。这样，夏正纲就不愿在会议结束后，再让司机驱车二百多公里送他回家去。省得周日下午再让司机接回来，免得来来回回跑，把时间耗在路上。关于异地交换干部，早就有“耗了汽油，磨了轮胎”之说。其实夏正纲倒是较少奔走于任职地和家之间的。他到任两年多，开始的双休日基本都泡在基层搞调研，熟悉情况，后来的双休日又大都被会议占满了。用他的话说，反正老夫老妻没什么好恋的了；孩子嘛又大了，在国外读书，就让我一门心思把这个县捂捂热吧。

那天电视电话会议议程还算紧凑，会议结束还不到11点。接着市里趁汤下面，在会议后开了个小会。市委书记强调了几点，要求认真消化省会议的精神，把各地维稳工作做扎实。从电视电话会议室出来，兼副县长的县公安局长辛炳德，陪着夏正纲说着话一块往外走。路过县委办公室，见门开着，夏正纲就径直走了进去，辛炳德也尾随走进去。见张谷雨正坐在电脑前噼里啪啦地赶稿子，办公桌上放着热腾腾散发着菜香的盒饭，还没打开。

夏正纲说，谷雨哇，赶什么材料哇？休息天不好好休息，还吃盒饭对付。

张谷雨从电脑上抬起头来，说报市委的材料周一要的，这材料重要，别人弄，我不放心，所以只能自己来加班了。今天快餐公司的盒饭送早了，放着，我过一会吃。

夏正纲扭头对辛炳德说，看看，看看，我们同志的工作干劲多高！这是什么样的一股干劲呀！我们能让同志们吃着盒饭加班吗？活要干好，饭也要吃好。

辛炳德说，这绝对不行的，俗话说，皇帝不差饿兵。再重要的工作，也得吃好饭再干。只有吃好饭，才能干好活。说着，就掏出手机来打电话，打完电话就对谷雨说，盒饭不吃了，听我安排。

就这样，待刘文化赶到时，他们已在静庐坐定喝茶了。

这是一处闹中取静的场所。在居民住宅区旁，一条铺地砖缝长着青苔的僻静巷子底，有一黑漆石库门。平时这门一直紧闭着，很少打开。高高的青砖围墙里，有个小小庭院，花岗岩的台阶，雕花的木长窗。门头上有青砖雕刻的“静庐”两个篆体。三开间的房子，厅房，东西两个厢房，楼上还有几间房。所有的木门窗、地板、楼梯，都漆成暗红的荸荠色。据说，这原是没收的敌伪遗产，一直由公安局使用着。偶尔开开会，商量机要工作。平时，有一位纺织厂的退休女工住在这打扫、照管。有人来开会，她就买菜、烧菜。有人无人，她总是不动声色，默默出入。

人齐了，就入席。与大多数当领导的一样，有着方头方脑国字脸、长着两道浓眉毛的夏正纲自然在上座落座，右首就是辛炳德了，左首理所当然是张谷雨。剩下刘文化和公安局政保大队长老郭，刘文化心想自己初来乍到，知道座次是有讲究的，没人叫他坐，就不敢贸然乱坐，犹豫着傻站在一旁。

老郭推他一把，刘部长坐呀，在这里听我的，你往上坐。

刘文化就趁着老郭的推势指引，坐到了张谷雨的左侧。

从进门至现在，夏正纲还没与他搭过腔，也没正眼看过他一眼，这让刘文化心底有点忐忑。虽然，平时在工作中与县委书记有过好多接触，但在八小时外的私人时间里，与这位全县的主官零距离接触，还是头一次。而且他敏感地发觉，除了他本人，其余人都是熟门熟路的，可见他们是常聚的。这种发觉，让刘文化有了闯入者的生疏感和唐突感，尾随这两种感觉而生的，是羞辱感。这让刘文化如坐针毡，甚至闪过，是否要知趣地寻个由头自动退席的想法。

那位退休女工开始往桌上端菜。这时辛炳德说，时间仓促，来不及准备，只是粗茶淡饭家常菜。夏书记的家不在县里，我们有责任让领导把最起码的一日三顿吃上呀！

老郭捧着磨口玻璃瓶，往分酒器里注满了橙红色的液体。那是用本地产的黄酒泡的枸杞。他并没征询意见，就把分酒器和酒盅放到夏正纲面前，并浅浅斟了半盅。夏正纲看着他倒酒，没任何表示。老郭又给其他人面前放上盛满白酒的分酒器。刘文化下意识的将分酒器推开，轻声说喝这么多，恐怕不行吧？

夏正纲就对他瞪起眼。粮食做的酒，又不是毒药！

刘文化忙解释，我酒量小，这点酒下去，肯定要吐了。

夏正纲竟然像调皮孩子般地咧嘴一笑。一年吐上那么几次，相当于排毒了。

夏正纲这么一说，一笑，刘文化绷紧的心也就放松了。心一放松，就觉得大概算是进这个圈子了。

来，第一杯都干了！夏正纲端起酒盅。今天，我们是为兢兢业业的谷雨，休息天吃着盒饭，在办公室加班的这种精神而干杯。即使我们县目前还没进全国百强县，但我们不至于让大秀才吃盒饭哇！如果全县干部都有谷雨同志这种精神，三年大变样的目标就很快就会实现。来，干了！

抬爱了抬爱了，夏书记日理万机，还不忘关心我这个小公务员。张谷雨夸张地一仰脖子喝光了盅中白酒。

夏正纲喝尽了浅浅的黄酒，用满是笑意的眼睛瞥了张谷雨一眼。小公务员小公务员，什么意思？嫌职位低？只要好好干，世界都是你们的。他说着，用命令的口吻对大家说，把酒盅举在头顶。包括辛炳德在内的众人，都把酒盅倒扣着举在头顶上。夏正纲示意老郭逐一检查，说是发现一滴罚一盅，发现两滴罚两盅。

老郭绕着桌子走了一遍，向夏正纲站立着一并双腿，举手行礼说，报告！检查完毕，没人作弊。

大家这才嬉笑着挟菜吃。虽说不是大厨，端上桌的却都是经典的家常菜。刘文化为自己初入圈子有点受宠若惊，总想说点啥表示一下。趁退休女工又进来上菜时，他说，唔，这些菜好，既入眼又入嘴。本想会得到那位老女工一个笑的回应，哪知进出从不抬头察看座上宾客的女人，脸无表情，默默出去了。刘文化有点扫兴，旋即又恍然醒悟：在座的除了他，没人在意她的反应，她不是这里的女主人，不是焦点。

夏正纲微微扬了扬头，显得语重心长地说，谷雨哇，平时你们办公室同志辛苦，今天要喝好。

张谷雨一摇头说，我不能多喝，还有材料没搞好呢。

辛炳德说，不急，还有明天的，材料可以放在星期天整。今天既然来了，就得喝舒畅。过一会再陪夏书记掼两把牌，放松放松。

老郭端着酒盅走到夏正纲的身旁，说夏书记，感谢您对我们公安工作和我本人的关心支持，我敬您一杯。

夏正纲对老郭一挥手说，回去回去！什么我们公安，公安难道不是党委领导下的公安？罚你，整个“狐狸精（壶里尽）”。

哦，说错了说错了。老郭只得退回座位，把自己的玻璃分酒器注满了酒，又走过来。夏书记，尊敬的夏书记，我“狐狸精”也好，“令狐冲（拎壶冲）”也好，我真心实意地敬您。说完，仰起头把分酒器中的一壶酒全部干了。

张谷雨看着老郭又给夏书记斟黄酒，就问，唉，夏书记，您只喝黄酒，从没喝过白酒？在我想象中，像您这样能力强、有魄力的领导，应该是喝硬货的。要不今天来点硬的，我敬您一个。

对于张谷雨不管对谁，不惧怕，甩得开，能毫无心理障碍交际的本事，刘文化心怀钦佩，又自叹不如。而刘文化待人总是客客气气，做事总是认认真真。刚参加工作那年，中午同事家包了馄饨邀他一同回去随便吃个饭。吃罢，他忸怩了半天，竟按当时外出工作就餐规定，掏出了五毛钱和半斤粮票。不仅惹恼了同事，还成了笑话。虽然他也想成为豪爽、老到的人，可总是改不掉拘泥于小节的本性。

夏正纲笑着说，不喝白酒是有原因的。想听，就讲给你们听哦。我三十不到，就给省委主要领导当秘书，相随相应，承上启下，上情下达，下情上报，是领导的左右手，哪条决策不是通过你呀！所以得从全省的大局出发，全天候待命，领导随时可能找你，你的大脑随时要高速运转，经不起闪失，脑子不能有一次糊涂哇！

辛炳德紧接着说，夏书记是年轻老革命，又在省的层面、省领导身边工作过，视野广，水平高，经验足，是我们县的福分。我们一起敬敬夏书记！

夏正纲手一挡。工作还得靠大家做。市委办、宣传部，你们都是县委的机构，公安是政府的职能部门，你们一起干一个。

张谷雨起身端上酒盅。文化，我们一起敬辛县长领导下的公安，公安保驾护航够辛苦的。

刚才一壶酒下肚，老郭脸彤红，嗓门基本失控。他起身，拍着前胸，笑哈哈。看家护院，为领导服务，应该的应该的。

张谷雨突然捂着胃部缓缓坐下去。他瘫坐在椅上，皱着眉说胃痛。

真的假的？演技差一点吧？老郭走过去要拽他起来。

老郭，坐回去！辛炳德招手示意他。你粗手粗脚的，别弄伤了细皮嫩肉的秀才。谷雨是我们县的熊猫，珍稀动物。

夏正纲以审视的目光凝视了张谷雨一会，说也好，你歇歇。有病还得及早治疗。

看胃病不是阿开的专长吗？老郭说。虽说当了副院长，他应该还看病的吧！

张谷雨皱着眉摇手。呵呵，不说了。让阿开看过的，说我糜烂性胃窦炎和反流性食管炎。这家伙一脸严肃，先是警告我绝对不能沾酒了。我说阿开，你知道的，能不沾吗？做不到的。遇到工作应酬，遇到朋友聚会，难免要喝一点。你们知道阿开怎么说？他嬉皮笑脸说，那么你少喝点啤酒。我说，啤酒冷冰冰的，喝到肚里除了撑膀胱，有啥意思！他又说，那么你少喝点葡萄酒吧。我说，葡萄酒酸不拉叽有啥好喝的！他最后说，那么你少喝点白酒吧。

五人哈哈笑开了。

正在挟菜的夏正纲，放下筷子说，这个阿开哇，先是从医生的角度劝导，还算记得自己的职责。但一步退一步，最终露出了酒鬼的本性，这就露马脚了。角色变换得像变戏法，转了一圈又回来了。——把他叫来！

刘文化下意识看了眼手表，低声提醒，这时他恐怕正午睡呢。他知道晚上常常混迹于杯盏之间的阿开，中午必是要睡一觉的。

没人理会他的提醒。张谷雨掏手机打电话。电话通了，果然阿开正午睡中，在电话那头睡意朦胧，推拒着。张谷雨就以征询的目光看着夏正纲。

夏正纲头一偏，态度坚决地说，叫他快过来，别跟他婆婆妈妈的。

张谷雨说了几句就搁了手机。老郭问，阿开来不来？

夏书记让他来，他敢不来！正屁颠颠跑来呢。张谷雨扮了个鬼脸。这个阿开，人见人爱！讲师团的陶仲之是他中学同学，两个人性格天壤之别。那个陶仲之，如果能有阿开一半的随和就好了。上次社科联年会晚上聚餐……说着说着，谷雨突然意识到不妥，就刹了车，小心地看着夏正纲。

夏正纲用筷子轻敲桌沿，脸转向辛炳德说，这个陶仲之哦，自视甚高，自认为是圣贤，别人都是为留虚名的酒囊饭袋。

对于过年前，社科联年会上这一幕，刘文化当时也在场，所以记得真切。那次会议本是邀请夏书记来讲话的，但他在招商引资会议上脱不开身，说是有县委常委、宣传部长到会讲话就可以了。社科联的负责同志说，学习和宣传科学发展观的理念是很重要的，书记您还得来，白天不行晚上会议聚餐时也一定要到一下，给同志们鼓鼓劲。夏正纲就答应了。那晚会议聚餐推迟了半小时，等夏正纲从招商引资会议赶过来再开席。

聚餐开始后，全县社科联口子上的芝麻绿豆官，都端着酒杯轮流到主桌上去敬县委书记，唯独讲师团的副团长陶仲之坐在原位没动窝。敬与不敬照例也不是天大的事，偏有一位已呈微醺的老兄从主桌敬酒回来，见陶仲之按兵不动，就上前拍他肩膀说，陶团长你怎么不敬酒去？我们都敬了。

陶仲之嘴角泛起一丝冷冷的笑，靠着椅背舒展开瘦长的双臂，分别搭到左右邻座的椅背上，仰首道，古来圣贤皆寂寞，惟有饮者留其名。说罢，还干笑了几声。

在座的大都是文人，喝酒吟诗，抒发各自的情怀尽属正常。如果到此为止，大家哈哈一笑，低头吃菜仰头喝酒也就罢了，但这位略有几分醉意的老兄，对陶仲之嚷嚷，啥意思啥意思？说我等敬酒是为了留虚名？你越是这么说，我倒越是要再去敬酒。这位老兄又折回主桌，大声叫着，夏书记夏书记，我再您一杯酒。

夏正纲问，你刚敬过，为何又要再敬。

这位老兄说，我既然已是为了虚名的酒囊饭袋，就再敬一杯，索性把酒囊饭袋当像了。于是这般长那般短地学舌一番。问题还在于，他不是低声对夏正纲一个人说的，是酒后无法控制音量的那种大嗓门，坐在主桌的十多人都听到了。刘文化就坐在主桌，耳闻目睹了这一切。

夏正纲大度地一摆手，敬不敬酒，是个人自由，不能强求。

领导虽是摆了姿态，但一个文人部下恃才放狂的对峙态势已是昭然。

对于社科联年会和陶仲之，辛炳德都不甚了解，只能笼统回答，看来这个姓陶的，是个人物。

刘文化对陶仲之还有点了解，又是分管理论的副部长，所以这时觉得必须说两句。就壮着胆说，其实，有些知识分子像孩子一样，会人来疯，在众人面前会故意表现得清高孤傲。陶仲之理论研究上有一套，在全国理论界也是说得上的，特别是在真理标准讨论中，他的见解引人瞩目。他是我们县的一个宝。我到市里、省里开会，总有人向我问起他。上次在市委党校听课，课间休息，那个来讲课的中央党校教授还向我打听他呢。

夏正纲横了他一眼说，谷雨歇了，酒不能歇，由你负责解决。说着，用目光瞥了眼谷雨面前满满的分酒器。

刘文化只得把分酒器拿过来，左看右看犹豫着，不好意思地笑着问，真要喝这么多呀？

夏正纲偏着头反问，怎么？有难度？

刘文化赶紧起身，说再有难度，也坚决完成任务。说着把谷雨的酒都倒入了自己的分酒器内，端起喝了一大口，歇了口气，再喝。

老郭大笑。看看你的腔调，吃酒还得用牙齿嚼的？

就在这时候，老式木门臼吱呀一声，县医院的副院长阿开推门进来。他亮着沙哑的嗓音说，哎呀呀，正在家做美梦呢，恰好梦见美女，就被你们电话叫醒，美女也就没了。

大家的注意力都集中到他身上。老郭叫嚷着，阿开，罚酒罚酒！

夏正纲伸手对老郭作下压状，不是罚，而是奖！召之即来，说明阿开同志还有高度组织观念的。先奖励一杯。

阿开在老郭为他添加的座位上边落座，边从口袋里往外掏给谷雨带的胃药，笑哈哈地扯着沙哑的吃糠喉咙说，让病人先把药吃了，我再喝酒。

就这样，以阿开为新热点，寻找出好多喝酒理由，让他连着喝了不少酒。为此，酒又增了几巡。闹够了，夏正纲干脆地一挥手，仿佛是驱赶看不见的蚊蝇一样。好，就这样！酒喝得差不多了。

辛炳德适时宣布，进入第二程序，掼几把。有道是“饭前不掼蛋，等于没吃饭”，我们是饭后掼把蛋，消化又通气。

大家齐声应道，相聚不掼蛋，等于没吃饭。纷纷站起身来，移步客厅，围着一张方桌落座。夏正纲与辛炳德搭档，张谷雨与阿开联手。老郭在一旁端茶递烟，哇呀哇呀亮着嗓子吆喝。刘文化自代谷雨喝下那壶酒，就头晕腿软，身不由己地躺倒在一旁的沙发上睡觉去了。

辛炳德利索地洗牌切牌，正在这时手机响了。辛炳德接听了手机，然后向夏正纲说，讨薪民工爬上百货大楼楼顶，马路上有人围观，堵了交通。我马上去现场处理一下。

夏正纲正色道，唔，这事要紧，你赶紧去处理。注意两点哦，一是要确保不出人命，二是要确保社会秩序正常。有什么情况随时向我报告。一定要妥善处理好！

辛炳德起身说，夏书记放心，我会处理好，随时向您汇报。说着匆匆忙忙出门去，叫上守候在耳房的司机就走。

剩下的人，阵势作了调整。夏正纲与张谷雨对家，阿开与老郭联手。夏正纲与张谷雨手气不错，两人配合默契，开局就升了3级。趁洗牌的当儿，夏正纲要老郭给辛炳德打电话，询问现场进展。老郭拨通了辛炳德的手机，连连说，辛县长，夏书记牵挂着现场的情况，让我打电话问问。辛炳德在手机那头答，顺利解决了，讨薪者已从楼顶被劝说下来，现场人群正在疏散。辛炳德让老郭转告夏书记，他不过来了，还要回局里处理点事。

夏正纲说，顺利解决就好，那我们继续出牌。他抓着满把牌，问谁进贡我牌？

首局就打了个末游的阿开皱着眉，眼睛朝天作苦思冥想状，沙哑着喉咙说，夏书记，等等哦，我正在考虑给夏书记送一份啥样的礼。夏书记一贯廉洁，两袖清风。送的牌大了吧，怕夏书记会拒收；送的牌小了，我又觉得难出手，左也难右也难哇！

夏正纲用食指隔空对着阿开，上下摆动，笑说，阿开啊阿开，提拔你当了副院长，又不是当石油公司老总，嘴巴怎么就油滑了呢？

大家哈哈笑。夏正纲突然问，哎，阿开，你那个在讲师团的同学怎么没像你？夏正纲学着小品里的台词念念有词，同样是在一个班级的两同学，做人的差距怎么这么大呢？

躺在沙发上的刘文化，头虽晕，心却是明白的。心想，夏书记在心里，到底还是没放下陶仲之啊！

阿开吭吭吭的咳了几声，吃糠喉咙扯开来。要说我这个老同学陶仲之哇，确实有才华，是我们县对外摆得出的人物。有才华的人总是与众不同的。在学校时，他就清高孤傲，喜欢打断老师的讲课，提各种刁钻的问题。有些问题提得还确实有道理，老师往往被他难住了。有回，物理老师面对他的问题恼羞成怒，不小心摔碎了玻璃烧杯，就罚他擦黑板。而他偏不从命，与老师在教室里僵持了半天。

阿开想起了啥，就独自嘿嘿傻笑。对了，我这个绰号还是陶仲之取的呢！我是剖腹产出生的，当时产妇顺产的多，剖腹产是个稀奇事。有次生物课上，老师拿着手术刀解剖青蛙。陶仲之突然扭过头来不阴不阳对我说，你是开刀生出来的，你叫开刀生。同学们哄堂大笑，从此就叫我开刀生，叫着叫着后来图方便，就简称为阿开了。

哎哎，别光顾讲了，出牌出牌。老郭用手指节敲着桌面提醒。

阿开这才赶紧出牌，又赶紧整理手中剩余的牌。

夏正纲看着手里的一把牌，嘴里仍在喃喃自语。哦，从小就自认为是个大轰，是个王。看完了手里的牌，他合起来，眼盯着阿开说，再说说大轰呢！

阿开下意识地将牌朝自己身边躲，戒备地瞥着夏正纲说，难道领导有透视眼！怎么知道我有大轰呢？

对家老郭就紧张了，说你怎么敞开大嘴透露家底呢？

阿开诡诈一笑。其实他手中这副牌里，连小轰都没一个。

张谷雨提醒说，夏书记是在问你同学陶仲之这个大轰。

哦，陶仲之这个大轰呀。阿开本来斜靠在椅背的上身，往前凑了凑，来了劲。哎，给你们讲讲陶仲之斗豪车的事吧。他扯着沙哑的喉咙说书般地讲起了陶仲之的轶事。

大理论家走路习惯思考问题。有次陶仲之走在马路上，边走边想着什么，走得踯躅徘徊。有辆黑色的劳斯莱斯车驶来，差点撞上陶仲之。轿车紧急刹车，车窗开启，伸出一颗留着棕色长发的小伙脑袋来，怒骂道，老甲鱼，会不会走路？长眼不长眼？

陶仲之站在原地一动不动，一言不发，双目怒视着。旁人都以为他的沉默，要么是软弱的表现，要么是发怒的前奏。可是足足三四分钟过去，他仍不作声。

豪车驾驶者骂了半天，没遭回击，就自感没趣，稍缓了口气说，老甲鱼，让开哇，还木头样戳在那儿等啥呢！

陶仲之清了清嗓子，这才慢条斯理地开口。你觉得你很富有，很有派头，是吧！你除了有几个臭钱外，你还有啥？

哟，老甲鱼底气足的嘛。有种！棕色长发调笑着说。哪里哦，我穷得只剩钱喽。

说得一点不错。陶仲之说，别以为开辆豪车，就派头十足，就有面子。你有知识、有礼貌，懂得尊重人吗？你没有！一看你，就是穷得叮当响哇。

哎，爷叔可以的，与我女朋友她爷爷一个腔调哇！开车小伙又一转脸说，可是用不着你来教训我！

陶仲之对着围观人群说，大家看看这种富了面子，穷了夹里的人！大家来可怜可怜这个打肿脸充胖子的人吧！

现今社会妒富愧贫成风，一辆豪车在街头与一个穷男人冲突，舆论肯定是倒向穷男人一边的。围观人群以附和声和爱憎分明的神态声援着陶仲之。

有了众人的支持，陶仲之越说越激动，又转向开车小伙，口水在阳光下飞溅。开了一辆劳斯莱斯你就了不得了？就以为能掩盖你空荡荡的内心了？

哎哎，你雷阵雨可以停停啦！开车小伙推开车门出来，甩了一下棕色长发，指着车头前银光闪闪的车标女神说，你唾沫像雨点一样，都溅在维纳斯女神身上！

哈哈，维纳斯女神！陶仲之爆出一阵大笑，这么漂亮的车，落在你手里真是糟蹋！你说的维纳斯，是叫艾琳娜·桑顿！这后面有故事的，而且是个爱情故事。跟你说了也白说，你不懂的。

开车小伙眨巴着眼睛说，爷叔有几下子的！给我留个电话号，啥时我请你吃个饭，听你说说，以后泡妞啥的，说不定用得着。

陶仲之撇撇嘴，冷冷一笑。排队请我吃饭的人多着呢，下辈子都轮不到你。要请我吃饭的人，论财富，论社会地位没有一个低于你的。

牛逼，爷叔厉害的嘛！凭啥人家排着队请你吃饭？

就凭我的知识比你富有。陶仲之说着就扬长而去。

阿开边打着牌，边用沙哑嗓子断断续续说完陶仲之斗豪车的段子。然后总结性地说，陶仲之就是这么一个牛逼轰轰的大轰。这个大轰，在家庭关系上也是牛逼轰轰的，与老婆一直磕磕绊绊。每次夫妻闹了别扭，最后还总得是老婆去主动凑合他，他从不肯弯个腰，低个头。最终两人离了婚。反正女儿大了，嫁回了家乡我们县，生了个儿子。陶仲之是把这个外孙当孙子养的，让外孙叫他爷爷的。

你有同花顺，我上六炸弹！要不要？老郭又在嗷嗷叫唤了。

大家赶紧低头看牌。张谷雨从老郭出的六炸弹中挑一张红桃4，说现在打5了，怎么拿红桃4来作逢牌配呢？人民警察还兴以假充真哇！

老郭瞪大了眼睛，作惊讶状。哎呀，弄错了，以为打4呢。哈哈。

是弄错了，还是故意浑水摸鱼？老郭哇！夏正纲意味深长地望着他一笑。

五炸弹，竟来冒充六炸弹。张谷雨摇着头说，没有陶仲之的高风亮节哇，人家在市委党校是正科级的处长，宁愿到县里来当副科级的讲师团副团长。哪像你，以小充大哇。

阿开低头理着牌说，陶仲之的性格，在市委党校与人相处得也不是很协调，之所以回到县里，是因为想改换环境，同时回家乡，靠女儿女婿近，含饴弄孙。蛮好，只是清高孤傲的脾气仍没改。

夏正纲口中配合着甩牌的动作，发出有节奏的音节来，含饴弄孙好，含饴弄孙好，同时把一副炸弹响亮地掷到桌上。

就这样，掼蛋这项流行于苏皖地区的扑克游戏，在周六的午后，在这座有点宁静、潮湿的院落里噼噼啪啪打得热火朝天。那天的牌并没按规矩打到A，仅打至K，夏正纲就猛然把牌一推，起身在厅堂里踱来踱去，踩得青砖地面橐橐响。

他抬头望着房顶、亭柱，向老郭随口问起这房子以前主人的情况。当老郭还在喋喋不休讲述时，夏正纲突然宣布，今天的娱乐活动到此结束，你们该回家的，赶紧回家，多陪陪家人。

他说完背着手向门口走去，刚走两步，又倏地转过身来，对张谷雨和刘文化说，陶仲之不是理论上有一套吗？不是理论界的翘楚吗？让他以县委的名义写篇理论文章，对照中央的精神，结合我们县经济转型、现代化城镇建设的实践，进行理论的阐述。拿到省委机关刊物、理论杂志上发表一下。让他写好，拿着稿件到我办公室来。人和稿哦，到我办公室。说完，他就向院门走去。坐在耳房休息的司机，见状赶紧一阵风似的跑出门去发动汽车。

夏正纲一走，剩下来的几位也都散伙了。老郭坚持要把大家送走后，他才离开。

阿开扯着沙哑嗓子在嘀咕，把我从午睡中叫醒，特地赶来，牌只打一会，还没过瘾就收手了，这不是弄人白相吗！他笑着摇头，转而又摸着后脖喜滋滋地说，晚上还要喝朋友寿酒的，去酒店还早，到附近同事家坐一会喝喝茶。

张谷雨与刘文化一起走出门来，他们一个刚住进滨河小区的新房，一个还是住在教委宿舍区，两个住宅区靠得近，两人可同路一段。

不好意思哦。刘文化歉意地摇头说，和夏书记第一次私下喝酒，我就出洋相。

哪里哇。张谷雨宽慰着，是我不好意思，城门失火，殃及池鱼。让老弟受累了。

刘文化说，我记得你在学校是最讨厌打牌下棋的，现在居然也打得一手好牌！

张谷雨一笑。没办法呀，机关这环境是人精汇聚哇，不适应、不融入，就是死路一条。掼蛋，也是生存技巧呀。

周六下午的县城，如同所有节假日的县城一样，总是无节制的喧嚣。沿街卖服装、鞋子、文胸、丝袜的小商店和卖烤肉串的烧烤摊位，都拼命开着扩音喇叭播放着流行歌曲、摇滚音乐和招徕生意的吆喝。这些声波交织在一起，相互撞击，就碎成了七零八落的声音垃圾。噪音震耳欲聋，连耳膜都要被震裂。

张谷雨皱着眉，来回扫视着说，要关照城管来好好整治一下，这还了得，闹翻天了！两人弓着脖子，快步通过这一路段。到了远离噪音的路段，他们才放慢脚步。

哎。张谷雨停下脚步，转过身说，老弟，夏书记布置的任务，你赶紧认真去落实哦！三个要点缺一不可，让陶仲之人与稿子一起到夏书记办公室哦！

刘文化估摸着这事的难度，竟也老着脸皮说，老兄呀，夏书记明明是对我俩一起说的呀！怎么就落到我头上了呢？

张谷雨一脸严肃的说，老弟，不说笑话，你可是县委宣传部分管理论的副部长，讲师团是归口宣传口的哦！你不管这事，还有谁管这事？

刘文化收起嬉笑，认真点了下头。跟你说笑的，这事我去办就是了。

张谷雨说，这事说小，小；这事说大，大。你是聪明人，应该能掂量的吧？你可一定要把这事办成。

刘文化神色凝重地点头，低声说知道了。

刘文化回到教委家舍的家，刚脱下皮鞋，老婆就凑上前来，递上他要换的拖鞋，神情暧昧地问掼蛋掼得如何？刘文化避开她探询的目光，说别说了，根本没摸上牌，喝酒就喝倒了，躺了一下午。说完，就倒在客厅的沙发上不吱声了。

老婆就嘀嘀咕咕责怪他，当着夏书记的面，怎么不控制好呢？怎么能出这种洋相呢？

刘文化将手掌按在额头，一言不发。

周一上班后，刘文化将要说的话，暗自默想了两遍，就给陶仲之通了个电话。他冲电话笑喊，陶理论家，在忙啥呢？有空到我办公室来坐坐，喝口茶。

陶仲之说，你知道的，讲师团能有啥忙的？也就是喝喝茶，反正到哪里都是喝茶，挪个屁股的事。

就这样，陶仲之的屁股，下午就挪到宣传部刘文化的办公室。瘦长得像根芦苇的陶仲之，屁股并不大，占着沙发很小的一块面积。刘文化忙着给他沏茶。端茶的当儿说，这茶是明前的碧螺春。是同村开裆裤兄弟家里种植制作的，送来两盒尝新的，还有一盒没开封。老陶你如果呷了觉得好，给你带回去尝尝。我晓得你是老茶客了，就好这一口。说着，就把未开的一盒茶叶放在他身边。

陶仲之呷了一口白瓷杯里的茶，说这茶好，色清、味醇，地道。现在有些茶树种着种着就退化了，味就变了。

两人坐着喝茶，天南地北地聊了一气，还重墨浓彩地说了半天被他称为孙子的外孙。说起这，陶仲之兴致高涨，马上掏出手机展示小家伙的照片，眉飞色舞地描绘了小家伙的萌相。他饱含爱意地骂道，这个小鬼头，别看他人小，贼精贼精的！活脱脱像我老陶呀！哈，今年过了暑假要上幼儿园了。

刘文化随口问，打算上哪个幼儿园呢？

陶仲之说，肯定要上县城最好的实验幼儿园了。现在上个好点的幼儿园都要挤破头，我已与幼儿园说好了。

在一阵欢笑之后的片刻空隙里，还是陶仲之淡淡笑着问，不会真的是叫我来坐坐、喝喝茶的吧？

刘文化就笑。啥都瞒不过你。坐坐、喝茶是主要由头，你一心抱孙子，安享天伦之乐，好久没来了。另外，有一事要你理论大家出马出力。

我就知道呶！陶仲之一扬下巴，很爽气地说，你说吧，啥事？

刘文化就摊了牌，把夏正纲布置的任务和盘托出。

陶仲之当即就反问，宣传部和县委办有那么多笔杆子在，主任、部长、科长排了一长溜，还用得着我出马吗！

笔杆子再多，也比不上你这一笔杆子呀！夏书记看上的，是你这笔杆子。刘文化边说边瞧着他的脸部反应。

陶仲之沉吟了一会说，写文章可以，我拿了工资总是要干活的。况且是你刘部长交办的事。稿子我会写的，但带着稿子，呈送到他办公室就不必了。

刘文化悬在心头的石头落了一半。像驾驶爬坡的汽车不敢松油门，要一路踩着油门把车开到坡顶上一样，他往前凑凑身子讪笑着说，文章要写，稿子也要当面送到。把你的大作当面送到书记面前，这是你的荣光，有啥不可以的？

陶仲之说，本来是没啥。说着，他嘿嘿一笑。

刘文化说，夏书记是很器重你的。

陶仲之浅浅一笑说，确实器重我。前几天，在县委办公大楼电梯里遇到我，看看没有其他人，对我说一句，要开始考察讲师团的领导班子了，要重新调整了。

刘文化没听清，问：谁说？

还有谁？陶仲之手指朝天花板上指指，只说了一个字，夏！又说，我对他说，这个副团长我都不想当，能换掉我，谢天谢地。

刘文化看劝不住他，就只能说，你先把稿子写出来吧。他心想，先稳住他，让他把稿子先写出来，送夏书记办公室的事，只能是成稿后再做他工作了。

一个星期后，在刘文化还没想出，如何进一步做通陶仲之思想工作时，讲师团的一位年轻人，拿着一个牛皮纸大信封就来到办公室。平时文件传送都是经过交换站，由县委门卫的收发员老头递来的。面对这位年轻人送来的这只大信封，刘文化没反应过来，随口问，是啥呀？

年轻人说，是陶副团长让他送来，送给你刘部长的。

刘文化才反应过来，是陶仲之来交作业了。仔细想想，这个陶仲之是有讲究的，他自己虽不来，却也没通过交换站将稿件送来，而是派专人送达，足已有分寸地表示他的态度。刘文化拆开牛皮纸信封，首先滑出的，是一张刻录有文稿电子文本的光盘。这个陶仲之，为了让人没有理由再找他，已是想尽了办法。刘文化取出稿件阅读，一口气读完了五千字的文稿。不得不佩服陶仲之深厚的理论和文字功底，稿子写得观点鲜明，条理清晰。既有浓郁的理论色彩，又有扎实的具体事例；既结合本县的工作实践，又没局限于县的层面，有站在更大视野里思考的格局。看完后，把稿子放一边，他就拿起桌上的电话要给陶仲之去个电话，刚按了前两位号，就放下了电话。心想，还是自己主动前去才对。他下楼骑了自行车就去讲师团。

讲师团的红砖小楼，掩藏在护城河畔的一大片香樟树丛中。楼上楼下安安静静的像在午睡一样。刘文化来到二楼陶仲之的办公室门口，不料大门紧闭。这样，就只能打电话了。刘文化掏出手机给陶仲之打电话，打了两次，才接通。手机里传来农贸市场般的嘈杂背景声。刘文化说，陶团长呀，我正站在你办公室门口程门立雪哇。

陶仲之在手机那头说，刘部长呀，我按时完成了任务，作业已交，其他事就不关我啥事了。

刘文化说，陶兄，稿子我拜读了，很好。只是，只差一步。写得这么好的稿子，又不是见不得人。你当面送给夏书记，这事就相当完美了。

陶仲之说，请刘部长理解。今天起我休假半个月，抱着孙子到市里来的，长途汽车站刚到站，正下车呐。

电话搁掉了。刘文化深重地叹了一口气，无奈地骑车返回县委大楼。他直接去了张谷雨办公室。张谷雨正在签批几个文件，见他垂头丧气地瘫坐在一旁的沙发里，就说，刘大部长，天气还热着，你怎么就如被霜打蔫的落秧茄子？

刘文化说，唉，还不是让陶仲之写稿的事烦的！

张谷雨问，陶仲之到底是没写？

刘文化说，稿子今天一早就交来了，稿子在我办公室，我马上拿来让你过目。

张谷雨忙摆手，不用拿来给我，我正忙得鸡头眩呢，就不沾手了。

刘文化说，以县委名义写的，你总得帮着把把关吧？

张谷雨一笑。有你大部长把关，就足够了。当然，交给夏书记后，如果夏书记觉得需要让我看，又是另当别论。

刘文化说，这个老陶，就是不愿去面呈，把稿子撂我这边就算完事了。今天起他休假了，抱着孙子去市里了。你说，这事怎么办？

张谷雨眼盯着刘文化的脸，似乎心想着其他事。半晌，说了一句，还能怎么办？除非你能把陶仲之拉回来，押他去，要不就只能你去交了。

刘文化苦笑一下，回到自己办公室，傻坐了一会。想想蛮好的周六，就是被拉去与县委书记一起喝个酒、掼个蛋，就弄出这等尴尬的事来。要训要骂，反正是后娘的拳头早晚一顿，躲是躲不掉的，拖着还不如早点了结。这样想着，就用桌上的内线电话给夏正纲的秘书打电话。内线电话没人接，说明不在办公室，就改打他的手机。手机通了，刘文化自报家门，说有事要向夏书记汇报，看看夏书记今天啥时有空？秘书压低了声音说，夏书记今天有几个会议的，要不临下班前看看吧。

刘文化心神不定地等了一天。离下班前还有十分钟时，秘书打来电话，说夏书记回办公室了，可来作个简短汇报。

刘文化拿起陶仲之写的稿子，怀着加剧跳动的心，来到五楼书记办公室。坐在对门的秘书看到他，下巴一扬，示意他进去。刘文化用手指节在办公室门轻轻敲了两下，稍候片刻就推门进入。走到夏正纲的办公桌前说，夏书记，稿子写好了，请您审阅。

夏正纲抬头看了他一眼问，什么稿子？

刘文化就紧张起来，有点结巴。就是，您布置的，让、让陶仲之写的理论文章。说着，将文稿递上。

夏正纲瞥了眼文稿，没接。我是怎样布置的？陶仲之怎么没来？

他家里有事，休假了。刘文化微躬着腰，伸着双臂，保持着这动作。

夏正纲还是没接文稿，铁青着脸，上身往皮靠椅背仰倒过去。家里有事，休假就不来了？还有没有组织观念！你们宣传部就是这样管理下属单位的？

刘文化还是坚持着递呈的动作，进退两难。细细的汗珠已从额头沁出。他想起陶仲之的抗拒，对比之下，就为自己这个动作感到羞愧不已。

过了半天，夏正纲慢条斯理地问，稿子写得怎么样？

刘文化不敢把文稿说得太满，免得被动，就说，文稿写得还可以的，请夏书记审阅。觉得时机来了，边说边把文稿放在他面前的桌上。

夏正纲没拒绝，也没当场触碰稿件，捧着紫砂茶杯一口口地喝茶。这种沉默，让刘文化感觉到巨大的压力，进退两难，不知说什么好。他不仅是额头在出汗，心头也沁出了汗珠。

夏正纲喝了一会茶，然后放下了茶杯，没合杯盖，还稍往刘文化站的位置推了一下。

刘文化见茶杯中没了水，就接过茶杯，到墙角的饮水机处给茶杯添注开水。端着茶杯返回来，在把茶杯放到办公桌时，正在看手机信息的夏正纲没抬一下眼睛说，你先去吧。

刘文化如释重负地走出了办公室，看到秘书探询的目光，表情复杂地笑了一下。过了几天，秘书将由夏正纲作了几处小改动的文稿还给了刘文化，稿子空白处写着夏正纲的批示：修改后，由宣传部向外发稿。刘文化这才觉得，此事终于可画上句号了。

过了三个月，理论文章在省委机关刊物上刊发了。那天，刘文化在县委办公室大楼的电梯里，恰好遇到了陶仲之。他憋得脸通红，刚想对陶仲之不辞而别之事说句狠话，却发现陶仲之脸色黯然的样子。

刘文化好奇地问，怎么啦？你今天怎么会来嗄？

陶仲之垂着头，摆摆手。为了孙子上实验幼儿园的事哇，按说实验幼儿园名额再紧张，凭我的老脸跟园长打个招呼应该没问题的，而且已经答应过我了，但最后不知怎么的，还是被挤下来了。

刘文化问，你这是去了哪里下来？

陶仲之撇撇嘴答，还能是哪里！五楼，夏！

刘文化又问，那么孙子上幼儿园的事解决了没有呢？

最后只能请夏书记关心了。我该作的姿态作了，该说的话说了。他当着面立即给教育局长打了电话，说陶仲之是理论大家，是我们县的人才，他的困难我们一定要帮他解决。这样，孩子入园问题才当场解决。陶仲之一脸怏怏，无奈地摇摇头。

刘文化说，看你那腔调，还以为没办成呢！

这天下午，刘文化接到张谷雨的电话，说晚上八点半，到夏书记的房间掼蛋。谷雨还注释了一句，晚上夏书记要接待邻县党政代表团，所以我们这次是光掼蛋，不吃饭。

县招待所承包给私人经营了，招待所院子里有幢小楼是不对外的。夏书记等异地交换任职的干部，就都住在这幢小楼里。刘文化下班回家吃过晚饭，这回没与老婆说是陪夏书记掼蛋，只说晚上要加班，就匆匆出门。他是第一个到达招待所的，在楼下门厅等着。

一身酒气的阿开来了，他话很多，说因夏书记召见，只能是提前从酒桌撤走，否则还会坐着喝下去的，今晚的酒是窖藏了二十年的原浆酒，难得的一坛好酒。

再过了十多分钟，夏正纲的小车来了。先从车里出来的是张谷雨，他从副驾驶的位子出来，然后打开小车后面的车门，把夏正纲迎出来。

夏正纲边走进小楼，边解着领带，又解开衬衣的领扣，关照张谷雨让服务员快送套干净的茶杯过来。然后，对阿开和刘文化笑呵呵地说，那次掼蛋没掼舒心，听说阿开有意见？好哇，今晚我们掼蛋至少要打到 A，如果时间允许，我们要打它个几局。

夏正纲住的是套房，里间卧室，外间客厅。一进门，夏正纲就脱了西装扔到沙发上，兴致勃勃地说，掼蛋里有智慧哇。怎么调度支配好手中的每张牌，才是赢牌的关键。一揢 27 张牌中，如有一张牌不能为你所用，你还掌控什么牌？你还掼什么蛋？就如那个外国名人叫什么来着？说过，人生的精彩不在于拿到一手好牌，而是打好手中的每一张牌。

张谷雨抬头想一想，问刘文化，应该是原美国总统艾森豪威尔的母亲说的吧？

刘文化没答是否，只是敷衍地一笑。他心里正想着，夏书记今天心情特别好。

2016 年 10 月 4 日写毕

逝去的花

一只翠绿色的小虫，在窗玻璃上爬。爬上一步，便滑下，又爬。

它一定腿酸了，一定喘气了。熊瑞根可怜起那小虫来，但最终还是坐着没动。

周正林盘腿坐在工具箱上，双手合十，垂着眼皮，嘴里念念有词，俨然一个诵经的和尚。班里的同事大笑，凤琴弯腰揉着肚子骂他："短命的矮倌！"他却什么事也没有一样地捧着玻璃罐呷茶。

"好了好了，发言发言，选厂先进一名。"待笑声止了，矮倌仿佛才记起，自己这个工会组长主持班后会的使命来。"瑞根，在想你那赚大钞票的少奶奶？你一班之长，带个头。"

瑞根目光丢开了那虫，清清嗓子："大家说。"

大家并不说。老郑头又打瞌睡了，脑袋像鸡啄米般地一点一点。凤琴和她的女徒弟面对面理着回丝。回丝是发来擦机床的，这些女工们却极有心思地理成一团团，给孩子、丈夫结纱裤纱衣。这是明摆着的公私不分。瑞根看不惯，却只是用眼睛乜乜，从不吭声。

“有啥说啥，不是请客吃酒水。”瑞根想说句笑话，声音却嗡嗡的。他耳朵留神着，等待别人提他的名字。

瑞根从插队的乡下招工进厂八年，每逢评年度先进个人，大家还没坐定，便一齐道：“还评啥，把我们的老先进报上去。”他当了七年厂先进生产者，还当了两年市劳动模范。一年忙到头，表彰会上戴红花，是他一年中最得意之时。那回他披红戴花，坐彩车，在军乐队伴送下，缓缓绕城一周，去开劳模会。途经家门口，邻居们拥在他们家门外，欣喜而妒羡地望着车队。

妻子雪莲抱着儿子，呆呆地望着车窗里的他。儿子挥着小手，“爹爹——”

他鼻子酸酸的，竟滚下泪来。

当晚市长设宴招待劳模们。市长一桌桌地敬酒，来到瑞根他们一桌，问：“那头一年干了两年活的老黄牛呢？”

在旁人的推搡下，他才站到市长面前，光咧着嘴笑。

市长举起酒杯：“来，敬你一杯，祝老黄牛身体健康！”

瑞根慌了，颤巍巍地抓起酒杯，也想说几句回敬市长的话，可只是喉结滚动一下，终于没说出什么惊人之语。同桌人都为他感到惋惜，市长一走，便一齐罚他喝酒。他嘿嘿笑着：“不会喝，我！”一杯又一杯甜得粘嘴的二泉酒却不可抗拒地灌下肚去，他醉了。吐了一地，把胸前的大红花也弄脏了，让他心疼了几天。

那真是令人心醉的日子啊……

“老郑头，到站了！”矮倌伸手在老郑头脖颈上拍一掌。

老郑头抬起脸，张着嘴，拖一丝闪亮口水：“啊，啊。”

“怎么，嘴唇又生疮了，要不要我矮倌再给你杀个西瓜？”

这滑头！瑞根明明知道矮倌在出招，可不知自己该如何为好。只认定，他弄瓜的手段是要打问号的。

刚立秋，“秋老虎”天出奇的热。老郑头嘴角边生起了疮，接着有两个徒工嘴角也都生了疮。

趁着中午休息，矮倌跃上自行车往厂外跑。不一会就弄回十多个西瓜，抛篮球般地给全班每人扔了一个。老郑头觉得奇了，西瓜早落市了，他转了几天市场都没买到，便问矮倌。矮倌一掌砍了个瓜，大口吃着："反正不是偷的，处理价。"

原来，他骑车沿着运河跑了一大段，好容易看到一艘水泥挂桨船，装着小半舱西瓜。一个农村小伙子正蹲在船头，边吃饭边回答岸上的问话："瓜不卖，送亲戚的。"

矮倌眼睛一亮，停好自行车，跳上船头，在那农村小伙子头顶拍了一掌，笑着："你家伙到了城里，也不来看看老朋友。"

小伙子睁着迷惘的眼打量他。

矮倌又在他肩上一拍："你呀你，发了财就忘了朋友，还记得那天——啊？哈哈……"

小伙子搔头摸耳想了半天，实在记不起"那天"，心想：乡村办了厂，和城市工人交往多了，也许在哪里和这位"老大哥"有过交往，要不别人怎么会和自己如此热络！见对方这般亲热，小伙子不再好意思打听对方姓名，跟着热乎起来："啊啊，是你。"

"我说你家伙不会忘记朋友的嘛。"矮倌和他东南西北地聊了一阵，跳到舱里，在瓜堆里拍拍这，拍拍那。"孩子们闹嘴馋，想吃西瓜。给我来几个，反正亲兄弟明算账。刚才我跑了几个摊，瓜比这好，一角伍一斤，我嫌贵，你这瓜每斤一角，不要让人家说我揩你的油。"说着，往网袋里塞了十几个瓜，掏出张纸币递给那小伙子。

小伙子有些尴尬地挡他的手："钞票，算了。"

"那不行，我喜欢桥归桥，路归路。"

班里的同事边享受西瓜的沙瓤甜汁，边听他的讲这瓜的来历。

"你到底认得不认得他？"老郑头问。

"前世里认识的。"矮倌说，顺手把半爿瓜皮扣在老郑头脑袋上。

瑞根的瓜正吃去大半，便止了口。这瓜来得正路吗？他总觉得矮倌很像雪莲店里的那个老板，他要是辞职下海开店，也定是把好手。趁人不注意，瑞根把瓜盖在铁屑下，倒了……

“吃哑药了？毛丫头你说说。”矮倌在催凤琴的徒弟发言。

瑞根又去看那翠绿的小虫，它已滚落到窗下了。他似乎感到这回厂先进个人的红花，是必定戴不到胸前了。

凤琴的女徒弟涨红了脸，说：“要有两个名额多好，熊师傅，周师傅都……”

“好了好了，我们下班还有孩子、炉子，”凤琴打断徒弟的话，飞快地绕着回丝，“你们不开口，我说！我评矮倌为厂先进个人。”

“没意见，周正林合适。”

“就周师傅吧！”旁边有人急忙附和。

矮倌挥挥手：“摆摆理由，具体举例说明。”

“要说事迹，瑞根也够格的，只是名额就一个。”老郑头早已不打瞌睡了，却还是埋着头，慢吞吞地说，“比起来，正林更合适些。瑞根主要靠死做，加班加点，正林脑子活，点子多，他搞的样板刀，把两次进刀并成了一次；我们班这次不加班加点，完成承包任务，全靠他这把刀。当然，瑞根也不错的，只是名额有限。”吞吞吐吐，也许他记着那年出了疵品，瑞根带病帮他返工的事吧。

“矮倌还为厂立了大功，”又有人冒出来，“上半年他借到厂供销科两个月，把积压在库里的那批电磁铁推销了不说，还签了几张合同。厂报上不是说了，改革需要他这样的人！”

“要是没矮倌签那几张合同，我们奖金哪能拿这么多！”

瑞根直了直身子，觉得大家的目光都在注视自己，该是表态了。于是，咳了一声，说：“我也同意老周当厂先进个人。讲贡献，老周确实不小。”这话说出口，倒觉得是真心诚意的。

“既然大家选我当先进，我也不客气了，以后多先进先进。”

矮倌一挥手中的笔记本："没意见就这样了，瑞根？——散会。"

瑞根在车棚取自行车，老郑头凑来低声说："其实，矮倌在厂长面前是吃香透的，听说马上要调他到供销科当副科长哩。唉，现在，需要的是诸葛亮，不是老黄牛哇!"

瑞根露了下牙，算是一笑，没吭声。现在的厂长是个有文凭的大小伙子，过去老厂长是看重他的。有几个月，车间里加工铜件，瑞根见机床底脚角角落落里嵌满了金星星，便用吃饭休息时，拿了笤帚畚箕，小心翼翼地扫，聚在一起用淘箩凑在水龙头下淘洗。淘尽了尘土，撮起了一撮撮金星星般的铜屑。淘着淘着，突然肩上被拍了一下，把他吓了一跳，回头看，竟是那从部队转业来的厂长。

厂长很激动，抖抖嗦嗦地摸他的手。

"厂长，我……"他不知所措。

厂长一摆手："你不用说，我知道!"转身把一帮正在下棋、打扑克、理回丝的工人叫来，端起半脸盆铜屑，说："看看，这是真正的沙里淘金，这才是主人翁精神，我们的企业就需要这样的老实人!"

瑞根的手脚真不知如何放为好，垂着眼皮，双手一会扯衣襟，一会儿拉下摆。

这个"现场会"带来了热闹。车间团支部、民兵连，都向熊瑞根学习沙里淘金，开展义务劳动，扫垃圾，淘垃圾。

矮倌说起了怪话："沙滩上拣芝麻——不够工夫钱。"

不管怎样，老厂长每当教育小青工，总是把"老老实实"的熊瑞根掮出来。

推着自行车路过厂门口的光荣台，瑞根扫了四周一眼，见没人注意，便瞥了眼那上面自己的彩色照片。每年拍照，那是笑得最好的一张，眼睛眯小，露出一排整齐的牙；脸被胸前的红花耀得红红的。

那花……那花呀！他突然一阵心酸，骑上车猛蹬。

回到家中，懒懒地坐到床沿，浑身似乎散了架一般。他仰天倒在床上，望着墙出神。

墙上挂着一幅油画。是一个袒胸的外国女人。画框朝外倾斜，与墙造成一个夹角，搁着一大卷奖状和几朵绢质的红花。都是瑞根没日没夜站在车床旁摇拖板摇出来的。那外国女人的位置，本来放着一张市长签发的奖状。那天雪莲自言自语般地说了声：“换了吧！”便取下了那奖状，正要挂上那外国女人，瑞根发话了：“不是挂得好好的吗？”

雪莲望他一眼，抿嘴一笑，挂上了外国女人。把当年也是她亲手挂上的奖状，很随便地卷了卷，放在外国女人的背后，一拍手上的灰，柔声说：“这画一挂，房间里的气氛立马就不同。”

瑞根张着嘴没说出话来。

……

“爹爹，你不烧夜饭，尽躺着，像只猪！”在做作业的儿子竟站到床前来，像挥警棍一样地挥着铅笔说。

瑞根一瞪眼，坐起身，抓起鞋子：“小赤佬！”

儿子拔脚就往外间跑。

瑞根扑了个空，差点没摔倒。他愣愣地坐了会，起身开炉门、淘米。他是很少这样早回来的，下班总要在车间加一歇班，烧夜饭一直是雪莲的事。最近她却回来晚了，说店里生意忙。什么店呀，那个小鬼头办的，在西河头拐角处一间门面，卖奇装异服的店。那个小鬼头当当供销员蛮好，却去倒卖钢材。吃了三年官司回来，在雪莲那个街道生产组洗回收的塑料布，也蛮好，却又去开店。又把雪莲拉去站柜台。瑞根想：对没有城市户口的她，没有比站柜台更轻松、更干净的了；薪水又多，政策也鼓励，便同意了。

不久，凤琴来上班，穿着一件暗橙色的海花绒短大衣，一进车间就嚷：“路过西河头，在瑞根老婆店里买的，半年的奖金光了。”

说着，像时装表演一样，转着身子，让大家欣赏，“瑞根老婆真不错，还像个大小姐一样，笑眯眯，怪讨人欢喜的。老板有眼力，靠她那脸蛋就会生意兴隆。”

下班后，瑞根去浴室洗澡，在更衣室被电工班的一个小伙子叫住了。他边套高领羊毛衫，边对瑞根挤眼睛：“你老婆的服务态度一级了。我去买羊毛衫，横挑竖挑没称心的，你老婆笑嘻嘻地为我挑了这件，不错吧？试穿时你老婆亲手给我翻好领子。嘿，那手，弄得我脖颈痒兮兮的……”

瑞根铁青了脸，挥起毛巾，像鞭子一样朝那张得意洋洋的脸抽去。

小伙子怪叫一声，逃了。

瑞根下决心，非要雪莲离开那店不可。晚上，儿子睡了，他还青着脸，愣愣地坐着。雪莲用手摸了下他的额头。

他猛地推开了她的手：“你听着，你立即给我离开那店，穷死也不去塌台！”

“我？”雪莲睁圆了眼睛，“我又没偷东西，又没偷人。”这女人，气恼时也是细声细气的。那双杏眼却越来越亮，终于涌出了泪珠。

一定要她离开那店，离开那小鬼头！瑞根默默打定主意。

“我怎么塌台啦？”她扭过身，扑倒在床上，抽泣起来，“没良心的，我每个号头拿回来百来块，还大闸蟹、大青鱼的拎回来，物价那么高，靠你的几十块能过日脚？”呜呜地哭，那显得单薄的肩抖着，让人看了心里就怜惜。

他心软了，坐到床前去抚摸那颤抖的肩。

她一扭肩，甩开他的手：“啥年月了，还以为你老实巴交的死做吃得开！”

瑞根的手触电般地一抖。过去，她可不是这样的。

……

“爹爹，饭焦了。”儿子从门边探出头，小心地望着他的脸。

瑞根这才记起饭来，手忙脚乱地端饭锅。儿子跑进来帮着掀焐窠盖。

瑞根手指烫了下，丝丝地吸着冷气。儿子又跑去拿来肥皂：“爹爹，擦擦肥皂就好了，老师说的。”

他擦擦肥皂，痛果然减轻了许多。回头见儿子仍小心地盯着自己的脸，问：“你爹爹脸上有西洋景看？”

儿子一笑，露出豁了口的牙齿。“爹爹，我告诉你一件事，你不能骂我的。”

“唔。啥事？”

“下午上语文课，周老师批评我的作业。我头钻在课桌里说：‘周老师吃狗屁！’坐在我旁边的李小娟告诉了周老师。我不承认，周老师要我叫你到学校里去，我说，不要去叫爸爸了，我是说请周老师吃，吃狗肉。周老师也笑了。”

“你，谁教你的！”他既好气又好笑，望着才上一年级的儿子，觉得简直不像自己。“以后，不许学得这样滑！”

“我不这样说，你就要被叫到学校去了，你不难为情吗？”儿子撅着嘴说。

瑞根心情似乎好了些，雪莲还不见回来，他和儿子草草地吃完晚饭，吩咐儿子：“把碗洗洗。”

儿子好像早已想好了的，说：“我还有好多作业。”

瑞根只得自己动手收拾桌面、洗碗。过去他是不洗碗筷的。有时早回来，他也想帮着做点家务，雪莲总是拦住他，用那单薄的肩膀撞他：“去吧，在厂里当劳模不够，回家还想抢劳模当，憨牛犊！”

“憨牛犊，我的！”甜甜的，软软的。听了，心里痒痒的、酥酥的。

还是在那个小乡村里插队，同知青组共四人，两人通路子、开后门，招工、上大学走了，还有一人做了一大包祖传梨膏糖，走村串巷混饭吃，临走，劝瑞根："跟我出去，拉拉场子，总比在田里锄土坷拉好。"

他摇摇头，还是脸朝黄土背朝天地干。

忘不了那黄昏。拖着沉沉的腿从大田里回来，草草地填饱肚皮，横在床上，用草根剔着牙缝，悠闲地放屁。那时一日三顿，除了山芋还是山芋，结果造出好多气体。

他望着小窗外。乌黑的浓云在翻滚，空气中弥漫起土腥味。想着在县知青积极分子大会上吃过的大块大块红烧肉的味，不由咂了咂嘴。

窗口闪过一个人影。那芦扉门吱地推开，传来吃吃的笑。

他腾地坐起身。雪莲端着一只脸盆，故意站得远远的，一歪头，说："猜猜，啥好东西？"说着，把脸盆往桌上一搁，抬起手背一按嘴，又笑："瓮头里的好小菜。"

"螺蛳！下河了？水挺冷的。"

"队里罱河泥沤肥，我在河泥堆中拣的。"姑娘把脸盆推向他，自己捻了颗，啧啧有声地吃起来，"邻村的知青都结伙去打狗，昨夜里把河东罗瞎子的狗打死，煮了。没叫你？"

"狗是人家看家护院的。"

"听说，又要招工了。队干部都推荐你哩。"

"我？"

"到底老实人不会吃亏的。"

他们高高兴兴地凑着脸盆吮食螺蛳，补充着贫脊的肌体。同时，愉悦地交流着目光和言语，补充着他们饥渴的精神世界。瑞根这个从小失去母爱的孩子，一直怀疑自己的命运是最不济的。得到雪莲——这个父母的宝贝蛋蛋的念恋，既受宠若惊，又怀疑这份情感的真实性，害怕会随时坠毁，害怕这会成为一场梦。

窗砰地撞上又弹开，起风了，旋即下起了大雨。

瑞根跑去关窗。

“我还能回去？这么大的雨。”雪莲说。

“我这儿有伞，正好一把。”瑞根毫不思索地说。

“我怕的，一个人走路。”雪莲胳膊伏在桌上，脸埋在中间。

“我，我送你。”瑞根脸热了，低头左看右看地好像在找什么。

笑，轻轻从胳膊中飘出，吃吃的。

他打开那把发黑的油布伞，送雪莲回家。雨，哗哗地泻在伞上。风，裹着雨屑横扫过来。雪莲跨出的腿不由颤抖起来，一滑，他忙伸手去拉，雪莲就顺势倒在他怀里。仿佛一尊雕塑，两人一动不动地凝固在雨中。在伞下的那块晴朗里，两颗心如小兔子般地蹦蹦跳。

雪莲脸贴着他的胸脯：“我，喜欢你！”

“你，”瑞根似乎用尽全力问，“你喜欢我啥呢？”

“老实，喜欢你老实！我的憨牛犊。”

……

时钟敲了九下，雪莲还没回来。瑞根收拾好灶间，蹑手蹑脚地回到房里，怕打扰在用功的儿子。

儿子斜倚在沙发上，见他进来，慌忙把一本书塞到屁股下，贼忒嘻嘻地笑。

瑞根走过去挖出那本书来，却是一本武打连环画，瞪圆眼睛：“这是做作业？”

儿子揉着眼，佯作很困状：“姆妈还不回来。”

安顿儿子睡后，瑞根熄灯，上床躺着，静静地等待雪莲回来。想和她聊聊，把班后会上的遭遇，心中的郁闷，统统吐出来。相信会像过去一样，得到她的宽慰。

四周很静，灶间传来嗞嗞声。他在蜂窝煤炉上燉着夜饭和菜，是给雪莲留的。这么晚不见回来，定是饿坏了。过去，瑞根加班回来，雪莲总是守着燉着饭菜的煤炉，做针线。他拖着疲惫的腿，一跨进家门，便见她的笑脸，然后在他面前变戏法似的端出一碟碟下酒菜，一只牛眼盅斟满了酒。酒，只能一小口一小口地抿，喝多了，雪莲便撅起嘴来：“伤胃的！”瑞根咂着酒，吃着特地为他炒的下酒菜，听坐在桌边的雪莲讲白天邻里间发生的事：“张家从小就送了人的女儿，今天回来了。”“李师母早晨买菜，被扒了只皮夹子。”这就算是瑞根每天的娱乐生活了，也是整天不在家的他，与邻里信息联系的唯一途径了。雪莲讲起来，翘着手指比划着，兴致很高，他总是像咂酒一样地听，绝少插嘴。但这样的日子，还是她在街道生产组的时候，还是在没有全民经商，没有个体户的时候。他怀念那日子。

“橐橐橐，”门外响起了高跟皮鞋敲击地面的声音。门开，灯亮，雪莲穿着一身白得耀眼的套装，领口露出宝蓝色的衬衣，显得年轻，活泼。她很兴奋，迈着轻捷的步子，旋了个舞步，凑着镜子用面巾纸擦去口红。

瑞根咳了声嗽。

她扭过头来：“你还没睡着？”

“吃饭吧，在炉子上。”他坐起来。

“吃了，在银都大酒店。老板戴了红花参加第三产业先代会，高兴哩，非拉我去吃。”

“……”

“你不高兴了？你呀，真是……”

她脱外套，扭头对着镜子欣赏了一眼自己的背影。

他想诉说在厂里的委屈，动了动嘴唇，没出声。

日光灯咝咝作响。

她换上了睡裙，到儿子的床前，弯下腰去端详着熟睡的儿子。

“儿子滑起来了。”瑞根找到了这个话题。

雪莲听了儿子说老师吃狗屁、吃狗肉的轶事，手背一按嘴角，一闪腰，笑了。

“你还笑!”瑞根忧心忡忡地说，“这么小就这样，大了……”

她脸朝一边倒去，耸起肩，动人地颤抖着，还在笑。

“你呀，憨得成精了，”她说。“宝贝儿子这样机灵，大了，肯定会有出息。”说着，吻了一下儿子的脸。

他默不作声，又躺下了。

“我也没说你不好呀，”雪莲坐到床上，“你是个好人，真的，我心里认定的。可是，到市面上要吃亏的。”

瑞根从心里叹息一声。班后会的事，他终于没讲出来。

昏昏的，一夜难寐。一早，雪莲拎着篮上菜场去了。瑞根起床，又望着墙出神。他从外国女人的镜框背后取出奖状和红花。一张张、一朵朵地翻弄。人真怪，流汗出力，给一张铜版纸，一簇染了红色的绢角角，便满足了。滚它的！拎下煤炉上的烧水吊子，蜂球眼里立即伸出橘红色的火舌，摇曳着。他迟疑了。

这算什么？不三不四的人都能得、能戴了，值个屁。火舌舔到那铜板纸、绢，欢欣鼓舞地摇头晃脑。

他推起自行车上班去。

尽管雪莲在灶间焐窠里焐着滚烫的泡饭，可他走进了运河大桥下的一爿早点铺，排队买筹。排在他前面的是个熟悉的背影，拎着尼龙网袋，盛着四只面包，几根菜皮，在大声训斥一个想插班的小伙子。

“老厂长!”瑞根庆幸总算找到一个可以倾诉心声的人了，拉着他的衣袖。老厂长回过头来一看，立即显出亲热：“噢，瑞根师傅！这样，你去找座位，我买筹。”

瑞根竟没客气，便参与了这个小小的合作。坐着瑞根找的座位，吃着老厂长买的豆浆、油条。

“老厂长……”瑞根唤了声。

老厂长一摆手：“早不是了，咱没文凭，年岁大，不中用了！买了张公园月票，每天去公园鱼池，喏，”举起尼龙网袋，“喂鱼。”

瑞根望着老厂长松弛的眼皮，把到了喉咙口的话又吞了回去。

“厂里怎么样？你还好吧？”老厂长显得有些凄凉。

他点了点头，已把自己的不快忘了，很想安慰安慰这位给自己戴过红花的老上级。

“鱼在等我了。”他用张纸擦了擦嘴和手，起身在瑞根肩上拍了拍，苦笑一下，拎着尼龙网袋一甩一甩地走了。

瑞根望着他在朝阳下拖着的长影，一阵激动，很想跑到运河边，痛痛快快地大叫一声。

他的冲动是很短暂的，毕竟没叫出声来。那样会妨碍别人，他是最不愿给别人添麻烦的。他又像平常一样，平静地踏进厂门。

车间里乱了套，下水道被铁屑塞住了，洗手池的水漫进了车间。

“瑞根呢？瑞根？”

清运铁屑，本是辅助工的事，那辅助工退休后，就由瑞根默默地承担起来。每天班后，当大家换上干净的衣服回家时，瑞根推起满满一车铁屑朝厂后废料场走去。昨天他竟把此事忘了，班后会一结束，就破例早早地回家了。

“瑞根平时这辰光也该来了。”

“会不会生病了？整天埋着头尽做。”

站在车间门口的瑞根，心里一热。大家并没忘记他！他突然为昨天没能履行义务而感到羞愧，如犯了滔天罪行一般不安起来，尽管这项工作并不是他的职责。

他咳嗽了声，垂头走进人堆里，推开正要动手通阴沟的老郑头的手，俯下身干了起来。

“瑞根来了。”旁人三三两两地散去了。

1985 年 5 月

复仇

天才蒙蒙亮。西河头沿街的河面平静得没一丝波纹，泊着的小船还没醒来。

凤樱出门了，推着一车牛奶。路，是石子的。车子微微地颠动，满车的牛奶瓶哐啷哐啷地响，在浓浓的晨雾中传得很远。这哐啷声比往日响得早了点。昏黄的路灯下，她低着头。

那是昨日傍晚，她在河滩上汰菜，刚直起腰，一眼便瞥见石拱桥上站着个中年汉子，心猛地一抖：——阿盘！凤樱愣住了，竹篮随波悠悠地漂去。

他放下手中鼓鼓的大号旅游袋，三步并两步地跑下来，一伸手抓住了竹篮。递给她，还呵呵地笑："喏，别相野眼。"

"你?"她慌乱了，扫了周围一眼。对岸临河而筑的木格长窗内，好些眼睛在往这边探。

"怕啥呢？我找老倌不找他老婆。办公事！"他挤眉弄眼的。

凤樱让他先回家去，自己待在河埠头的石级上，把汰过的菜重新浸在水中……待她拎着沉沉的篮子回到屋里，灶间里传来女儿小君夸张的笑声，飘来菜肴诱人的香味。

“呵，来客啦，楼上请，雅座。”阿盘竟围着饭单从灶间门探出头，做一个戏剧性的动作，“我借贵方一块宝地，开爿‘一顿光’饭店。”

“咯咯……”小君又笑。

“小君，不要人来疯！”凤樱喝道，“这是你阿盘叔，要懂点规矩。”

“他呀，我们掌柜的干活，”小君今天像吃了笑药一般说着，提起一只脚，身体往后仰去，“兼采购员。”

凤樱这才瞧见锅中、墩头板上的鱼、肉，便问阿盘：“你这是干啥？”

“又不是啥稀罕货，乡下么，路边都捡得到的，”他手往脑后甩甩，大大咧咧地说，“随便捎来一点，和老沙喝两盅。”

“他忙哪，又不晓得啥时光下班。当了个啥供销科长，厂长整天都拖着他商量事。”凤樱说着，瞥他一眼。

“呵唷，芝麻官，连老婆女儿的户口都调不上来，屁用！”小君对娘一撇嘴。

阿盘呵呵一笑：“要不，我怎么会来找老沙？你不晓得吧，我办了爿化妆品厂，和老沙是同行了。烦哇，职工口袋瘪了点，就要骂你这个当老板的。”

凤樱这才发现，他田里滚惯的身子上套身笔挺的西装，粗壮的脖子上还歪歪扭扭地系着领带。

……

牛奶瓶哐啷哐啷地响。

河里有了动静，一条水泥挂桨农船上，有人在船头生火点行灶了。火舌哔哔剥剥地伸到灶外，在雾中凝成橘红色的一团，闪烁。

船，那年阿盘在上面蹲了一夜。

那年，她嫁到城里，和老沙（当时的小沙）成亲，待闹房的宾客散去了，剩下洞房、花烛、夜。

夜，那样的静。红烛，在噗噗作响。洞房里，突然，凤樱挣脱了新郎搭上来的手，愣愣地听。

窗外，从河面上飘来一阵笛声。那样的凄清，那样的悲怆。一会儿袅袅地升起，一会儿婉转地飘动，挤进每一家的窗户，似乎在诉说一个什么特别的故事一样。沿河的窗有打开来的，有关上的。有人说：“太好听了！”有人说：“惨了点。”不久，人们打个哈欠，头一歪，闭窗，枕着笛声入梦去了。也有人伏在窗框上，朝船上吆喝：“哎，乡下人，吵啥吵，还让不让人困觉了！”

真正听懂那故事的，只有凤樱。

在一个偏僻穷困的乡村，有个美丽的姑娘向往城市，向往在霓虹灯下游逛的悠闲。她苦苦读完高中，苦苦地希望考上大学，苦苦地渴望跳出乡村。可是，高考她落榜了。

一个月亮圆圆的夜晚，她绝望地徘徊在河边。

这时，一支竹篙撑来一叶小舟。一个小伙子把那枚火红色的塑料发夹别在她乌黑的秀发上，“我们不会穷的，我力气大，我勤快。”他说。

可是最终，她还是离开了他，离开了那个贫苦的小村庄。

那月儿，那波光，那小舟，那火红色的发夹，还有那稻草堆温馨的气息……凤樱暗暗流下了泪。

那笛，执拗地吹了很久。笛声贯穿了整个上半夜。

第二天一早，新娘就拎着筲箕来到河滩上。小伙子的船就泊在一旁，眼睛白厉厉望她。

“阿盘，”她低头淘米，“你回吧，我不会再回那个死乡下了！”

“跟我回去吧，凤樱！”他双臂抱着被露水淋湿的肩膀，哀求地说，“乡下穷，毕竟是自己的，我力气大，不会让你吃苦的。”

“乡下乡下，我厌了！”她倏地拎起哗哗淋着水的筲箕，急急地奔回家中。

阿盘呆呆地站了一会，猛地把竹笛拗了，扔进河里，一跺脚，撑开了船。

凤樱成了城里人的老婆。她最喜欢清晨拎着菜篮，上菜场买菜，和菜农抢着秤杆看秤星，一分一厘捏着算钱，临走还抓上一把鸡毛菜。菜农朝她的背影愤愤地嚷："像你这种城里人，摸摸小鸡三日不长的。"她听了心里却有点喜滋滋的。终于被人称为城里人了。可是，她这个城里人毕竟是编外的，名誉的。后来有了小君，也报不上城市户口。娘俩的口粮，还得靠老沙的薪水去买。古人说，贫贱夫妻百事哀。经济上的拮据，常带来家庭不断的争吵。后来幸亏居委干部同情，凤樱干起了送牛奶的差使，每月也有了一点收入，日子才好过点。

二十多年过去了，阿盘又来了。这次，他是气昂昂跨进家门，就像跨进自己家里一样从容。过去那躲躲闪闪的目光，也仿佛充了电，变得炯炯有神。

"你，掌刀。你，跑腿。我，掌勺。"他用不容置疑的口气对娘女俩指手划脚。

小君这个平时对爹娘都犟头倔脑的丫头，竟如驯服的小家狗，嘻嘻哈哈地跑来颠去。

凤樱也不由自主地在墩头上切肉丝、切鱼片。动作却如怕切着手指般不利索。

小君拿了阿盘塞给的钱到巷口小店买酒去了。

灶间里只剩下了两人。铲勺与锅底搅来翻去地响。凝固了的空气，让凤樱不安起来，担心他会在这时开口说些什么。他肯定是会说些话的，而凤樱怕自己会吃不住那些话，就草草收拾了墩头板跑出灶间。

一到客堂间，见恰好回来的老沙。见满桌菜肴，已是饥肠辘辘的他，就坐下来动起了筷子。

"也不问问讯，倒先吃起来了。"凤樱静静地站了一会儿，上前轻声嘀咕。

“屁话。菜里有老鼠药？我吃两口菜，还要向你打申请报告！”老沙筷子一敲碗，额上的青筋蚯蚓般地蠕动，“跟你讲，饭要没得吃了，厂里工资付不起，我这个科长也当不了，你们娘俩都准备喝西北风去吧！”

“你不能小声点吗！”凤樱红了脸，凑近他说。

“怕……”老沙的高音刚吐出一个字，就让背后一个不紧不慢的声音刹住了：

“干不好自己的差使，回来跟老婆发哪家子威哪！”

老沙扭过头来，眯起眼打量那红脸膛的乡巴佬：“你？……”

阿盘坐到他对面，那双不大的眼睛炯炯有神，射出好些光来。

门吱地开了，小君跳进来，把一瓶酒递给他：“阿盘叔，小店里只有‘洋河’，算最高档的了。”

阿盘绷着的脸松弛了，横起几条皱褶：“你应该叫我二叔，你爹工人老大哥，我农民老二哥，叫二叔。”

“二叔，嘻嘻，咯咯……”

老沙站起来，指着阿盘：“啊，你搞得我的厂不安顿，还来我的家捣蛋？”说着，眼睛瞟向凤樱。

凤樱一乜眼：“他可是来找你的噢。”扭身走了。

“我是来给你们厂一条生路，让你这个供销科长还能当下去。虽是个芝麻官，可毕竟能混口饭吃。”阿盘一口咬去酒瓶的铁皮盖子，给老沙倒了一盅，又给自己倒了一盅，“来，坐下！陪你好好喝两盅。”

老沙还是直直地站着。

“怕下毒？”阿盘笑着问。

“不喝，让他僵尸一样站着。二叔，我们喝。”小君自己动手，倒了一盅。

老沙鼻子里重重地哼了一声，坐下来，猛呷一口酒，一筷一筷地往嘴里填菜。

“好哇，把我的厂挤得七零八落，你高兴了，告诉你！我们要控告你的。”

凤樱正忙碌于灶间客堂之间，炒菜、上菜。听到“控告”两字，吓了一跳，手一抖擞，端着的菜碟里洒出了汤汁。

“哈，”阿盘吮着鸡腿骨说，“不就是高薪挖走了你厂的技术员，打打广告仗么！能控告我啥呢！”

“把张杰炎收买走不算，还来挖技术工人。你还不是钻了管理的漏洞，算你钱多！”老沙火斤斤地说。

“老张祖孙三代挤在两间破屋里，你们厂能给他解决吗？我阿盘给他盖一幢楼房；他要搞科研，给他实验室，把他当大专家敬，当大知识分子待，他能不出力吗？别人能不眼热？”

“换了我也要辞职，去二叔的厂。谁放着巧克力不吃，偏去嚼硬蚕豆！”小君漫不经心吐一根鱼刺，“谈对象还讲个竞争哩。”

凤樱瞪了女儿一眼，不让她插嘴。

可是小君回瞪她一眼，故意啧啧有声地吃菜。这丫头越来越不像话了。高中毕业，她这个名誉城里人没资格派工作，便在家整天把自己打扮得俏模俏样的，有事没事往巷口个体户的店铺里跑，老是和那些小老板们钻在一起，俏眉来媚眼去，这里擂一拳，那里捏一把。做娘的说说她，她的嗓门比你还高，惹得凤樱愁死了。

“二叔，你别睬我爹。我想去你那个厂，你收不收？”小君问。

“收，你户口向来在乡下，应该回去。先让你培训去，回来当我们厂的广告模特儿，照个相，拍个电视啥的，‘浸月牌系列化妆品使你永葆青春美。’”阿盘连说带比划，还尖着嗓门学了句女腔。

“乌拉，二叔！”小君举起酒杯，“干！”

“干，老沙，一起干！为我们的合作。”

老沙歪转头问：“怎么讲？”

“我不是讲给你们厂一条生路吗？我们两爿厂来个联营，你们厂的技术，加上我们厂的市场资源，互得实惠，各取所长，实现双赢。”

“联营?”老沙冷眼打量他,“好哇,你架好了独木桥,叫我们去走?”

“要耍弄你,说实话,我已够了。这夺妻子之仇,哼……联营,我要是安坏心,至少对不起你们厂无冤无仇的工人呀!再说,联营也好让我借把力做大。另外,在联营中让你当个副厂长是没问题的。”他一拍胸脯,“——怎么样?就看你回厂怎么去说了。”说罢,起身举起酒杯。

老沙偏着头想了会儿,冷冷一笑,一举酒杯:“你以为我怕你?”

当,玻璃酒杯一声响。

……

牛奶瓶又一阵响,车轮碾过了一个大窨井盖。

天已大亮,雾就疏淡了。一家家开门,走出了拎着菜篮去买菜的,用自行车带了小孩去学校的。凤樱发现自己差点错过一家订户,赶紧停下车,从门上小箱子里取出空瓶,换新牛奶。

送完牛奶回到家门口,见河埠头上泊一只奶白的小汽艇,一群小孩正围在那里看。一进屋,见阿盘已坐在客堂间里。小君哼着歌,还在房里梳妆打扮。

阿盘站起身,眯着眼默默地看着凤樱说:“你,有空也回去看看吧。都变了,保你不认得了。”

凤樱理起一绺额发,显得有些疲倦:“二十多年了,……”

阿盘一撇嘴,狡黠一笑:“到昨天,正好二十三年整了。”

小君背着牛津包从房里出来,兴高采烈说:“姆妈,我去上班啦,跟我们老板上班去。”

她替女儿掐去牛仔裤上冒着的一根线头。好像突然发现女儿已出落成大小姐了,那年自己嫁到城里,也正是这年纪!

“放心,不会亏待你的女儿的。你和老沙讲,他们要的款,我回去就汇来。”阿盘又半真半假地说,“有女儿在我这儿作人质,不怕他拆烂污，也不怕他耍滑头。你再告诉他，我儿子只比小君小一岁。”阿盘边说边狡黠地眨眨眼。

一老一小走出家门，跨上了那只白天鹅似的小汽艇。凤樱听到舱里正在放录音，是香港歌星软绵绵的唱。这唱，使她想起了那夜的笛声。

小汽艇开了，引得一群小孩跟着在岸上跑。

凤樱觉得腿软软的，很乏。

小汽艇犁开了平镜似的河面，河道内立即掀起涌涨的浪。阿盘凭栏站在船尾，望着这河，这临河而筑的木格长窗，从怀里掏出一只火红的发夹，托在手掌里看了看，掂量着。

小君恰好从船舱里钻出来，一眼瞧见了：“二叔，那是啥，给我！”

“这不行！”他连忙把发夹塞进怀里，狠狠抓着栏杆，似乎要把铁栏杆抓个粉碎，然后抿着嘴没吭一声。

1986 年 3 月

红痣

由回丝理出的长棉线，射线一样地在飞舞，很快就结成一个茧。茧壳内洞穴般的幽暗昏惑，洞隐光微，给人能触摸到的踏实感。在黑暗的底衬上，嫦娥白净的肌肤如夜光一般绚丽。她就这样毫无遮盖地袒露在面前，他就求之不得地靠近她，并有了该有的动作。茧壳就紧紧收缩起来，把他俩肉贴肉地挤在一块。她如过电般地奇异颤抖，脸在变形，并逐渐模糊。他也成了导电体，那股电流流经了他的躯体，只觉身体在膨胀、膨胀，最后他竟目睹着自己躯体的炸裂。

就在这时，乔东明惊醒了，才发觉是一场梦而已，他仍躺在西河头祖传的老屋里。仰望着头顶黑黝黝的望砖和椽子，伸手一摸，裤裆已是湿腻腻的一片了。他坐起身，以快慰而欣喜的心情反复回想着梦里真切的细节画面。又如骆驼反刍，把白天在厂里神奇而难忘的一天，细嚼慢咽地过了一遍。

像所有的大型机械加工厂的装配车间一样，高大的车间上空总是有行车在横行穿梭。每当行车在头顶隆隆驶过时，乔东明总是习惯抬头往上看一眼。其实，他也知道，从他的工作点往上看，并不能看清驾驶室里什么，最多看到她被发辫撑得鼓鼓囊囊的藏青工作帽后部，有时翘在窗口。但只要听到头顶隆隆声，他的眼睛总是要往左上角瞥一眼。

行车一天要在装配车间上空来来回回行驶不知多少次。有时吊钩上吊运着经过车铣刨精加工的铸件，在地面工人指挥下，慢慢地驶向车间的另一端。有时车间内哪个班组装配大件需要行车配合起吊，行车接到地面的电话指令，就要驶去执行起吊任务，这时候沉重粗壮的吊钩是收拢在行车下面的，行驶的时速就快得多。到了指定地点，行车垂下起重钩，地面的工人用钢缆捆住大型工件，就朝空中挥着手示意行车起吊。

不管行车停留在车间哪块地方作业，那一方体内还尚存一些荷尔蒙的男人们，似乎都会发生一些化学反应，身体动作的幅度都会突然大了起来，即使高高在上，也能清晰地感受到他们冲天的干劲。所有人嗓门的分贝也比平时高了许多，即使在十米之上也能细微体会到他们的智慧和幽默。所有人的这种种化学反应，都是为了高高在上的那位观众。

行车起吊时，总是会打一声电铃，提醒地面注意。所以，行车总是每天在车间上空，制造着各种各样惊天动地的声响来。这些声响动静有大有小，有急有缓，凭着这些声音，乔东明其实不抬头也知道行车是吊着重物，还是空车行驶过去，以及行车离他头顶多少距离。行车经过头顶时，他甚至能听出贴在行车下端“坚持无产阶级专政下的继续革命！”大幅标语在飘动的细微声音。即使这样，他总是边用内六角扳手拧着镙丝，边往上仰一下头，不错过与行车的每次交会。这个动作开始是含蓄的，也就是说，动作幅度较小的，时长日久，顾忌小了，动作幅度就大了一点。

动作大了，自然就会引人注意，就会引发一些不同的反响。班组内年龄相仿的青工们，会意味深长地窃笑。黑皮会哈哈大笑着拍打他的肩膀。而小诸葛往往微微翘着嘴角，泛着几分捉摸不透的浅笑，不阴不阳地说：又在做白日梦了？癞蛤蟆吃天鹅肉哇！

老师傅们则宽容地熟视无睹，最多友善地提醒一下：小乔，工作时集中精力，相野眼要出纰漏的！

面对这些，乔东明嘴角往上翘，眼睛眯小了，眼缝没眯严实之处却有两小点在发出光来。

如果车间主任丸药模子路过看到，则不同了，就会反背着手，堵在乔东明面前，严厉地说：小乔，东看西看做啥！工作时间你心思放哪里啊？

乔东明双脚一并，堆着笑回答道：沈主任哇，我在看行车上那标语，在看那边墙上的毛主席语录，难道不行吗？

丸药模子把背在后面的手伸到前面来，用夹着竹竿圆珠笔的小本本摆动着，差点触到乔东明的脸上。千万不要以为“丸药模子”是日本姓名，这是工人们在背后对他脸上麻子的一种含蓄而形象的称呼——是把他的脸，比喻为中药房制造一粒粒丸药的模具。此刻他脸上麻子的小圆孔被拉长，喷着唾沫星子说：谁都知道你是在看什么！你是思想意识有问题，不加强世界观改造，弄不好要摔跟头的！

乔东明佯作低头认罪的样子说：好，我改造世界观，我改造世界观。一边说还一边朝身旁的黑皮挤了一下眼。

丸药模子离开之前也下意识地往上瞄了一眼，他立马意识到这个动作是失误、失风范的，赶紧掩饰性地对身边的工人说，大扫除时把上面一排窗玻璃上的积灰擦擦清。说完又反背着手走向别处了。

这时，在金属的碰撞、摩擦、切割、剜挖的各种嘈杂声音之中，车间外的高音喇叭响了，播放起“大海航行靠舵手，万物生长靠太阳，雨露滋润禾苗壮，干革命靠的是毛泽东思想……”然后是男女播音员用兴高采烈的嗓音轮流呼叫：东风机械厂广播站，东风机械厂广播站，午间播音现在开始。工人同志们……这熟悉的旋律和声音让人的肠子条件反射地咕噜噜响了，绷了半天的神经松弛了下来，同时明白时间已是 10 点半了，再过半小时，电铃一响就是奔向食堂吃午饭的时间。那是全天最享受的时刻。因此这广播声无疑是福音，宣告乏味无聊的上半天的结束，揭开了午间幸福时光的序幕。心情如连绵阴雨天中见了太阳一样。

乔东明放下手头的活，示意小诸葛、黑皮他们说，走，去方便一下。

几个人心领神会地丢下工具，用回丝团擦一下黑油油的手，躲到车间门外去抽烟。他们抽着飞马牌香烟，故意将烟憋在口腔里，然后再慢慢吐出，形成烟圈，打擂似的一圈圈相互套住对方的烟圈。乔东明背靠车间门口的树干上，眼睛盯着车间的西端。他的烟圈吐得心不在焉，烟圈老是被小诸葛、黑皮他们的圈住、冲散。高音喇叭的福音不仅是宣告无聊一天的过半，更是预示着将迎来那位嫦娥下凡的奶油时刻。

果然，当一支烟将抽尽时，行车隆隆地驶至车间的西端尽头，停稳后，驾驶室小门打开来，一个娇小身体从中钻了出来。她沿着墙边的铁梯一级级往下走。

乔东明眯着眼，一动不动地看着她下楼梯的全过程，如在欣赏一场高空特技表演。

小诸葛也在若有所思地默看着这一切。

按照操作守则的下梯方法，她是手抓铁扶手，面向铁梯下移，这样无意中让下面一些关注的眼睛就只能看到她的后背。这在有些人的眼里，恰如舞台上表演舞蹈时，演员往往就是背对着台下观众出场的，这能制造出华丽转身前的一种悬念。她头上一丝不苟地扣着藏青工作帽，两条辫子塞在帽中，露着颀长的脖子，以及削肩、细腰。两条迈动的双腿，带动着圆浑而小巧的屁股有节律地滚动着。很明显，厂里发的、肥大得如面粉口袋的藏青色工作服，已被她作了修改，否则是不会这般合体的。她下了铁梯落到地面，反倒被工装设备挡住了，乔东明他们反而看不到她了。

乔东明把烟蒂吐在了地上，用鞋底踩着扭动几下，说洗手吃饭去喽。他就往车间另一面的洗手池跑。

来到洗手池旁，嫦娥已和两个女工一起凑在水龙头下在洗手了。在机械加工行业洗手，都须用专用的沙肥皂，连洗几遍才能大体洗清油腻腻的黑手，因此洗手池底往往铺了一层黄沙。

她正听着身旁两位女工小姐妹在忿忿诉说着一桩什么事，一遍遍细致地洗着肉肉的、带着小肉涡的手，洗完手又仔细地洗印着“东风机械厂”红字的白色搪瓷饭盆，根本没注意到身后有人在近距离观察她。

乔东明就站在她的身后，似在等候她让出水龙头后能上前洗手，实则在默默地看着她。距离这样近，即使整个大环境充塞有浓重的机油味，仍无法掩盖掉她身上散发出的，淡淡的蜂花牌檀香皂的香味。他轻轻地翕动了一下鼻翼，像观赏一段象牙工艺品一样地盯着她的后脖子在看。工作帽罩拢起了她后面的所有毛发，光洁而颀长的脖子毫无遮拦地暴露着，白净的皮肤下隐约显现着蜿蜒的青色经脉，下方靠领口处，有一颗半粒米大小、红色晶莹的痣，如一颗镶嵌在象牙上的红钻石一样。

这个惊人发现让他心跳加剧。

这时，午餐的电铃在他们头顶突然爆炸般地响了。乔东明吓了一跳。

她转过身来时也吓了一跳，饱满宽广的前额下，细弯的眉毛像惊慌得张翅欲飞的蛾子，一双圆睁的大眼睛如两大颗成熟得要滚落的葡萄，将睫毛拉弯了。她拍着自己的胸口说，吓死人了！

乔东明眯着小眼睛说，别吓别吓，吓坏了算我的。

吓坏了，你赔得起吗！旁边两位女青工用饭盆中残存的水滴往他身上泼洒。

乔东明用还没洗的黑手抹了一把脸，立即变成了一张大花脸，笑着说，砸锅卖铁也赔呀！

侧身让她们走过，他琢磨，又不是第一次近距离观察她，怎么会今天才发现她后脖下方有颗红痣呢？

第一次凑拢她、向她献殷勤，是他几天前中午吃饭后的休息时间，闲逛到厂门口收发室去查看当天报纸到了没有，在信架上发现了一封印着市工人文化宫红字的牛皮纸信封，收信人写着：秦建华。他立即想到是一次接近她，与她搭讪的机会。他立即拿了信回车间去找她。

她正坐在工具箱旁与几位女工小姐妹在理回丝。物资匮乏，女工们习惯私下把单位发了用来擦机器的回丝理成线团，再用竹针或钩针给家人打成或钩成纱衫纱裤。将厂里发来擦机器设备的回丝移作他用、私用，有贪公家便宜之嫌，是被厂方禁止的，因此听到来人，女工们紧张了一阵，见不是车间干部而是他，虚惊一场地“嘘”了一声，又继续各自的营生。

他把身子斜靠在工具箱上，看着她们无声地忙碌。

她将回丝一根根理出，列放在裤腿上，到一定数量时，只见她用手掌往裤腿上拍一下，粘起一根根棉纱的头，飞快地打起蚊子结，快速绕成团，又拍一下，打结，绕团。

乔东明看得发愣，惊叹说，你还有这一手！是打算给你男朋友打线衫吧？

秦建华抬头看他一眼，没吱声，继续低头理回丝。旁边的女工们也都抬头，却不是看他而是看她一眼，都没搭话，仿佛刚才还在热烈谈论着什么，却因他的出现而被打断了。女工们不说话，是不清楚秦建华对他态度的是亲是疏，不便贸然说话。

乔东明借着她们一直都埋着头的机会，目光一点不用回避地盯着她看。他觉得她的脖子特别白，特别好看，他并没看到那颗红痣。这么静默了半天，他意识到有些妨碍人家，直起靠在工具箱上的身体，触碰到工装裤口袋里硬邦邦的信。他就问，你在工人文化宫参加舞蹈排练？还是参加样板戏的排练？

秦建华偏转脸，一脸迷茫地看着他。

他觉得她刚从睡梦中醒来似的，有点睡眼惺忪的样子，那神情让人看了心里酸楚楚地疼。他把印有工人文化宫红字的牛皮纸信封递到她面前。

她摇头说，应该不是我吧。沉静片刻，她突然吃吃地笑了起来：你不知道？模具车间有个同名同姓的，但那个秦建华是男的，经常弄错的。

其他女工都抬起了头，好奇地凑过来看个究竟，七嘴八舌地说：好像听说那个秦建华常去文化宫的，据说他是工人理论小组的笔杆子。

乔东明自嘲地笑起来，说：看我弄的！鞋子穿在袜里了！我还是去还给收发室吧。

秦建华感激地对他浅浅笑了笑，举了举手中的线团细声说，是打算给我哥结件线衫呢，他在东北当兵，那边冷。

乔东明向收发室走去，虽是张冠李戴出了洋相，心里却是少有的豁亮，似流淌着甜蜜的溪流。他回味着她冲他浅浅甜甜的一笑，不禁也笑了起来。走着走着，他忽然想起她最后特意向他解释，理的棉线是要给同胞亲哥结线衫，她为什么要特意解释呢？是怕他误会？是特意向他说明，她还没有男朋友？问题是她为什么要向他澄清事实呢？她完全可以不再提这个话题哇！他越想越感觉这其中有戏。他的步伐弹性越来越大，脚掌与地面基本只有很小的接触点，最后不断地弹跳起来，抓下厂区大道旁法国梧桐的几片树叶。

这天中午在洗手池旁，他像哥伦布发现新大陆一样，发现了缀在洁净脖后的那颗红痣，仿佛发现了她的隐私，凭此自认为与她又接近了一步，接着又心怀这种新发现的惊喜和亢奋，去食堂排队吃饭。那天他给自己多付了两毛菜票加了一份红烧肉，犒赏自己，也当作一个人的暗自庆贺。

在食堂飘着菜香和汹涌着嘈杂声波的穹顶下，几排吊扇哗哗地吹着劲风，工人们释放着一天中最大的热情，欢畅地说笑。这里是全厂的信息交流中心，只要是消息，不管荤素，都在这里随着男女职工高低不同的声调，随着唾沫星子的喷射而传播、发酵。

乔东明在食堂没能发现秦建华坐在哪个角落，就与小诸葛、黑皮坐在一起扒拉着饭盆里的饭菜。

小诸葛、黑皮与乔东明是同一批进厂的，又分在同一个车间同一班组，三人形影不离，因此被称为装配车间的“三套车”。三人中除黑皮为人敦厚外，乔东明与小诸葛都是喜欢贫嘴滑舌卖弄乖巧的人，两人时不时会针尖对麦芒地练练嘴皮子。班后的政治学习会，常成为他俩的饶舌场所。如果有长得稍有姿色的女青工在场，小诸葛就绝不会放过显示口才和才学的机会。有次政治学习会上，有女青工说到谁谁如果会改掉臭脾气，太阳就从西边出来了。

小诸葛就淡然一笑说：是有这么一个城市的，太阳是从西边出来的，你们知道是哪个城市吗？见没人应答，微翘的嘴角似笑非笑着：不知道？告诉你们，重庆号称“太阳从西边出来”的城市……

乔东明抢白他：喔哟，哪有太阳从西边出的！重庆不过是雾天多，尤其是早晨雾浓，所以重庆人基本看不到太阳从东方升起。只有傍晚雾稍淡时，才能在西边隐约约看到太阳，所以才说“太阳从西边出”。

小诸葛乜他一眼说，那不等于从西边出来吗！

乔东明说，太阳是从东边出来的，只是你看不到而已。你没看到，不能说就是不存在哇，这是典型的唯心主义！

小诸葛脸就有些发白，但口气还是不急不慢地说，这不会是你那个内迁去重庆的老爹告诉你的吧？

自父亲随厂内迁到重庆、重新组成家庭后，就很少回来关心过乔东明，使他类似孤儿，这是他最不愿提及的话题。乔东明冲着小诸葛脱口而出：对哇，不过我爹不是醉酒时告诉我的。

小诸葛一声不吭，盯着乔东明的眼睛，像两个在洪炉中烧红的铁锥一样。他的父亲是个在西河头一带出了名的酒鬼，常在酒后出尽洋相，让小诸葛为此丢尽了脸面。

虽然主持学习的党支部书记及时阻止了他们的论战，把话题扭回到学习议题上来，但大家的目光注视着他俩，其中还有秦建华那双波光潋滟的大眼睛。事后，他俩谁也不再提及此事，如从没发生过什么一样，三人仍一如既往地驾驶着他们的“三套车”。

坐在食堂吃饭的过程中，乔东明几次低下头暗自窃笑，这让小诸葛看在眼中，在桌下用脚撞撞黑皮提醒他注意观察。

黑皮趁乔东明再次低头时，从他饭盆中挟走了一块红烧肉，他竟全然没察觉。

小诸葛用筷尾轻敲乔东明的饭盆沿说，不会吧，兵临城下要攻克柏林了？

乔东明开口想说什么，就突然笑喷了饭，捂着嘴扭过头去不停地的咳嗽。

黑皮咀嚼着红烧肉，满嘴油光，嘟囔着：说来听听嘛！

小诸葛冷冷一笑：你就装吧！基本是牛皮，我估计不大可能有什么进展。

乔东明顺过气来，说绝对不是牛皮，有重大发现，一定会对你们说的。找个时间，一定说。

乔东明匆匆吃完，丢下兄弟先行回车间去了。他围着装配车间高大的红砖厂房转了一圈，在自行车车棚门口见到了秦建华，她正俯身在擦一辆锃亮的26英寸凤凰自行车。自行车、手表与缝纫机并称三大件，是紧张物资，又是奢侈商品，必须凭难觅的工业品券加上四五个月的工资才能购买到。拥有一辆凤凰自行车是好多年轻人梦寐以求的事情。乔东明在这之前一直是乘坐厂车上下班的，上个月他才东拼西凑买齐零件自己动手装配了一辆杂牌自行车，他当个宝，还给刹车杆、撑脚杆上套满了绿色塑料管套。

秦建华有一辆凤凰，与她的容颜配在一起，是此凤凰拥有了彼凤凰，是奢侈品拥有了奢侈品，大家都觉得是顺理成章的事。有了自行车，隔三差五须擦车，否则车圈、车把等锃光瓦亮的克罗密电镀件就会发暗发锈。而擦自行车是一桩累人烦人的事，年轻的女工支使身边男工为自己擦自行车，或者小伙子主动抢着为心仪的女工擦车，在工厂里仿佛是食堂每天必备的咸菜豆腐汤一样常见。多少小伙子想来帮秦建华擦车，都被矜持而倔犟的秦建华推辞掉了。就在刚刚一会儿，秦建华才把车从车棚里推出来，先后来了两个小伙子，都说建华，别累坏了你哇，我帮你擦吧！

秦建华静静微笑着摇摇头。看似弱弱的反应，但似乎充满了倔强和不可违抗的强大力量，让两位小伙子都却步了。其实，她完全可以坦然接受小伙无偿的相助，接受擦车不等于同意发展关系哇。厂里确实有些姑娘就是这样免费利用小伙的热心的。但秦建华不喜欢这样占人便宜。

片刻，乔东明来了。他对正在忙碌的秦建华说，擦车有讲究的，譬如车链要用煤油洗，没有煤油用柴油洗也行，洗过后再上机油更好。车架不管有多脏都别用自来水冲，特别是中轴和前后花鼓千万别进水，要用拧干的湿布擦。

秦建华停下手来，疑惑地望着他问，有这么多讲究？

乔东明说，当然，就像人的身体一样，保养不当就容易犯病。他边说边接过她手中的擦车回丝，给她擦起了车。

秦建华犹豫着，这样，你不会害我成为剥削阶级，被押上台批斗吧？

乔东明眯着小眼睛笑说，哪里哇，我们是革命大家庭里的阶级兄妹，相互帮助嘛！

大约是乔东明皮肤黝黑、眼睛细小，其貌不扬，自然条件较差，让人觉得两人身份悬殊，他热情帮忙的动机没有什么可疑之处，秦建华没有像对待其他小伙一样坚持拒绝，顺从地让其帮助擦车了。

乔东明利索地擦好车，又拿来自己用不锈钢条制作的铃保险，帮她安装在转铃两侧。这样，就不用担心转铃双侧的铃壳，被人轻易偷走了。社会上有好多不能拥有自行车的年轻人，喜欢偷自行车铃壳，以泄妒忌有车人之愤，自我安慰失衡的心。结束时，乔东明还不忘往鞍座下塞了一把干净的回丝，关照她骑车前可以用它擦擦鞍座面。

秦建华微笑着，很得体地谢了他，轻声说了句：你想得真周到！说出这句时，她脸不由得红了。他们在交接车时，他和她的手无意中触碰了一下，她迅速抽走了手。而他已感受到一种光滑细腻的触感。这触感，对于他当晚的梦遗，有着间接的诱导作用。

这天，对于乔东明来讲，是十分灿烂的一天。他在心胸间憋着巨大的幸福感，像刹住了一股溪流一样，溪流积蓄成浪潮撞击着闸门。当着小诸葛、黑皮他们期待的目光，这股浪潮数次差点撞倒闸门奔涌而出。他决定守住这股浪潮，独自更长时间享受着这种心里痒痒的感觉，让溪流发育成河流、湖泊、海洋，那样他拥有的，就是更大的幸福了。

他是骑着组装的杂牌自行车，一路哼着歌回家的。一路上，他几次骑 S 型线路超越路上挡在前面的骑车人，这中间还数次双手脱把，敞着短袖上衣，让上衣如飞鸟翅膀一样扑腾。

扑腾的鸟儿回窝了，窝在西河头一个石子路面的小巷里。是一座只有一开间、门前为灰褐色排门板的江南民居。平时他和奶奶两人共同生活在此。母亲在生他时难产去世了，父亲随所在的军工厂支援三线建设，内迁去了重庆，在那重新组成了家庭。像往常一样，他一进门，奶奶就及时端上了在蜂窝煤炉上做的饭菜。

乔东明伸长脖子，抽吸着鼻子东闻西闻，从大海碗中挟了一筷菜先塞进嘴里，哪知被烫得直吸冷气。

饿煞鬼投人生，烫煞着你！奶奶独自在家窝了一天了，见孙子回来喜滋滋地佯嗔着脸。

他赶紧扒拉了几口饭菜，等吞咽下去了，说：奶奶，问您个事，脖子后面，在这里，有痣，红痣，有没有啥说法的？他边讲边用手指指着脖子后面的部位。

奶奶过去是吃斋念佛的人，熟谙风俗习惯，巷子里好多人家遇到红白喜事都要来请教她。她也乐于助人，给人指点了不放心，还时常亲临现场直接指导。自红卫兵破四旧运动后，奶奶就有所收敛了，在众人面前再也不敢耍弄迷信那一套，但肚皮里窝着货不能说，正憋得难受。听孙子请教她，立即来劲了，脑袋从桌子那边伸过来，压低了嗓音说，后脖子有痣，表示有靠山，会有贵人相助的。

乔东明听了，抿着嘴若有所思地点头。

奶奶仿佛受了鼓励，索性放下碗筷说开了：脖子后面有痣的人是当年在奈何桥前，不肯喝孟婆汤，被孟婆敲的。每个人在转世投胎之前，都会在奈何桥上喝下忘记前生往事的孟婆汤。脖子后面有红痣的人哇，今生今世，或许还记得前世的人和事，是带着前世的记忆来寻找前世相好的。

乔东明眼睛发亮，盯着奶奶问：这么说来，她是来找前世对象的？

奶奶张大了嘴愣了半天，问：你说哪个啊？

他说，没有说谁，吃饭吃饭，饿煞了。便埋头自管自扒拉起饭来。

那一夜让奶奶觉得好生奇怪。晚饭过后，乔东明没有像往日一样出门去找巷里的伙伴玩，而是冲了个澡就早早躺在了竹榻上，啪哒啪哒摇动着芭蕉扇仰躺着一言不发。奶奶洗漱一番后，进房间用扇子扑打过蚊帐后，也早早钻进帐中歇息了。

夏天，乔东明图凉快，不回自己房间睡，往往是在过道里架张竹榻，在上风头点上蚊烟条，吹着阵阵穿堂风睡觉。他挥动着芭蕉扇，拍打着前胸，节奏越来越慢。在徐徐吹拂的风中，自己如鹞子一样地飘飘欲飞。就在这时候，忽见一个熟悉的身影踌躇着从家门口走进来。他眯着眼一看，啊哟，她怎么会来呢！他立即要坐起身来，哪知她一反矜持的作派，上前按住了他，并示意他不要作声。

他又闻到了那股熟悉的、淡淡的蜂花牌檀香皂味道，压低声音说，我正在想你呢，在想你雪白脖子上的那颗红痣，真好看。

她凑近他的耳朵说，我知道白天在洗手池边上，又给你看到了。

他伸手拉过她来说，来！让我再看看你的红痣。

她娇嗔地推开他，不给你看，不给你看嘛！

他有点蛮横地说，我就是要看！

她羞涩地说，你忘了？人家身上还有一颗红痣的。

他追问：在哪里？

她反问，你怎么不知道呢？上辈子你不就看到过了吗？她说着，转过身去捣弄了片刻，突然转过身来，衣襟已经敞开，裸露着一对小巧而饱满的乳房，在黑暗中那对球体放射出白花花的光晕来。她用手掌托起左乳房，说：想起来了吗？这里还有一颗红痣呢！

他凑上前去，真切地看到左乳房乳晕旁有一颗红痣，如红宝石般地熠熠生辉。他伸出撮起的嘴唇，轻轻吻了那颗红痣，又把嘴唇久久地盖在红痣上。他的手指，重温到了白天擦车时无意中触摸到的那种光滑细腻。接着，就发生了本文开头的那一场面。他被自己惊醒了，春梦初醒，辗转难寐。竹榻在他身下叽哩格啦地响了多遍，他将梦里细节和白天厂里的重要节点颠来倒去地翻了几遍。他不敢穿拖鞋，光着脚板蹑手蹑脚地到小天井里重新冲了个澡，换了短裤顺手把脏裤子搓洗了。

奶奶听到动静，在房里问：东明，怎么还没睡哇？

他说，有点热，冲个澡就好。如果奶奶听觉还灵敏的话，是一定能听出他话音中的异样的。

那是一个不寻常的夜晚，一个二十才出头的小伙，在梦中与自己心仪已久的姑娘交合，这是他的初夜，也是他一生中与女人的最后一个夜晚。

第二天，乔东明上班，一路上反复回放着昨晚梦中那些画面，一方面是他沉湎于这些画面给予他的神奇体验，另一方面他担心若不反复回放，这些画面会从脑海中稍纵即逝。他吹着口哨进车间，惹得素不敏感的黑皮也盯着他看了几眼。他打开工具箱换工作服，口哨吹奏的进行曲还没停歇。

黑皮又看了他一眼，说：哥们，怎么啦？

乔东明反问：什么怎么啦？

黑皮用嘴贴拳心笑说：看你那么高兴的！

乔东明这才反应过来，笑着用拳头擂一下他的屁股。这时，小诸葛也来了，皱着眉说昨晚被蚊子闹得一晚没睡好。

乔东明喜滋滋地说，我和你差不多，也基本没睡好。

小诸葛一激灵，突然振作了精神，盯着他追问：昨晚是什么情况？不会昨晚就闹洞房了吧！

乔东明按捺不住了，透露了一句：差不多吧，做了一个很特别、很真切的梦。

小诸葛说，别老是吹，说来听听，让我帮你解解梦。

梦倒是不用解，像电影一样直白的。这个这个，嘿嘿……乔东明搔头摸耳，半是犹豫，半是卖着关子。

黑皮也急了，说：你如果不坦白，我们就使坏，把你睡觉磨牙的毛病去告诉那嫦娥。

小诸葛眼角淡淡地笑着，半讥半讽说，不会吧，谁让我们是“三套车”？讲好要有福同享的哇！再说，梦又不是真的，说说梦又碍着谁啦！

乔东明就开始讲述昨晚的梦境，起先还是像挤牙膏一样，挤一点，吐一点，刚开了头，想想不妥，还是刹车了。他站起身说，不讲了不讲了，干活去了。

小诸葛、黑皮软硬兼施，威吓与利诱齐上，说你不能这般不仗义的，吊了人家的胃口就又突然刹车了，不是要害兄弟得胃溃疡吗！在两人的怂恿、鼓励下，乔东明重又坐下来，正式扯开话来，且越讲越来劲了，讲述也越来越生动。他绘声绘色地描绘了昨晚梦境里与她交合的全过程，还特别在意细节，花了好多口舌描述了两颗红痣，着重讲了那颗长在左乳房上的红痣。

工人们都陆续来上班了，乔东明突然发现身边多了几个旁听的。

这时，丸药模子就过来了，见工具箱附近聚集着一大堆人，就说一大早还不开工，又在捣什么鬼！乔东明啊乔东明，又是你！

人群就轰的一声散掉了。但是乔东明讲述的梦遇并没烟散云消，在暗中浮动、扩散。如果没有那个梦，或者有了那个梦而没公开宣扬，那么故事的发展也许就会是另一种结局了，丑小伙娶漂亮姑娘，这样的故事并不鲜见。但是，乔东明毕竟是过早以胜利者的洋洋得意，对着同事公开了这个梦境。

中午在食堂吃饭，有人见到乔东明回头多看他一眼，神秘一笑。还有人见了他，埋下头去交头接耳，又抬头看他。起先，乔东明还没反应过来，这样遇到几次后，他就感觉不对了。坐着吃了几口饭，他突然想到了早晨对大家讲的梦境，擂了自己大腿一拳，迭迭地说，狗日的，完了完了。

小诸葛微微翘着嘴角，老谋深算地说，也许这是好事呢，舆论造足了，成了既成事实，嫦娥也就势必是你的了。

乔东明无力地望了他一眼说，是吗？

自那天起，秦建华也是遇到了同样的景况。女孩长得漂亮，自然回头率高，开始她并不在意，后来就觉得不对，那些目光与往日注视她的不同，仿佛她有瑕疵在身，她条件反射地理理头发，努力扭过头去想看背后有什么不妥的。

下班后去厂里的浴室洗澡。在更衣室内，女工注视着她宽衣解带；氤氲着水汽的淋浴间内，一丝不挂的女工们又是往她身上打量。

一个神经兮兮的女工冲到她身旁，伸上脸贴近她的前胸细看，看后说了一句：哎哎，真的有颗红痣哎！这个神经兮兮的女人又回转身去对其他远远望着这边的女工说，一点不错一点不错呀，她乳房真的有颗红痣哎！不过是在右面哦！

有女工说，这也是有可能的，小眼睛遇到了小美人，兴奋得连魂灵都丢了，哪还分得清左哇右的！

这时候，摸不着头脑的秦建华，才听身边小姐妹说起那个帮自己擦自行车的小眼睛散布的流言。她流着泪跺着脚，向小姐妹们发誓，怎么可能呢！冤死人家啦！

处于寂寞平庸生活的人们，听得桃色传闻，犹如干柴遇到了烈焰，神情为之一振，奔走相告，并都要在食堂里或守候在自行车棚前认一认那个有颗红痣的小美人。有人见了秦建华已经忽略了她的姓名，而直呼其“红痣，红痣！”

这种场面，让将脸颜和声誉视作生命一般的秦建华生不如死，一看到聚焦而来的目光，一听到红字开头的话音，就紧张得心尖痉挛，恨不能一头撞死算了。

绯闻，给禁欲时代的枯燥乏味生活，带了一丝扩展想象力的空间。人们热衷于谈论它，是因为不管男人还是女人，在谈论绯闻中不仅能宣泄压抑的欲望，还能得到娱乐的功效。全厂上下到处在议论此事，以至于厂党委政工处不得不召开会议，强调要注意阶级斗争新动向，要警惕有人利用不健康的资产阶级思想，腐蚀工人阶级队伍，转移大家的视线，影响当前抓革命、促生产的主流工作。对腐化分子，要进行严厉的批评教育，甚至斗争。那天中午的厂广播站，就播送了本台评论员的评论《警惕资产阶级腐朽思想侵蚀工人阶级队伍》，虽没指明道姓说具体的事，但从思想高度分析了当前的某些不良思想倾向，让人听了也就心知肚明了。

丸药模子开会回来，就把乔东明叫到车间办公室谈话。

乔东明一进办公室，就习惯一屁股搁在办公桌上。

丸药模子板着脸说，下来下来，什么样子，你还不认识到你的问题严重性！我早就说过，你整天一副吊儿郎当的样子，思想不健康，早晚是要出问题的，这不！给我说着了吧！年纪轻轻不好好工作，整天想着女人……

乔东明笑眯着眼说，沈主任，我们年轻人不想女人，难道你们上了年纪的人想女人才是正常的？

丸药模子一拍桌子，扯大嗓子说：乔东明，告诉你，你不要不见棺材不掉泪！我看你是资产阶级腐朽思想已经病入膏肓了，如果你对自己的问题还没足够认识，再这样滑下去，你是会葬送自己的！这样，你先回去写个检查，要讲清事情的来龙去脉，深挖思想根源。我们会根据你的检查，再决定对你的处理意见。

乔东明转身就走，出门时把门摔得山响。

丸药模子气得嘴唇发抖，咕咚咕咚喝了一大茶杯水，抹着嘴让车间女统计员去把秦建华叫到办公室来。这回，丸药模子是换上了笑模笑样的脸面，似乎脸上的每颗麻子都洋溢着热情的笑眸。他说，小秦呀，怎么搞的呀，你这么优秀的青年，怎么会和他搅在一起呢？你说你进厂以来，组织上对你关心不关心？我沈主任对你关心不关心？

秦建华红着眼窝说，沈主任，哪有的事哇，我没和他搅在一起哇！是他在耍流氓乱说哇！

丸药模子说，小秦呀，你要与他彻底划清界限，勇敢地与他这样有资产阶级腐朽思想的分子作斗争！你要揭发他的问题，好好想想他还有什么流氓行径，譬如他平时是如何腐蚀拉拢你，是如何趁你一不小心让他得手的？

秦建华掏出手绢擦眼眶，拼命摆手：沈主任，这不能瞎讲的呀，真没有哇！

丸药模子眼角里挂着很有内容的笑意，问：那么，他怎么可能会了解你身上的一些隐私呢？是吧？小秦，别怕，如实向组织讲清，要相信组织嘛，你回去再好好想想。在你和乔东明这对矛盾体中，我们是分矛盾的主动方和被动方的，问题主要在他身上，我们相信你的，你只要讲清楚问题就行了。

秦建华捂着眼，抽泣着出了车间办公室。后面还响着一路送她出来的丸药模子“要相信组织”之类听似宽慰的话。秦建华跑向更衣室，趴在自己的工具箱上哭了起来。

秦建华的哭泣牵动了好多人的心。小诸葛走到乔东明面前，把一团油乌乌的回丝扔向他：你这回可把嫦娥害苦了！

乔东明把手中扳手咣当扔地上，对小诸葛吼道；还不是你们逼我、噱我，要我讲、要我讲吗！都是听了你们的狗屁话哇！

黑皮吓坏了，默默看着乔东明半天说，开始只当个趣事，谁也没想到会有这样的结果哇。

乔东明走向更衣室，走近秦建华，站在她身后说，我不是恶意的，一切责任由我来负，我来消除影响。

秦建华抽泣着说，泼出去的水，怎么收回哇！还不是恶意的，难道还是好意哇！

乔东明低声说，我向你道歉！是我无意中损害了你的名誉！你怎么处罚我，我都心甘情愿地认了。

秦建华呼地站起，如一头发怒的狮子般地咆哮：你这个臭流氓，你让我恶心，你离我远点，我永远不要看到你！

乔东明还想进一步解释，但秦建华怒火难平，继续痛骂他。最后乔东明被闻声赶来的同事拉走了。乔东明回到自己的工作点，垂着头坐在工件上。回想短短两天，就从阳光灿烂的顶点一下落入阴冷黑暗谷底的惨痛经历。他真的有点痛恨自己，在这个事情发展过程中的重要节点上，没有好好把握住，使得事情发生了一百八十度的转变。眼看就要摘得胜利皇冠上的明珠，却因得意忘形，祸从口出，不仅错失了获胜机会，而且与她反目成仇，看来是将永远失去她了。他捧着脑袋，与心情一起沉下去、沉下去。

行车隆隆地开动了，从车间西端开过来。乔东明习惯地抬头将目光投向行车。他已经听出行车的声响与平时不同，沉闷而急促，看到行车的速度也特别快速，一丝不祥的阴影从心头掠过，他眼盯着空中逼近来的行车，缓缓站立起身。

行车在他工作面的头顶停住了，似乎是为了引人注意，行车还骤响了一长串的电铃。秦建华从行车内钻出来，手拉着铁扶手，脚踩着门边，身体悬在空中，她俊美的脸庞因愤怒而变形，嗓音也变得嘶哑了。她吼道：乔东明，你这个臭流氓！你毁了我！你这个让人恶心的流氓！我与你没有发生过任何关系，我是清白的，清白的！

她的嘶号在车间上空回荡，工人们都停下手中的活，仰脸瞅着他们心目中的嫦娥。素来文静的姑娘的反常举动，让人都傻了眼，整个车间都措手不及。

叫骂和号啕响彻空中：各位师傅，相信我，我是清白的！老天爷作证哇，各位师傅，我真的是清白……秦建华突然松手，人从高空像一片秋天的落叶坠落下来，一瞬间仿佛整个车间凝固了，安静得没有一丝声音。

所有的人都惊呆了，只有乔东明像一支离弦的箭一样，从他站立处倏地扑过去，他想去接住她，但脚下堆放着的工件绊倒了他，他被重重地摔倒了，头部撞在工件上，立即流出血来。似乎是同时，那片在空中看似轻盈的落叶，飘落到坚硬的地面，发出沉闷的声响。血腥味混合着机油味的古怪味道，在车间内弥漫开来。

紧急赶来的厂职工医院的医生，蹲在地上忙碌了一阵，最终起身，无望地垂头站立在那里。

分不清是他自己的血，还是秦建华的血，血沫星子溅了乔东明一脸。他脸上仿佛陡然长出一片红痣来。他跪在血泊中，朝着行车舒开双臂，仰天长叫一声：天哇，是我杀了你哇！

目光呆滞的乔东明被厂保卫处控制了。医生给他包扎头部，给伤口消毒，他都毫无反应。过后，一辆警车驶进了厂区，两位身穿白色制服的警察把他带走了。

一桩被以娱乐心态传播的梦境，最终却以血腥悲剧结束。在人类社会中，如果想与全体男人为敌，只要占有或毁坏一位最美女人的身心。特别是这个男人的各方面条件与美貌女人有较大悬殊时，这种被激起的民愤就更大。其貌不扬的乔东明先是激起了全车间男人对他的仇恨，因为他在意念里抢走了她，毁灭了每天驰骋于在他们头顶的嫦娥，尽管他们也曾在意念里不知多少次占有过她。随着食堂、澡堂等舆论场里的反复传播、发酵，更多的男人和女人认定乔东明是十恶不赦的流氓、凶手。

乔东明被正式批捕了，据说法院在给他定罪时，颇费了一番脑筋。在这之前，我国的刑法一直在反复讨论修改中，他的案例较为特殊，在现有的法律文件中找不到对应的适用条款，最后经法官们讨论，给他定了一个罪名，叫反革命梦奸罪，判 15 年徒刑。不管刑事犯，还是政治犯，给什么罪行前面都冠以反革命三字，是这个时代的标签。

时间是消除大家心头仇恨和伤痛的良药。几年后，在东风机械厂，人们几乎已经忘却了那个服刑中的梦奸犯，也忘了那位美丽而刚烈的嫦娥。工厂的广播照常在每天中午响起。就这样响了一次又一次，不知在第几次响起时，工人们照例说笑着拥向食堂吃饭，在食堂旁已经冷落好久的大批判栏前，簇拥着一大堆人在围观大字报。

工人们开始还七嘴八舌地问出了什么事，一看大字报内容，立即就安安静静了。大字报重拾起一个为大家熟知而差点遗忘的沉重话题，就是反革命梦奸犯与贞烈美女秦建华。说秦建华在东北当兵的哥哥，为救在冰面溜冰而坠入冰河的少年，沉入冰河底英勇牺牲。秦建华是烈士生前特别疼爱的胞妹，她的屈死，让英烈无法安息。当前全国正在开展简称为“严打”的“依法严厉打击刑事犯罪分子活动”，强烈要求对反革命梦奸犯乔东明给予应有的严厉打击。乔东明不仅是梦奸犯，还是杀人犯，当年所有在现场的工人都听得他亲口承认，是他杀死了秦建华。大字报煽动性地写道，善良而美丽的秦建华早已死去，杀人凶手却还苟活着。大字报最后希望，凡支持要求法律严惩乔东明的职工能够签名。大多数人抱着多一事不如少一事的心态走开了，也有些人在大字报旁签下自己的姓名。

有人说写大字报的行书笔迹很熟悉，仿佛记得小诸葛就写得一手那样的行书的。有人当面问小诸葛是不是他写的。小诸葛用审视的目光看了对方半天，把人家看得浑身发瘆，而他嘴角泛着惯有的冷冷微笑，不置可否地走了。

大字报的内容，只是让人议论了一两天，好多人又把这事淡忘了。人们仍是每天听着上下班的铃声作息，中午的广播还在一遍遍响起，一遍遍地唤醒人们的辘辘饥肠，振作着人们的精神。女工们仍是偷偷地理着回丝，男工们仍是忙里偷闲地擦着自行车。

西北风起了，厂区大道和厂外道旁的法国梧桐掉尽了枯叶，疏朗的枝条在风中瑟瑟颤抖。

听探监回来的黑皮说，乔东明将要被枪毙了。

丸药模子说，我知道，法院已根据群众的呼声和严打形势的需要，重新审理了他的案子，改判死刑了。唉，我早就说过，年轻人，不肯好好改造世界观，思想不健康，终有一天要断送自己的！

黑皮又说，法院在向乔东明宣读改判书时，问他还有什么要说的。乔东明说，我服罪，我是流氓，我是杀人犯，我拥护政府的判决！我有一个要求，听说枪毙人后是要家属付子弹费的，这几毛钱的子弹费能否别问我奶奶要了？我下辈子一定做牛做马回报政府，来偿还这子弹费。

黑皮红着眼眶说，乔东明被捕服刑后，他奶奶只知道他被单位派到外地去工作了，一直不知真相。黑皮没有说的是，他每月拿出自己工资的一部分，去西河头那灰褐色排门板里看望老奶奶，说是东明让他交给奶奶的收入。

车间同事们问：法院是怎样回答乔东明的？

黑皮说，法院没有回答他。

那天恰好是江南地区遭遇寒潮。来自西伯利亚的冷风席卷大半个中国，初抵这里。朔风劲吹，车间洗手池的自来水管道都冻住了。寒风横扫，如“严打”的铁拳一样坚硬。厂区围墙外的道路两旁，站满了冷得缩头缩脑又不断伸长脖颈往前张望的看热闹的市民。一辆警车鸣着警笛开道，后面是七辆大卡车，每辆大卡车车顶押着一个马上要执行死刑的犯人。犯人们一律剃着光头，被五花大绑，脖后插着箭形的斩条，上面书写着他们的罪行和姓名，姓名都被猩红的墨水圈过。

据车间里偷偷跑出去看热闹的工人们回来说，乔东明这个赤佬，头剃得光溜溜、煞煞青，穿件棉袄，被绑绳勒得肩头露出了棉花，原先黝黑的皮肤现在倒是白了许多。

于是，有工人笑说，这杀千刀的，在监牢里反倒养得好好的了。

2015 年 3 月 22 日写毕